정체불명 입니다

우리같이 청소년문고 011

정체불명입니다

초판 1쇄 펴낸날 2012년 10월 1일

지은이 래 마리즈
옮긴이 오윤성
펴낸이 이정옥
펴낸곳 (주)우리같이 **등록** 제406-2011-59호
주소 경기도 파주시 문발동 파주출판단지 506-2 201동 13호
전화 031-955-5590 **팩스** 031-955-5599
이메일 withours@gmail.com

ISBN 978-89-967622-3-2 44800
ISBN 978-89-961890-3-9 44800(세트)

이 도서의 국립중앙도서관 출판시도서목록(CIP)은 e-CIP홈페이지(http://www.nl.go.kr/ecip)와 국가자료
공동목록시스템(http://www.nl.go.kr/kolisnet)에서 이용하실 수 있습니다.(CIP제어번호: CIP2012004332)

정체불명입니다

THE UNIDENTIFIED

래 마리즈 장편소설 | 오윤성 옮김

우리타이

AK에게

차 례

• — • 게임 오버

✕ 스타트

　만약 우리 학교에 리얼리티 방송 카메라를 설치한다면 전부 라운지를 향해 초점을 맞추게 될 것이다. 바로 거기에서 우리의 온갖 드라마가 펼쳐지니까.

　아니, 그곳엔 이미 카메라가 있을 것이다. 이 건물이 지금의 게임학교로 개조되기 전에는 원래 쇼핑몰이었는데, 그때 원형 건물 가운데 난 라운지를 겨냥해 달아 놓은 감시 카메라 말이다.

　사람들이 우리를 지켜보고 있다는 건 모두가 안다.

　피해망상이니 뭐니 할 일이 아니다. 그냥 사실이다.

　그래서 다들 텔레비전에 나오는 것처럼 연기를 하게 되는 거다. 마치 스타가 된 양 자신의 사생활을 드라마로 찍는다고나 할까. 친구와 멀쩡하게 이야기를 하다가도 어느 순간 뜬금없이 사람들 눈을 의식하게 되고…… 그러면 갑자기 큰 소리로 대사를 치면서 관객을 웃기려고 든다. 바로 앞에 있는 친구가 아니라 세상 사람들을.

왜?

어쨌든 세상이 우리를 지켜보고 있으니까.

이왕이면 사람들에게 즐거움을 주고 싶다. 근사하고 재미있는 사람으로 찍히고 싶다. 똑똑하고 재치 넘치고 인기도 많은 그런 사람으로 비치고 싶다.

우리는 사람들의 관심을 원한다.

스폰서들이야 당연히 우리에게 관심이 있다. 그들은 우리가 무엇을 입고, 무엇을 들고, 무엇을 보는지 알고 싶어 한다. 우리가 왜 그걸 골랐는지 궁금해 한다.

그래서 그들이 우리 게임학교에 돈을 쓰는 거다.

스폰서들이 설치한 카메라는 감시 카메라가 아니다. 시장조사용 카메라다.

세상은 거대한 눈동자. 세상이 실눈을 뜨고 천장에 난 창으로 우리를 들여다보고 있다. 우리를 엿보고 있다.

소름 끼치지 않느냐고?

전혀.

우리는 주목받는 걸 좋아한다.

1 자살하는 법

　마이키와 아리와 나는 무슨 게임을 할지 합의를 보지 못했다. 라운지 벽을 수놓은 첨단 스크린은 언제나처럼 각종 수업과 층별 작업실 광고를 쏟아내며 스폰서가 선정한 오늘의 활동에 접속하라고 부추기고 있다.

　마이키의 눈길은 내 머리 위에 있는 스크린에 못 박혀 있다. 4층 조립창고에서 열리는 로봇 대전 영상에 정신이 팔린 상태다. 스크린엔 학생들이 만든 로봇들이 서로 치고받고 싸우는 중이다. 쿵쾅쿵쾅. 불꽃 효과가 난무하는 가운데 저마다 상대를 메치고 굳히고 부숴 버리려고 버둥댄다.

　안 그래도 라운지에서 웃고 떠드는 소리가 거슬리는 판인데 톱니바퀴 긁히는 소리, 금속 우그러지는 쇳소리가 스피커에서 새어 나온다.

　누군가 내 의자 뒤를 비집고 지나가다 불룩한 백팩으로 내 뒤통수를 친다.

"뭐야, 조심 좀 하지!"

누가 나를 건드렸는지 보려고 고개를 돌리니, 왜소한 여자애가 인터치에서 얼굴을 든다. 뭐라고 사과를 하는데 소음에 묻혀 잘 들리지 않는다. 그래 놓고 여자애는 훌쩍 제 일행을 뒤따라가 버린다.

딱 봐도 이제 막 게임학교에 들어온 초보다. 저런 백팩을 메고 다니는 건 '생초보에 눈치 완전 없음'이라고 이마에 써 붙인 거나 다름없다. 여기서 살아남으려면 몇 달 안에 저 백팩이 명품 핸드백으로 바뀌겠지만.

"쟤가 팰머 필립스 동생이라니 말이 돼?"

아리가 목을 쭉 빼고 백팩 여자애를 보며 말한다.

"트리플에이(Triple-A)세대를 대표하는 지존의 여동생이라 뭔가 남다를 줄 알았는데…… 저 센스하고는."

그러니까 게임학교 최고의 인기남 여동생이 지금 조랑말이 박힌 핑크빛 후드티셔츠에 갈색 반바지를 입고 있다는 얘기다. 머리 모양도 어린애 스타일로, 뒤통수에 하나로 잡아 묶은 볼품없는 포니테일이다. 아리가 '꽃미남계의 지존'이라고 떠받드는 팰머의 여동생이라고 상상하기 어려운 모습이다. 그래도 눈은 오빠랑 닮았다. 둘 다 호박 보석 같은 눈동자다.

"이름이 뭔데?"

"누구?"

아리는 노트북에 클릭을 하면서 대구한다.

"팰머 필립스 여동생."

"아, 렉시인가 그럴 거야."

그러면서 렉시라는 애를 또 뒤돌아본다.

"우리도 저렇게 분위기 파악 못 할 때가 있었다니 참 그렇다."

"그러게."

맞장구를 치긴 했지만 내 생각은 다르다.

13-17레벨 안내서에 초보를 위한 상품 목록이 있는데도 저렇게 깡그리 무시하다니. 보통 배짱이 아니다. 더구나 그 목록이라는 것도 다름 아닌 제 오빠가 도맡아 만든 걸로 알고 있는데. 팰머의 온라인 목록에는 게임학교에서 유행하는 최신 상품 중에서도 최신 트렌드만 등장한다. 최고의 고수들이 입고, 듣고, 올리고, 보는 것들만 말이다.

렉시는 우리 쪽에서 몇 자리 떨어진 의자에 늘어져 있는 '다 귀찮아 족' 여자애와 이야기 중이다. 귀찮아도 최신 패션 정보 따위에는 전혀 신경 쓰지 않는 스타일이다.

귀찮아는 내 또래로, 대략 15레벨일 테니까, 알 건 다 알 만한 레벨이다. 심드렁한 눈 위로 눈썹은 밀어 버리고 느낌표 같은 걸 그려 넣었는데, 사람들 눈길을 끌려는 게 아니라 쫓아 버리려는 스타일 같다. 내가 보기엔 뚱뚱하지 않지만 아리라면 이상적인 체중에서 한참 엇나갔다고 일침을 놓을 것 같고.

저런 아이들은 서로 무슨 이야기를 나눌지, 나로서는 짐작이 가지 않는다.

"야! 이거 봐!"

아리가 노트북을 내 쪽으로 돌린다. 대충 훑어보니 자신감 넘치는 화장법에 관한 기사다. 사진 속 여자애는 당장이라도 화면에서 튀어나와 나를 잡아먹을 얼굴이다. 이런 게 자신감 있는 얼굴이라고? 내 눈엔 그냥 배가 무척 고픈 것 같은데.

그새 아리는 가방 속을 탁자 위에 쏟아 놓더니, 요즘 뜨는 화장품이라는 걸 들고 날 유혹한다.

"이 검정 아이라이너, 네 피부색이랑 정말 잘 어울리겠지?"

아리 손에 뭉뚝한 연필이 들려 있다.

글쎄다.

"키드야 한 번만 해 보자, 응? 이목구비가 확 살아날 거야."

아리가 실눈을 하고 내 얼굴을 살핀다. 내 머리칼을 뒤로 젖히고 내 뺨을 만지고 내 이마와 눈썹, 눈두덩을 스캔한다. 그러면서도 나와 눈을 맞추지는 않는다.

그래, 친구의 다정한 손길이나 즐기지 뭐. 날 뜯어보는 눈길은 모른 척하자고. 나는 한숨 끝에 두 손을 든다. 아리가 내 속눈썹에 아이라인을 죽죽 그려 나간다. 눈물이 나기 시작한다.

아리가 작업을 끝내고 노트북 카메라를 거울 기능으로 바꿔서 내 쪽으로 돌린다. 화면에 웬 여자애가 나를 따라 눈을 껌벅이고 있다. 아이라인을 그렸을 뿐인데 얻어맞고 이틀쯤 지난 얼굴이 됐다. 자신감을 주는 화장술이라더니…… 내 자신감엔 완전 불통이다.

광고가 나오자 스크린에서 눈을 돌린 마이키가 내 꼴을 본다. 이 좋은 기회를 놓칠 마이키가 아니다.

"이야, 죽이는데!"

그러면서 아리의 아이라이너를 잡아채려고 한다.

"나도 해 줘! 나도 저렇게 불쌍한 좀비로 만들어 줘."

"웃겨. 너한테 낭비할 화장품 없어."

마이키가 아리 손에서 연필을 빼내려고 씨름을 벌이지만 아리는 새끼 투견 같다. 그 틈을 타서 눈 화장을 문질러 지우는데, 아까 그 귀찮아가 혼자 앉아 있는 모습이 보인다.

관심 없는 척 라운지를 둘러보던 귀찮아가 아리와 마이키의 씨름 장면을 쳐다보다가 나에게 눈길을 준다. 그러나 그도 잠깐, 다시 자리에 너부러져 모든 게 따분하다는 듯이 하품을 한다.

결국 연필을 뺏긴 아리가 내 눈길을 따라잡으며 말한다.

"누가 저 애한테 가서 말 좀 해 줄래? 무관심 스타일은 권총 자살과 더불어 한물갔다고. 아, 내가 직접 가서 말해 줄까?"

나는 벌떡 일어서는 아리의 팔을 붙잡고 다 귀찮아 족의 회색 일색 옷차림을 훑어보며 말한다.

"하지 마. 저런 시시한 스타일이 다시 유행하는지 누가 알아?"

내 말에 아리와 마이키가 웃음을 터뜨린다.

"제이 선생님이 그러는데 저런 부루퉁한 태도의 하위문화는 이제 완전 구리댔어. 아무도 안 한다고. 저렇게 우중충한 루저로 살면 편하긴 하겠지. 하지만 게임에서 이기려면 스타일이 있어야 하는 법이야. 그런 의미에서 내가 승리 댄스 한번 보여 줄까?"

아리가 라이터 뚜껑을 딸각 열듯 오른쪽 엄지를 펴고 이어 왼쪽 엄지를 편다. 그리고 양 엄지를 치켜든 채 히죽히죽 웃는다. 이른바 '샴페인 터뜨리기' 동작이라는 거다.

"아리야, 적당히 해."

끙 소리가 날 지경인데, 아리는 콧노래까지 부르면서 앉은 채로 몸을 흔들며 양 엄지로 이리저리 웨이브를 탄다. 엉터리 로봇 춤을 추다가 뱀 곡예사처럼 기괴하게 몸을 꼰다.

"내가 왜 이 꼴을 보고 있냐. 난 파크에 가 있을게. 쇼 끝나면 연락해라, 키드."

마이키가 자리에서 일어난다.

"알았어. 참, 스튜디오 예약하는 거 잊지 마."

요즘 들어 마이키는 끊임없는 관심과 칭찬을 바라는 아리를 잘 참아 주지 않는다. 마이키가 자리를 뜨거나 말거나 아리는 얼간이 로봇 춤을 멈추지 않는다.

"그래, 내가 졌다!"

나는 아리를 따라 얼간이 춤을 추며 분위기를 맞춰 준다.

아리는 공작당에서 '만화 주인공'으로 통한다. 만화에 나오는 캐릭터처럼 늘 생기 넘치고 모든 게 과장된, 재미있고 귀여운 아이라는 말이다. 아리 말에 따르면 자기도 게임학교에 들어오고 처음 2년간은 '우아한 괴짜' 스타일을 추구했다는데, 정확히 하려면 '우아한'이라는 말은 **빼야** 한다. 한때는 아리도 가망 없는 괴짜였고, 아직도 바로 지금처럼 괴짜 여왕이 군림하는 모습을 보이곤 한다.

아리가 흥을 올리다가 팔꿈치로 마시던 버블티를 넘어뜨린다.

"으악, 젠장."

얼른 컵을 세워서 타피오카 알갱이들은 컵 바닥에 가라앉았지만, 탁자 여기저기에 엎질러진 오렌지색 물방울 중 하나가 노트북 쪽으로 퍼져 간다.

"아아, 내 완소품! 완전 찐득거리겠어!"

이러다가 아리가 과다호흡 상태에 빠질지도 모르겠다.

"정신 차려."

내가 아리의 노트북을 구해 낸다. 휴지를 왕창 꺼내 둘이서 인터치, 각종 화장품, 헬로키티가 그려진 잡동사니를 다 닦아 내고 다시 가방에 집어넣는다. 아리가 휴지 뭉치를 쓰레기통으로 던져 보지만 뭉치는 엉뚱한 포물선을 그리며 과녁에서 한참 벗어난다.

"오, 멋진 폼! 이러니까 운동화 회사들이 널 데려가려고 안달이지."

아리가 너무 크다 싶게 웃더니, "닥쳐!" 하고 쏘아붙이고 버블티를 홀짝이다가, 책상을 탕 치고 나를 향해 눈을 부라린다.

"야! 나 킥복싱 시작한 거 알아? 나 킥복싱 시작했어. 완전 도 닦는 수준이야."

아리가 다시 의자에 몸을 파묻고 버블티로 장난을 치는 동안 나는 아리의 뭉툭한 손톱을 살핀다. 아리의 손톱에는 이번 시즌 아이돌 프로그램에 참가한 열 팀이 그려져 있다. 투표 결과에 따라 한 팀씩 쇼에서 탈락할 때마다 아리의 손톱에서도 한 팀 한 팀 지워진다. 그 방송을 챙겨 보지 않아도 아리의 손톱만 보면 아이들이 하는 이야기를 알아들을 수 있다.

"키드 너, 내 말 들었어?"

자기 말을 귀담아듣지 않는다고 심기가 사나워진 모양이다.

"내가 뭐라고 했냐면, 남의 다리 분질러 놓는 방법을 배우면 기분이 얼마나 째지는지 모른다고 했어. 다리를 이렇게 딱!"

그러면서 아리가 탁자 아래로 내 다리를 걷어찬다. 우리는 절친이고 그 증거로 난 멍을 얻는다. 발길질을 피해 의자 위로 다리를 올렸는데, 아리의 관심은 그새 딴 데 가 있다.

라운지를 가로지르는 여자애들을 보고 있다. 다른 아이들이 조금씩 움직여 그들을 한가운데로 맞이하는 게 보인다. 저 애들은 누구나 다 아는 패션 파시스트당이다. 스폰서 회사들의 귀염둥이요, 종결자 멤버이며, 하나같이 브랜드 모델이다.

파시스트 당원들은 인파를 뚫고 나아가며 자기들끼리 숙덕거린다. 하지만 다 들으라고 하는 소리다. 고상한 독재자 에바 블룸은 한마디도 않고 걷기만 한다. 에바의 무관심은 비난보다도 무서운 힘을 발휘한다.

"역시, 팰머 필립스가 정답이야."

켈리가 또각또각 하이힐을 울리며 말하자 나머지 당원들이 맞장구를 친다.

"팰머가 록사나 같은 공작당 왕재수랑 사귀다니 정말 믿을 수가 없어."

"어쩌다 프레시플래시 사진 대회에서 일등 한 것뿐이잖아. 프로모션인가 뭔가 때문에 할 수 없이 걔를 브랜드 모델로 올려준 거고."

켈리가 탈색된 머리카락 끝을 살피며 이죽거린다.

"그런 건 프로모션이 아니라 포르노라고 해야지."

애쉬레아 카터가 으르렁거린다.

날카로운 웃음소리가 뭉게뭉게 피어오르는 소녀들 향기에 실려 이곳까지 밀려온다. 과일 향, 바닐라 향으로 된 탄약 냄새가 나는 듯하다.

나는 파시스트 당원들이 아리 친구인 로켓을 욕한 것에 대해 아리가 어떻게 반응하는지 살핀다. 아니나 다를까, 아리는 곧바로 인터치를 꺼내 들고 혈뜯기 전쟁에 부채질을 가하고 있다.

aria: 방금 에코가 너더러 왕재수랬어. @ROCKET

"걔 요새 빼빼 마른 거 봤니? 뺑 아니고 등뼈까지 보이더라."

켈리가 부러움 섞인 목소리로 말한다.

"그러든가 말든가. 인기라는 건 말이야, 변덕스러운…… 뭐였지? 하여튼 변덕스러운 거야. 걔는 뒤통수나 조심하라고 해."

에코 피터슨이 스폰서 회사에서 마련해 준 명품 구두를 내려다
보며 지껄인다.

"팰머가 걔를 뺑 차 버려야 하는데."

"맞아, 얼굴에 대고 뺑. 케이엔 때도 그랬잖아."

켈리가 깔깔거리며 말한다.

"누구라고?"

에바가 싸늘하게 묻는다.

순간, 불쌍한 로켓에 대한 이야기는 쑥 들어가 버린다.

패션 파시스트당의 행진이 끝났는데도 아리는 멀어져가는 그
들의 뒷모습에서 눈을 떼지 않는다.

"숨 막혀. 토 나와. 우엑."

아리가 경멸조로 똑똑 잘라 발음한다.

"히틀러 같은 계집애들. 저 독기 때문에 작업실이 썩어 버리겠
어. 독기 배출 죄 같은 걸로 벌금을 물리든가 해야지 원."

코를 싸쥔 채 코맹맹이 소리로 계속 투덜거리던 아리가 인터치
를 읽고 깔깔거린다.

"로켓 지금 완전히 뚜껑 열렸어. 4층에 있는데 쟤네들 수분로
션을 다 엎어버리겠대……야, 내 말 듣고 있어?"

듣지 않았다.

새 한 마리가 화단에 내려앉는 모습을 지켜보느라고.

새는 화단에 있는 다른 새를 공격하고 다시 라운지에 있는 나
무로 날아오른다. 새가 날개를 치던 박자대로 탁자를 두드려 본

다. 새로운 악상이 떠오를 것도 같다.

　게임학교 안에 찌르레기가 살고 있다니 신기하다. 구석구석 면밀히 설계된 공간에서 저 새들만은 통제를 받지 않는다. 저 까무잡잡한 녀석들은 수백 명 아이들이 먹다 흘린 음식을 주워 먹으며 한없이 뚱뚱해지고 멋대로 뻔뻔해지고 있지만, 학교 운영진도 어쩌지 못한다. 저 앙증맞고도 무자비한 녀석들은 탁자에 자리를 잡고 앉아 빤한 눈길을 던진다. 눈 하나 깜빡하지 않는다. 도도하기가 그지없다.

　나는 천장에 난 창으로 날아오르는 새들을 바라본다. 하지만 빛에 눈이 부셔 이내 모습을 놓친다. 창밖 하늘은 그저 하얗기만 하다. 텅 빈 화면처럼 시시한 하늘이다.

　그때 두세 명이 5층 난간 옆에서 놀고 있는 모습이 눈에 들어온다. 백지 같은 하늘을 배경으로 움직이는 모양이 마치 그림자놀이를 하는 것 같다. 꼭두각시 인형들이 춤을 추는 것도 같다. 아니, 춤이 아니라 레슬링을 하는 것 같다. 아니, 레슬링이 아니라…… 저건……!

　팔뚝의 털이 곤두선다.

　꼭두각시 인형 하나가, 사람 하나가 떨어져 내리고 있다.

　숨이 멎고 그 시끄럽던 소리가 한순간에 사라져 버린다.

　있을 수 없는 일이 일어나고 있다.

　누군가가 누군가를 난간 너머로 밀어뜨린 거다.

　그게 아래로 떨어지고 있는 거다.

아리는 노트북 거울을 보며 화장을 고치느라 보지 못했다.

물체가 우리 자리에서 열 걸음 정도 떨어진 곳에 쿵 하는 소리와 함께 내려앉는다.

물체가 바닥에 부딪히자 잔인한 공포영화 장면에서처럼 걸쭉하고 붉은 액체가 터져 나온다.

한 여자애가 비명을 지르고 아이들이 의자에 올라가 구경을 한다.

머리통이 있어야 할 자리에는 물 풍선이 터진 채, 빨간 핏자국이 남아 있다. 시체가 입은 스웨터 등에 이런 문구가 붙어 있다.

각자 자살 방법을 선택하라. -정체불명.

나는 눈을 돌려 버린다.

아리는 아무 반응 없이 바닥에 엎어져 있는 걸 노려본다.

터져 버린 얼굴 조각이 내 운동화 앞코 옆에 떨어져 있다. 검은 매직으로 그린 사람 얼굴이다. 바닥에 부딪혀 바짝 쪼그라든 모양이 절망에 빠진 패배자의 얼굴 같다.

나도 모르게 그걸 주워 든다.

아리는 옷에 얼룩이 묻었는지 살핀다.

아리의 뺨에 핏방울이 반짝인다.

아리가 나를 보고 묻는다.

"저건 뭘 팔려는 걸까?"

2 악성 광고

연못에 던진 조약돌이 파장을 일으키듯 사체를 둘러싼 수군거림이 군중 사이로 퍼져 나간다.

아이들은 가짜 시체 쪽으로 슬슬 다가가서 별로 볼 것도 없는 사건 현장을 사진으로 찍고는 이내 자리를 뜬다.

언제 무슨 일이 있었느냐는 듯 소요가 잦아든다.

아리는 그것을 학교에서 주최한 홍보용 깜짝쇼 정도로 여기고 있다. 자기더러 대체 뭘 사라는 건지 알 수 없다며 홍보 행사로는 완전 꽝이라는 평가를 끝으로 관심을 접은 상태다.

"졸작이야."

지겹다는 목소리로 그렇게 한마디 던지고 자기 의견에 솔깃해하는 사람이 없나 주위를 살핀다.

나는 잘 모르겠다. 이 구경거리엔 뭔가 섬뜩하면서 거친 구석이 있다. 기업들은 흉내 낼 수 없는 무언가가.

나도 다른 아이들처럼 그들이 무엇을 팔려는 건지 궁금했지만…… 그들이 누구인지도 궁금했다.

아리는 몸을 웅크리고 인터치를 붙들고 있다. 엄지를 재빨리 놀려 문자 메시지를 꾹꾹 찍더니 코웃음을 치며 보내기를 누른다. 아리가 메시지를 올리자 내 인터치가 붕붕거린다. 내가 아리의 스트림을 받아 보기 때문이다.

aria: 네 마네킹을 누가 가져갔는지 알 거 같아. @ROCKET

"저게 로켓의 마네킹이라고 생각하는 거야?"

그렇게 묻고 나서 나는 죽은 몸을 살펴본다.

"뭐? 아니야."

아리가 얼굴을 들고 인형 시신 쪽을 한 번 힐긋 본다.

"그럴 리 없잖아. 크기부터가 완전 다른데. 우리 공작당은 다들 자기 체형으로 마네킹을 만드는데, 지난주에 로켓 작업대에 있는 걸 누가 훔쳐 갔어. 보나 마나 켈리 짓이야."

그러면서 최근에 벌어진 사건을 설명한다. 아리에겐 방금 5층에서 추락한 마네킹보다 사라진 마네킹이 더 재미있는 사건인가 보다. 실망이다.

"그건 그렇고, 키드 너, 남 대화에 막 끼어들고 그러면 안 되는 거 아니니? 개념 없게."

"맞아. 미안."

"그러다 오해가 생기는 거잖아. 그래서 마음에 상처를 입고 또 정신적인 고통에 시달리고…….”

인터치를 확인하느라 말꼬리가 흐려진다. 로켓의 스트림은 받아 보지 않아서 뭐라고 답했는지 모르겠는데 아리가 말한다.

“야, 나 4층에 올라가 봐야 해. 너도 갈래?”

“아니. 못 가.”

나는 인형 시신에서 눈을 떼지 않고 말한다.

“윈터슨 선생님이랑 면담이 있어. 우리 이따가 스튜디오에서 볼 거잖아?”

아리는 짜증 날 때 하는 행동에 들어간다. 앞머리를 마구 흔들고 땅이 꺼져라 한숨을 쉬고 어깨를 어정쩡하게 움츠린 채 훌라후프 돌리듯 팔찌들을 뱅뱅 돌려 손목 주위에 일그러진 작은 궤도를 만드는 것이다.

“그러든가.”

나는 마지막으로 한 번 더 사체를 본다.

빨간 물감이 튄 자국이 새의 날개처럼 생겼다.

그러고 나서 1층 반대편에 있는 사무실로 향하는데, 생뚱맞게도 자꾸 안쓰러운 마음이 든다. 인형한테 미안한 마음이 든다. 뭔지 모르지만 이유가 있어서 스스로 삶을 끝냈는데 누구 한 사람 신경 써 주지 않고, 터져 나온 액체를 미화원이 걸레로 닦아 낼 때까지 저렇게 누워 있어야 한다는 게 안쓰럽다. 그러다가 나는 그게 가짜라는 사실을 애써 떠올린다.

그래, 진짜가 아니잖아.

캐럴 윈터슨 선생님은 내 상담사다. 나이는 마흔쯤인데 게임학교에 부임한 지는 얼마 되지 않았다. 그전엔 마지막 남은 독립학교에서 교사로 있었는데, 학생들에게 꼭 필요한 존재가 될 수 있는 곳에서 일하고 싶어서 이곳에 왔다고 한다. 대단한 오해다. 게임학교는 학생이 원하는 건 뭐든 제공한다. 그러라고 만들어진 곳이니까.

게임학교가 처음 만들어진 건, 정부가 교육 예산이 바닥났다는 사실을 인정하고 스폰서 회사들이 '미래'에 투자하겠다고 달려들면서다. 단시일 내에 전국 곳곳에 게임학교가 세워졌고, 마치 체인점처럼 어느 분교에서나 동일한 교육이 이루어졌다. 이 새로운 시스템은 정부에도 이익이고 경제에도 이익이고 학생들에게도 이익이라고 한다. 그런 게 바로 윈-윈-윈 효과라고 홍보물에 쓰여 있다.

"케이티구나. 들어와 앉아. 금방 끝내고 갈게."

윈터슨 선생님은 어깨와 귀 사이에 전화기를 끼우고 손으로는 타이핑을 하고 있다. 스폰서들은 상담사나 교사들에게까지 최신 상품을 연결해 주지 않는다. 가장 좋은 장난감은 학생들 차지다.

엄지로 주머니에 든 인터치를 문지르니 새 소식이 들어왔다고 붕붕거린다. 뭐가 올라왔는지 확인하고 싶은 마음이 굴뚝같지만 윈터슨 선생님은 사무실에서 인터치를 쓰지 못하게 했다.

선생님이 후진 기계에 파묻혀 허우적대는 모습을 바라본다. 곱슬곱슬한 머리 사이로 보이는 흰 머리칼이 밤하늘에 난 로켓 흔적 같다. 수완이라곤 전혀 없는 분이지만, 그래도 이 정도면 다행이다. 헛똑똑이가 걸렸을 수도 있으니까. 무능한 쿨헌터(cool hunter, 최신 트렌드, 패션, 아이디어 등을 조사하여 기업에 시장조사 자료로 판매하는 사람을 가리키는 신조어. 기업은 쿨헌터를 통해 얻은 시장의 최신 정보를 제품 개발에 적용함: 옮긴이)와 별반 다르지 않은 그런 교사 중엔 이미 반년 전에 끝난 머리 모양을 하고 힘을 잔뜩 준 채 교내를 활보하는 사람도 있다. 또 아리의 상담사처럼 자기 칭찬이나 듣고 싶어 하고 우리가 스폰서나 학교 정책을 어떻게 생각하는지 유도신문이나 할 뿐 정작 필요한 교육 지도에는 별 관심이 없는 유형도 있다.

나는 윈터슨 선생님이 무슨 이야기를 하는지 슬쩍 들어 보려고 한다. 누구와 통화 중인지는 모르겠지만 내 얘기를 하는 분위기다. 그게 아니라면 내가 망상에 사로잡힌 자기중심적인 인간이겠지. 그런데 대화가 너무 알쏭달쏭하다. 시종일관 '음, 글쎄요, 그렇겠죠.'로 대꾸하면서 내 쪽을 힐끔거리는데, 입가를 실룩이는 걸로 봐서는 열을 받은 데다 그걸 감추지도 못하고 있다. 선생님은 전화를 끊고 힘겹게 평소 모습을 되찾는다.

"미안하다, 케이티. 그럼 시작할까?"

선생님이 눈을 가늘게 뜨고 화면을 들여다본다.

"요즘 어떠니?"

"좋아요."

나는 책상 위의 홍보용 사탕 통을 뒤적여 역겹지 않은 맛을 찾아본다. 선생님은 몸을 살짝 돌려 어깨 너머의 감시카메라를 살피더니 다시 화면에 집중한다.

"점수가 좋은데. 상승 곡선을 타고 있어."

"그래요? 평소대로 하는데요."

나는 체리 맛 막대사탕을 흔들며 좀 비아냥조로 환호한다.

선생님이 사람 좋은 미소를 지어 보인다.

나는 고개를 숙이고 사탕 포장지와 씨름한다. 나라는 애는 게임학교 플레이에 아무리 시간을 많이 쏟아부어도 고득점자가 될 일은 없다.

"최근 플레이 미션 열 개 중 여섯 개에서 스피드 보너스를 땄구나."

선생님이 날 격려하려는 마음은 알겠는데 그런 말을 들으니 내가 더 한심한 열등생 같다.

"네, 타임 보너스 때문에 도움말이 올라올 때마다 빨리 풀려고 노력했어요. 졸업상 같은 걸 받으려면 점수를 적립해야죠."

"특별히 눈여겨 둔 상이라도 있니?"

연말 경매 때 스폰서 회사들이 상품을 기증하는데, 게임학교 최종 단계인 17레벨을 끝낸 선수 중 점수가 가장 높은 학생들이 점수대로 상을 타갈 수 있다. 나는 아직 15레벨이지만 점수가 전부 합산되기 때문에 지금처럼 형편없는 성적이 계속되면 '참가상' 정도밖에 못 받을 거다.

"엄마는 제가 점수를 많이 쌓아서 장학생 자유이용권을 타길 바라세요."

　장학생 자유이용권은 게임학교 졸업생이 1년간 시내에서 생활하는 데 필요한 모든 것을 학교 스폰서로 있는 레스토랑과 부동산 회사가 대주는 종합 선물 세트다.

　"그렇지만 제가 가지고 싶은 건 홈 스튜디오를 만들 녹음 믹싱 장비예요. 물론 제 점수로는 턱도 없지만요……."

　윈터슨 선생님이 고개를 끄덕이며 컴퓨터에 뭔가를 기록한다.

　"프로필을 좀 바꿨네."

　"네, 알아보시겠어요?"

　"운영진이 '불충분한 네트워크 페이지 사용'으로 분류해 놔서 알았단다."

　막대사탕 즙이 목에 걸려 숨이 막힐 뻔했다.

　"예? 콘텐츠 과제를 빼먹지도 않았는데요. 몇 주 전에 마이키랑 만든 곡도 업로드했고, 얼마 전에는 미디어 활용 점수 때문에 리뷰 글도 올렸다고요."

　"알아. 네 게임 콘텐츠는 문제없어. 문제는 네트워크 페이지의 현황이야. 봐, '나는 이런 사람' 항목에 '그 외'라고 썼잖아."

　혼란스럽다 못해 당황스럽다. 운영자들이 학생들 개인 페이지를 모니터하는 건 익히 알고 있었지만 ―거기에 콘텐츠 숙제를 업로드해서 점수 평가를 받으니까 당연한 일이다 ―'나는 이런 사람' 항목에 끼적인 걸 가지고 트집을 잡을 줄은 몰랐다. 나보다 훨씬 심한 말을 적어 둔 애들도 있는데.

"그래서요?"

빈칸으로 남겨도 된다면 그렇게 했을 것이다. 그 칸에 넣을 만한 말이 떠오르지 않았다. 내 프로필을 읽을 사람들에게 나를 어떻게 소개해야 좋을지 생각이 나지 않았다.

"자기 페이지 편집하는 건 자유 아니었나요?"

"그렇지만 너무 눈에 띄게 달라졌어. 그걸 본 운영자들이 너에게 나와 이야기했으면 하는 일이 생긴 게 아니냐고 경고할 정도로. 너의 정체성을 보여 주는 콘텐츠가 너무 많이 삭제되었거든. 혹시 최근에 친구하고 사이가 틀어지기라도 했니?"

네트워크에 있는 프로필 페이지는 우리가 게임학교에 등록될 때 생성된다. 학교에 다니는 동안 각종 정보를 다 거기에서 얻지만, 자신의 감수성을 표현하는 디자인으로 다듬는 건 자유였다. 자잘한 코드 다루기는 내 취향이 아니라서 난 매번 아리에게 내 페이지를 꾸며 달라고 했다.

아리는 우리 둘이 함께 찍은 사진을 합성해서 배경에 깔고 우리가 쓴 가사 같은 것도 올렸다. 아기자기 귀여웠다. 그런데 최근 들어 아리가 내 페이지에 올리는 것들이 있는 그대로의 내 모습이라기보다는 아리가 바라는 모습에 가깝다고 느꼈다. 그래서 내가 직접 만져 보려고 한 건데 보다시피 이렇게 일이 꼬인 거다.

선생님이 화면을 가까스로 내 쪽으로 돌려 내 네트워크 페이지를 보여 준다. 나는 보는 둥 마는 둥 한다. 그게 어떤 꼴인지는 내가 잘 아니까. 다른 애들 페이지에 비하면 구성도 디자인도 한심하기 짝이 없다.

"네가 언급한 관심사를 볼까? 친구, 음악, 미스터리……."

선생님이 화면을 그대로 읽는다.

"그게 왜요? 전부 사실인데."

"그래 알아, 케이티. 그래도 좀 더 구체적으로 쓸 수 있잖아? 친구 목록도 그래. 너처럼 친구를 잘 사귀는 여학생이 친구 목록이 너무 간단하지 않니? 네 관심사나 활동을 더 많은 사람과 공유하는 게 어떻겠니? 사람들은 너와 친구가 되고 싶어 해."

나는 별 뜻 없는 소리만 늘어놓았다. 왜 그런지는 모르겠지만 나에게 중요한 걸 사람들 앞에 내보이는 일이 너무 어렵다. 어쩌면 내가 마음먹고 노력한다고 해도 내가 중요하게 생각하는 것들을 말로 다 표현할 수 없을 것 같아서 지레 포기해 버린 건지도 모르겠다.

"운영진은 네가 포기하고 노력하지 않을까 봐 걱정이란다."

포기. 나를 두고 공식화된 말이 그거구나. 나 열등생 맞구나. 내 기록에도 그렇게 적혀 있겠지.

나는 아까 범죄 현장에서 주워온 고무 조각만 만지작거린다. 그러면 선생님의 걱정 어린 표정을 보지 않아도 되니까. 자투리 풍선에 그려진 얼굴이 지금 내 기분 같다. 딱 이렇다.

• — •

"그 사람들이 왜 저한테 신경을 쓴대요?"

나는 그렇게 말하고 고무풍선을 잡아당긴다. 고무가 탁 하고 되튀어 손가락을 때릴 때까지.

원터슨 선생님이 목을 가다듬고 이렇게 말한다.

"운영진은 너희의 관심사를 더 잘 이해하고 반영해서 너희에게 필요한 게임학교를 만들어 가려는 거야."

마치 화면에 나오는 대사를 따라 읽기라도 하듯 선생님은 한 음절 한 음절을 딱 부러지는 발음으로 읊는다.

"지금 저에게 뭐 선전하시는 거예요?"

선생님 웃음소리에서 씁쓸한 기운이 전해진다.

"이건 네 공부 이야기야. 감자튀김, 콜라 세트 얘기가 아니고."

나는 수수께끼 같은 풍선 얼굴에 코를 박고 있다.

"케이티?"

선생님이 나를 부른다.

"네?"

선생님을 바라본다. 반점이 있는 홍채. 입가의 주름. 셔츠의 줄무늬. 잘근잘근 물어뜯은 핑크빛 손톱.

"뭐가 마음에 안 드니?"

"네? 아뇨. 그냥요……."

솜씨 좋게 디자인한 어플로 내 감정을 제대로 표현하지 못하는 건 내 잘못이 아니다. 성격 테스트의 점수 합산으로 나오는 '당신은 이런 사람'이 나와 전혀 닮지 않은 것도 내 탓이 아니다. 나라고 이렇게 평범하고 별 볼 일 없는 내가 좋아서 이러고 있는 게 아니다.

"혹시 스폰서들이 자살 같은 걸 파는 일도 있을까요?"

나도 모르게 그런 말이 불쑥 나온다.

"뭐?"

선생님은 마음속부터 놀라는 모습이다. 겁을 먹은 것도 같다.

"혹시…… 너 그런 상품을 찾고 있니?"

오, 구글님 맙소사. 선생님은 이미 나를 자살형 인간으로 단정해 버린 것 같다.

"아니, 아니, 그게 아니구요."

나는 선생님을 안심시키려고 아까 라운지에서 일어난 인형 자살 사건을 알려 준다. 선생님은 나를 유심히 보면서 그런 얘기는 들은 적이 없다고 한다.

"스폰서들이 하는 일 중엔 내 뜻과 다른 것도 참 많다만, 그 사람들이 학생들에게 자살을 팔겠다고 나서는 일은 결코 없을 것 같구나."

그럼에도 선생님의 해명엔 설득력이 없다. 찜찜하다. 선생님 본인이 확신 없이 찜찜하게 한 말이기 때문이다.

　나는 얼이 빠진 상태로 면담을 끝내고 나온다. 둘 중 어느 편이 더 심각한지 가늠이 되지 않는다. 인형 투척을 스폰서들이 계획한 경우? 아니면 종잡을 수 없는 어떤 한가한 인간이 생각해 낸 짓일 경우?

　본부로 이어지는 커다란 회색 양문을 쳐다본다. 본부에 학교 운영진 사무실이 있다. 저 문 뒤에서 일하는 사람들은 교정으로 나오는 법이 없다. 학생들 또한 아프거나 문제에 휘말렸을 때가 아니면 저 안에 들어갈 일이 없다. 마이키는 멍청한 짓을 해서 몇 번 다녀왔다. 그 녀석은 가끔 그렇게 날뛸 때가 있다.

　라운지에 가 보니, 모든 게 너무 달라 보인다. 분필로 그린 주검 윤곽선이라든가 '들어가지 마시오.'라고 쓰인 노란색 테이프라도 기대했던 걸까. 물론, 인형 자살 소동에 경찰을 부르지 않는다는 것쯤은 나도 안다. 프로텍트 사의 경호원을 부른다면 모를까.

그렇긴 하지만.

물감 얼룩도 사라졌고 깜짝쇼의 흔적조차 없다. 5층 난간을 올려다본다. 저기서 몸싸움이 있었다. 두세 명이 난간 옆에서 소동을 피웠는데, 언제 그런 일이 있었나 싶다. 백주 대낮의 이 푸른 하늘 아래에서는 그 모든 것이 있을 수 없는 일로 느껴진다.

내가 줄곧 이 사건을 자살이라고 생각하는 건 그 문구 때문이다 — "각자 자살 방법을 선택하라. -정체불명."

하지만 그건 자살극이 아니다. 누군가 저 위에서 몸을 밀어뜨렸다. 그런 건 살인극이라고 해야 맞다.

오싹하다.

인터치에 올라온 소식을 확인한다. 혹시 누가 깜짝쇼에 대해 언급하지 않았는지 살핀다.

#spons: 주식대전 최고 기록 보유자는 스위프트입니다.
　　　　아케이드에서 새 기록에 도전하세요.

mikes: 360도 회전을 끝장낼 참. 의심나면 신발 먹어.

#spons: 7분 후 현황판에 신제품 영상이 공개됩니다.

toy321: 주목! 주목! 운영진이 내 반전 고글을 금지하겠다고 함.
　　　　이유도 없이.

aria: 의견 구함: 라일락색? 아니면 시 폼 그린?

인형 자살 사건에 대해서는 한마디도 없다. 테슬라의 최신 발명품이 규제를 받게 생겼다니 어이가 없지만. 테슬라의 스트림을 받아 보는 건 바로 이런 이야기가 있어서다. 테슬라는 기대를 저버리지 않는다.

마이키는 파크에 있다. 라운지를 지나면서 내 소식을 올린다.

kidzero: 내 능력에 부끄럽게 살겠도다.

이런 농담을 알아들을 사람도 마이키밖에 없다. 혼자 낄낄 웃으며 마이키에게 메시지를 날린다.

kidzero: 스튜디오에 우리 시간 예약했어? @MIKEY

1분 후, 마이키의 메시지가 붕붕거린다.

mikes: 아차차. 파크에서 절망 모드라서. @KID

나는 한숨을 쉬고 답장을 보낸다.

kidzero: 방해하러 가 주겠음. @MIKEY

파크는 아드레날린 중독자들이 모이는 거대한 놀이터다. 마이키는 파크에서 정말로 수렁에 빠져 있다. 사실 게임학교 학생이라면 누구나 어느 정도는 빠질 수밖에 없는 수렁이다.

게임학교 설계자들은 파크에 선수들의 의욕을 최대한으로 끌어낼 수 있는 조건을 조성해 놓았다. 학습 목표 하나하나가 우리의 현재 능력치에 맞게 설정되어 있고, 또 실제로 게임을 해 나가는 과정에서 다음 목표에 도전하는 데 필요한 새 기술을 획득할 수 있게끔 시스템이 짜여 있다. 시시함과 너무 어려움 사이에서 어떻게든 가장 재미있고 절묘한 지점을 찾아내서 우리의 괴짜급 강박 성향을 끌어내고 다시 또다시 도전하게 만든다. 나도 가끔은 미션 하나에 빠져서 몇 시간이고 그것만 붙들고 있을 때가 있는데 그러는 사이 나도 모르게 실력이 늘곤 한다.

그렇다, 이건 중독이다. 하지만 구글님도 아신다, 얼마나 재밌는지.

파크는 1층 맨 구석에 있다. 마치 폐허가 된 백화점에서 카니발 축제를 벌이는 것 같은 풍경이다. 자기 목숨이 두 개나 되는지 확인하려는 정서불안 영혼들이 축제에 몸을 바치고 있다.

다양한 난이도의 암벽, 집채만 한 트램펄린, 자전거 경주로, 벨크로 번지점프 벽 등등 뼈를 부러뜨리기에 딱 좋은 방법이 수없이 널려 있다.

마이키는 스케이트장의 콘크리트 곡면을 누비며 공중 곡예를 부리는 난장판에 끼어 있다. 보드 나뒹구는 소리, 트릭에 성공한 아이들의 환호성과 응원 소리가 열기를 더하고 있다. 나는 벽에 기대서서 마이키가 마흔일곱 번째 트릭을 시도하는 모습을 지켜본다.

보기 좋게 실패한다.

나는 난간 뒤에서 계속 마이키를 응원한다. 저 우락부락한 또라이들처럼은 아니지만. 진심으로. 나는 마이키가 해내리라는 걸…… 안다. 언젠가는.

"거의 성공했는데."

마이키가 나를 돌아보고 외치더니 손목을 문지르고 다시 발을 구른다.

마이키는 어려워도 포기할 줄 모른다. 같은 벽에다 머리를 박고, 또 가서 박고, 다시 또 박는다. 머리가 비었거나 돌았다고 생각하는 사람도 있겠지만, 나는 칭찬할 만하다고 생각한다. 천재란 재능이나 스킬을 두고 하는 말이 아니니까. 세상아 짖어라, 하며 불가능에 도전하는 사람이 천재니까. 마이키는 점수가 높은 편은 아니지만 제대로 따지면 게임학교에서 가장 훌륭한 선수일 거다. 투지만큼은 그 누구도 따라갈 수 없다.

그렇긴 해도, 멀뚱히 서서 마이키가 자해하는 꼴을 지켜보는 건 고역이다. 나는 풍선 조각을 만지작거리면서 그 깜짝쇼에 대해 뭔가 더 알아낼 방법이 없을까 생각한다. 풍선을 늘리고 당겨 매직으로 그린 얼굴 표정을 바꾸면서 혼자 재미있어 한다.

풍선 조각을 손목에 묶는 데 성공한다. 이걸 상장 삼아 죽은 인형을 애도하는 거다. "널 잊지 않을게."라는 뜻으로.

마이키는 아직도 도전과 실패를 반복하고 있다. 나는 다른 아이들은 뭘 하는지 돌아본다. 뭔가를 타거나 강도 높은 스포츠를 하려고 바글바글 줄지어 선 모양이 개미소굴 같다. 점수판엔 자전거 경주, 구간 왕복 수영, 물 미끄럼틀 같은 종목의 '도전 시간'이 떠 있다.

그때, 한 남자애가 아이들을 뚫고 나아가는 모습이 보인다.

다른 아이들도 그를 의식하고 있다. 서로 밀치고 당기다가도 그가 지나가면 동작을 멈추고 돌아본다. 그가 한 사람 한 사람에게 뭐라고 한다. 트램펄린이나 슬링샷 따위를 타려고 줄을 선 아이들에게 속삭인다. 그가 무슨 말을 하는지 궁금하다. 다들 그 말을 듣고 그의 뒷모습을 빤히 바라보기 때문이다. 그러니까 내 눈길을 끈 건 그 남자애라기보다 그 주변 아이들이 보이는 반응이다.

그도 브랜드 모델인 게 분명하다. 처음 보는 얼굴이지만, 저렇게 군중을 제 마음대로 움직이는 능력자를 쿨헌터들이 가만 놔두었을 리 없다.

딱히 매력적이지는 않다. 뭐, 일단 내 타입은 아니라는 말이다. 드레드 머리는 보통 장난삼아 하는데, 제대로 땋은 드레드 머리를 하고 있고 근육도 꽤 다부져 보인다. 그의 광대뼈와 곧은 콧날을 따라가던 내 눈이 곧 그의 눈에 이른다. 그리고 그 눈에 꽂혀 버리고 만다.

그에겐 뭔가가 있다. 그게 뭔지 알 수는 없지만.

나와의 거리가 가까워지면서 그가 하는 말이 들려온다.

"넌 합격. 넌 불합격. ……미안하지만 다음 기회에. 음…… 불합격."

저게 무슨 뜻이지?

그가 내 쪽으로 온다. 엉뚱하게도 긴장이 되어 여길 떠야겠다고 마음먹었을 때는 이미 늦었다. 그가 내 앞에 멈춰 선다. 빠져나갈 길이 막혀 버린다. 옷 위에 암벽 등반 장비를 걸치고 있는데, 지금 도시 등반당 사이에서 완전 뜨는 거라고 아리가 알려준 그 장비다.

나는 입을 꾹 다물고 고개를 들어 그의 까만 눈을 들여다본다. 이 무슨 우스꽝스러운 상황인가 싶으면서도 숨을 죽이고 본다. 난생처음 보는 이 녀석이 나를 합격시킬지 불합격시킬지 알고 싶다. 나를 보면서 무엇을 확인하는 건지도.

"나는?"

무슨 말이든 들을 각오로 그렇게 물어본다.

그의 시선이 문득 아래로 내려가 고무 얼굴이 달린 내 손목에 닿는다. 그러더니 미소를 짓는 듯한 표정으로 고개를 두 번 주억거린다.

"음, 넌 합격."

나에게 몸을 바싹 기대어 오면서 나지막이 대답한 그 목소리가 인터치의 진동처럼 날 흔든다. 그가 걸음을 옮겨 멀어져 가는 모습을 나도 모르게 바라본다.

"쟤가 너한테 뭐래?"

뒤에서 마이키가 말을 걸어와 깜짝 놀란다. 스케이트장을 막 나와서 아직 땀투성이에다 겨드랑이에 보드를 끼고 있다.

"아무것도 아냐."

나는 대답을 얼버무린다. 합격이라고 하니 굉장히 특별한 사람이 된 기분에 좀 얼떨떨할 정도다. 무슨 일에 사람을 뽑는 건지도 모르면서.

"이번 일요일에 '워 게임' 결승전 있는 거 알지?"

마이키가 장난으로 내 어깨를 툭 밀치며 묻는다.

"어디랑 어딘데?"

"공주만세 대 고기망치."

나는 낄낄거리며 대꾸한다.

"고기망치는 좀 저질이다. 팀 이름이 그것밖에 없었다니? 왜 차라리 외눈박이나 쇠꼬챙이로 하지 그랬대?"

"그런가? 어쨌든 스위프트한테 보러 가겠다고 했거든. 그 자식이 고기망치 윙맨이잖아. 게다가 이번 판으로 리그 결승전에 나갈 팀이 결정 난다고."

워 게임 선수들은 지난 2년간 팀플레이어 지위를 놓고 싸웠다. 상대 선수들과 대화를 주고받으며 하는 이 시뮬레이션 전쟁 게임이 지금은 전국 대회까지 생겨서 이름을 날리는 참이다. 네 명이 한 소대가 되어 통신을 하고 전략을 세우고 치밀한 저격 기술까지 동원해 적을 쳐부수는 게임이다.

교과목에 넣기엔 전쟁 게임이 너무 폭력적이지 않은가를 놓고 일대 논쟁이 벌어졌지만, 운영진은 축구 같은 다른 경기보다 해로울 것도 없다는 결론을 내렸다. 본부에선 말썽 많은 아이들을 두루 관리할 겸 해서 선수들에게 공감능력 검사와 심리 테스트를 자주 시행한다. 아이들이 지나치게 가상현실화 되어 진짜 현실의 끈을 놓는 일이 없도록 사전에 단속하려는 것이다.

　"잠깐, 그럼 공주만세가 이기면 이번 전국 대회에 올라간다는 거네?"

　공주만세는 유일하게 전원이 여학생인 팀이다. 구색을 맞추려고 여학생을 둔 팀도 몇 있지만, 그냥 남학생 판이라고 보면 된다. 그러니까 팀에 '고기망치'니 '근육덩어리'니 하는 이름을 갖다 붙이는 거다.

　"그렇지. 공주님들이 본때를 보여 주고 있다고. 끝내줘. 넌 들어갈 생각 없어? 다음 시즌 선수 모집 중이던데."

　"아, 그래?"

　마이키가 사악한 미소를 날린다.

　"아, 깜빡했다. 키드 넌 일인용 게임도 젬병이지? 그도 그렇고 너 지금 네트워크에 친구가 몇 명이더라?"

　"그만하셔."

　난 마이키를 팍 밀쳐 내지만, 그 말이 맞다. 나는 팀플레이엔 거의 소질이 없다. 단체 스포츠에는 전혀 끌리지 않는다.

　그렇다고 내가 구제불능은 아니다. 충실하게, 내가 감당할 수 있는 범위 안에서 친구관계를 쌓고 싶은 것뿐이니까. 내 네트워크 현황엔 나타나 있지 않지만, 실은 나도 다른 아이들과 플레이하는 걸 좋아한다. 마이키, 아리와 함께 작곡한 곡은 나 혼자 만들 때와 확연히 달랐다. 둘 중 하나를 택하라고 한다면 당연히 친구들과 함께 작업하는 쪽이다. 사람들 '사이'에 생기는 그 오묘함이 너무 좋으니까. 관계라고 하는 그것이.

주머니 속의 인터치가 붕붕거린다. 꺼내서 확인해 본다.

aria: 뭘 고를지 아무도 안 도와주다니 대 실망.

kidzero: 리허설 때 뭐 연주할지 고르는 거? @ARI

아리는 우리가 자랑하는 아날로그 악기 전문가다. 아리네 부모님은 아리가 8-12레벨 때 배울 수 있는 클래식 악기를 모두 다 가르쳤다. 그래서 피아노도 칠 줄 알고 플루트와 바이올린도 할 줄 안다. 아리 혼자 모든 파트를 연주해서 괴짜 오케스트라단 하나를 만들 수 있을 텐데, 정작 본인은 '아이돌 프로그램'에서 표와 인기를 얻는 밴드에 들어가고 싶어 한다. 씁쓸하지만, 우리가 밴드에 대해서만큼은 서로 다른 야망을 품고 있다는 사실이 점점 확실해지고 있다.

aria: 농담할 기분 아님. 얼른 4층으로 와 지지배야. @KID

"아리야. 선택의 위기에 서 있나 봐."

나는 인터치를 도로 넣으며 말한다.

"오 구글님, 죽어라 내 인내심의 한계를 시험하는군."

나는 어깨를 으쓱한다.

"아리는 이제 당원이잖아. 그래서 그러는 거야."

"그래, 그렇다고 치자. 그렇다고 만사에 그렇게 꼭 난리법석을 떨어야 해?"

"좀 그렇긴 하지."

"넌 아무렇지 않냐?"

"아무렇지. 청춘의 분노에 불을 지르지."

마이키와 나는 함께 웃음을 터뜨린다. 하지만 쓰라린 진실을 마주했을 때 나오는 웃음이다.

아리가 공작당에 푹 빠진 건 아무렇지 않다. 다만 아리가 사전에 아무 얘기도 없이 우리 밴드 연습에 자꾸 빠지는 일은 없었으면 좋겠다.

나는 마이키에게 스튜디오에 빈 시간이 있는지 알아보고 알려주겠다고 하고 우리의 드라마 퀸이 뭘 원하는지 보러 간다.

　　몇 달 전 아리가 패거리에 들어가게 됐을 때 아리는 말 그대로 초신성처럼 폭발했었다.

　　지난 시즌 내내, 아리와 나와 입당 희망자 몇몇은 작업실을 뻔질나게 드나들며 좀처럼 틈을 내주지 않는 공작당 주위를 행성처럼 빙빙 맴돌았다.

　　아리는 공작당의 실세인 로켓에게 잘 보이려고 정말 별별 짓을 다 했다. 테슬라처럼 진짜 창조적인 작품을 내놓는 경우도 있지만, 내가 그들 스타일이 아니라는 걸 나는 잘 알고 있었다. 그래도 분위기를 맞추려고 애쓴 건 순전히 아리에게 중요한 일이어서였다.

　　나는 주로 한구석에 잠자코 앉아서 포크, 콜라 캔, 마이크 스탠드, 마네킹 머리통 등 손에 잡히는 물건에 비즈 구슬을 붙였다. 넋을 잃고 몇 시간이고 붙이다 보면 모양은 원래와 똑같지만 반짝이는 것이 만들어졌고, 아이들은 호들갑스럽게 반응했다.

"이야, 이건 정말…… 별난걸."

칭찬을 늘어놓는 아이들이 속으로는 내가 만든 작품엔 손재주보다 기괴함이 훨씬 더 많이 들었다고 생각하는 게 빤히 보였다.

그들은 나보다 더 근사한 아이, 전위적인 패션에 목마른 아이, 물불 안 가리는 재간 좋은 아이를 원했다.

그들이 원한 건 아리였다.

4층 작업실 앞에서 문에 카드를 긋는다. 진열장에 펑크 풍의 마네킹이 포즈를 잡고 있다. 작은 불빛이 녹색으로 바뀌기 전에 나는 본능적으로 머리를 매만진다. 출입 절차가 까다로운 문도 있지만 여긴 아니다. 머무른 시간만 기록되는 개방 작업실이다. 여기서 보낸 시간을 완성 작품 개수로 나누고 게임학교 시스템의 정교한 알고리즘에 넣어서 결국 전부 '스킬 점수'에 반영하는 식이다. 나는 주로 개방 작업실에서 공부하는 편이다. 화면을 보는 것보다 직접 손을 쓰는 활동이 더 좋기도 하고.

그런데 막상 이곳에 입장하려면 특별한 자격을 갖춰야 할 것만 같다. 이를테면 보통 사람에겐 없는 강한 자신감이라든가 방탄복처럼 튼튼한 얼굴 가죽 같은 것을. 사실 이곳에선 그런 게 필요한 일들이 벌어지곤 한다.

이 작업실은 패션 과격분자들이 맞붙는 무시무시한 전쟁터다. 바로 여기에서 공작당과 패션 파시스트당이 피 터지게 영역 싸움을 하고 험악한 뒷말 미인 대회를 연다. 두 패거리가 저마다 자기네 트렌드를 표절당했다며 서로 머리채를 잡는 곳이다.

겉으로 봐서는 두 당이 어디가 어떻게 다른지 알기 어렵다. 아, 물론 다르기는 다르다. 수제 정신에 입각한 공작당의 수수한 물건을 보다가, 패션쇼에서 그대로 걸어 나온 듯한 파시스트당의 옷 가격표를 보면 애들이 미친 게 아닌가 싶으니까. 그래도 패션과 담을 쌓은 평범한 사람, 그러니까 나 같은 사람보다는 두 당끼리의 공통점이 훨씬 많다.

두 당 모두 완벽한 머리, 빈틈없는 화장, 총알이 날아와도 끄떡없을 미소, 머리끝부터 발끝까지 완벽하게 깔맞춤한 의상으로 무장하고 떼 지어 돌아다닌다. 이 당이니 저 당이니 하는 정체성도 '손맛'과 '돈맛' 중 어느 걸 외치느냐로 갈릴 뿐이다.

나는 지금 무방비 상태로 전투 지역에 입장하고 있다.

발을 들여놓자마자 파시스트당 몇몇이 사나운 개처럼 나를 째린다. 그렇게 야비한 얼굴을 들이대 줘야 내가 이 꾀죄죄한 사내애 옷과 멋대로 뻗친 불그스름한 머리칼로는 저 심사위원들에게 1점도 못 받겠구나 하고 깨달을 수 있다는 듯이. 그새 켈리가 당원들에게 뭐라고 문자를 보냈는지, 인터치들이 말벌처럼 붕붕거리더니 다들 내 바지를 손가락질하며 낄낄댄다.

나는 바지 벨트 고리에 오렌지색 신발 끈을 묶고 그 끝에 카드 키 따위를 달아 두었다. 그러면 필요한 소지품을 빠뜨리지 않고 다닐 수 있다. 잃어버릴 기회만 있으면 뭐든 잃어버리고 마는 나 같은 유형에겐 더없이 괜찮은 방법이다.

나는 서둘러 공작당과 그 측근들이 있는 곳으로 간다. 공작당이 주파수를 점령해 자기네 주제가에 맞춰 동작을 짜고 있다. 파시스트당이 뿔난 게 이것 때문인 것 같다. 자기네가 좋아하는 런웨이 리듬이나 트렌디 팝을 틀 수 없어 그러나 본데, 나로선 지금 공작당이 볼륨을 끝까지 올려 듣고 있는 패러디 팝하고 뭐가 다른지 모르겠다.

나는 이 패러디 팝 유행이 영 별로다. 공작당 아이들은 주류 음악이 마음에 안 든다면서 왜 전혀 다른 사운드의 음악을 틀지 않는 걸까? 공작당은 브랜드에 못 오른 떨거지들일 뿐이라는 파시스트당 주장이 맞지 싶을 때도 있다. 아리에게 이 말을 했다가는 어마어마한 드롭킥을 날리겠지만.

나는 장신구 장식 법 선언인지 뭔지를 벽에 붙이고 있는 공작당 추종자들을 지나치면서 사진을 복사한 광고지 하나를 곁눈질한다. 지갑 하면 곧 고가의 명품을 가리키는 상황을 타개하기 위해 행동에 나서자는 내용이다. 나는 주먹을 들어 보이며 비아냥조로 연대를 표한다.

아리와 함께 앉아 있는 테슬라가 내게 손을 흔든다. 테슬라는 게임학교 입학과 동시에 공작당에 들어온 아이다. 테슬라한테선 재능을 타고난 아이들이 보이는, 절로 배어나는 자신감이 느껴진다. 지금 머리 모양만 해도 금발을 땋아 곳곳에 작은 매듭으로 묶고 산업용 나사 같은 걸로 고정했는데, 매력이 덜했더라면 이상한 애로 찍혔겠지만 워낙 멋진 아이라 다들 개성적인 스타일이라고 입을 모을 뿐이다.

"안녕, 키드."

테슬라가 작업을 하다가 얼굴을 들고 인사한다.

노트북 앞의 아리는 얼굴도 들어 보이지 않는다.

"안녕, 테스."

나는 아리 옆에 앉으며 말한다.

"네 반전 고글 어떻게 된 거야? 금지됐다며. 그런데…… 운영진이 뭘 금지할 수도 있는 거였어?"

"내 말이!"

테슬라가 걱정하기보다는 신이 난 듯이 말한다.

"어쨌든 내가 싸움 구경 한번 시켜 줄게. 내가 운영진 결정에 맞설 생각인 거 알지?"

솔직히 말해, 운영진이 반전 고글을 걸고넘어진 게 뜻밖은 아니다. 테슬라는 제약회사들이 주 스폰서로 있는 3층의 감각 연구실에서 그 아이디어를 얻었다. 전도된 자극에 뇌가 반응하는 양상을 연구하려고 심리학자들이 개발한 방법에서 힌트를 얻은 것이다. 심리학자들은 사람들에게 시야를 확 뒤집는 안경을 씌우고 각종 실험을 해서 사람의 뇌가 거꾸로 뒤집힌 세계에 적응하고 기능하는 데 시간이 얼마나 걸리는지 알아내려고 했다.

아이디어는 참신한데 실험에 쓰이는 안경이 너무 후졌다며 테슬라가 지금의 잘빠진 유선형 고글을 디자인했고 그게 학교를 강타하며 최고 인기 아이템에 올랐다. 그만큼 멋지고 혼을 쏙 빼놓는 물건이었다. 무엇보다 이 고글은 오래 쓰고 있다가 벗으면 뇌가 외부 세계를 다시 익히느라 확 뒤집히는 느낌이 두 배나 세졌다. 그래서 요사이 학교 아이들이 뇌가 원상태로 돌아올 때까지 술주정뱅이처럼 갈지자로 비틀거리며 통로를 돌아다니는 일도 일어난 것이다.

테슬라가 기가 펄펄 살아서 운영진과 한판 붙겠다고 하는 것도 놀랄 일이 아니다. 도전이라면 물불 안 가리고 달려드는 아이가 테슬라니까. 그런 면이 있어 외골수 과학자 타입의 발명가가 된 거고 또 인정사정없는 워 게임 선수도 된 거니까.

"마이키가 그러는데 이번 주말에 공주만세 시합이 있다며?"

나는 인터치로 마이키의 메시지를 확인하며 말한다.

"우승이 걸린 시합이라던데. 너도 긴장되고 그러니?"

"테슬라는 긴장 따위 몰라! 냉혹한 킬러거든!"

음악을 트는 쪽에서 카시가 소리친다. 카시는 공주만세의 윙우먼이다. 테슬라가 미소를 짓는다.

"우린 준비됐어. 엘르의 지옥 훈련 덕분에 자면서도 적들을 해치울 수준이야. 우리 주장 대단해."

"그렇구나. 멋지다. 게임 잘해."

나도 미소를 지어 보인다. 그리고 아리를 본다.

"너도 시합 보러 갈 거지?"

아리는 내 말을 안 듣고 있다. 다른 데 마음이 쏠려 있다.

"내 피부 톤에 무슨 색이 더 어울릴까? 라일락? 시 폼 그린?"

"으음……."

뭐라고 대답해야 할지 몰라서 나는 그렇게만 말한다.

아리가 과학의 전당 앞에서 봤다는 여자애에 대해 독백을 쏟아내기 시작한다. 들어 보니 그 애가 눈동자를 금빛으로 만들어 주는 콘택트렌즈를 끼고 있었던 모양이다.

"완전 대세답더라! 팰머 필립스 느낌이었어!"

팰머네 꼬마 렉시의 눈동자 색깔을 잠시 떠올린다. 그건 유전일까? 아니면 가족이 단체로 콘택트렌즈를 낀 걸까?

"우리 팰머야 머리끝부터 발끝까지 완전 순금이지."

그러면서 로켓이 인터치를 꺼낸다. 팰머를 향한 애정을 문자로 표현하려는 거겠지.

아리는 그쯤에서 멈추지 않는다.

"없는 색깔이 없대. 나도 처방만 받으면 살 수 있다면서 어디서 파는지도 가르쳐주는 거야. 정말 갖고 싶어 죽겠어. 그러니까 어떡하면 울 엄마가 렌즈를 사 줄지 너도 같이 머리 좀 써 줘."

"난 지금 네 눈이 좋은걸."

아리의 눈동자는 예쁘장한 헤이즐넛 색이다.

아리가 기분이 상한 듯이 나를 쳐다본다.

"이 똥색이? 장난해? 잔말 말고 생각 좀 해 보라니까. 친구라면 보탬이 돼야지. 안경처럼 콘택트렌즈도 잃어버렸다고 하면 어떨까? 그 정도면 통하겠지?"

"그냥 사 달라고 하지 그래. 네가 갖고 싶은 건 결국 다 해 주시잖아."

아리 엄마는 정말 멋쟁이다. 아무짝에도 쓸모없는 신상품이 인기도를 올려 준다는 뻔한 법칙을 이해하는 분이다. 우리 엄마랑은 딴판이다. 우리 엄마라면 이러겠지. '무슨 헛소리. 안 돼.'

"그야 그렇지. 우리 엄만 뭘 모르니까."

아리가 눈알을 굴리며 말한다.

"그래도 한판 붙어서 얻어 내야지, 이 여자야! 엄마가 만날 쉽게 넘어오기만 하면 난 언제 설득력을 기르겠니?"

공작당이 웃음을 터뜨린다. 이제 화제는 "우리 인생 망치는 건 엄마들"이라는 데로 흘러가고 있고, 내가 끼고 싶은 이야기와는 거리가 멀다.

나는 아리가 왜 눈동자 색깔에 그렇게 열을 올리는지 그 이유부터 모르겠다. 아리는 밝은 갈색 머리칼을 턱 선에 맞춰 단발로 자르고 앞머리는 유행에 맞춰 치렁하게 기른 상태다. 앞머리가 딱 눈동자 아래까지 덮여서 눈이 잘 보이지도 않는데…….

아리가 내 말을 잘라먹어서 나는 시무룩해 있고, 아리는 비교 쇼핑에서 라일락색과 시 폼 그린 색을 대보고 있다.

"지금 나 망하라고 그러는 거지, 너네."

그러면서 아리가 인터치를 꺼내 든다.

"제이 선생님한테라도 물어보든지 해야지 원. 내가 브랜드였다면 이런 건 일도 아니었을 텐데."

아리 말이 맞을지도 모른다. 아리가 브랜드 모델이었다면, 그게 뭐든 관심이 간다는 말만으로도 쉽게 가질 수 있었을 테니까.

로켓만 봐도 알 수 있다. 브랜드 모델이 된 지 겨우 3주밖에 안 됐는데 벌써 '팰머 필립스의 여자'라는 문구가 수놓인 속옷을 입고 있으니 말이다. 물론 이 말은 농담이다. 웃자고 한 말이었는데, 내가 이 농담을 날렸을 때 공작당의 어느 누구도 재미있어하지 않았다.

아리는 인터치로 자기 상담 선생님에게 문자를 보내고, 나는 노트북을 열고 네트워크에 공지사항이 올라온 게 있는지 확인한다.

"오, 그거 공 좀 들였는데. 네가 만든 거야?"

로켓이 내 손목을 잡고 말한다.

"그렇긴 한데."

말이 난 김에 라운지 사건을 대략 설명한다. 무관심파 스타일 인형이 무심한 군중 사이로 배치기 다이빙을 했다는 이야기를.

"흠, 처음 듣는 소린걸."

그러면서 로켓이 기다란 검은 머리칼을 뒤로 모아서 묶는데, 아무렇게나 틀어 감는 것 같으면서도 모양을 낸다.

"또 누구 본 사람 없어?"

"나! 내가 딱 봤잖아! 처음부터 끝까지 다!"

아리가 열을 내며 대답한다.

"그래? 그럼 그 인형이 입었다는 스웨터 어떻게 생겼던? 그걸로 하나 짜보고 싶은데. 완전 특이한 유행이 될 거야."

따끔거릴 것 같은 칙칙한 녹색 양모 재질에 팔꿈치에는 토한 것 같은 색의 천이 대어져 있었다는 식으로 아리가 스웨터를 자세히 묘사하기 시작한다.

5층에서 움직이던 형체들이 생각난다. 몸이 떨어지는 장면이 떠오르자 속이 다시 아려온다.

"잠깐만. 누가 사진을 올렸을지도 몰라. 키드, 네 노트북 좀 쓸게. 내 건 렌즈 검색 중이라서 페이지가 바뀌면 안 되거든."

대꾸할 틈도 없이 아리가 내 노트북을 자기 쪽으로 돌린다.

"문구에 뭐라고 쓰여 있었지?"

아리가 검색을 하며 묻는다.

"각자 자살 방법을 선택하라."

나는 그렇게 중얼거리며 화면을 보려고 아리 뒤로 간다.

"오케이."

아리가 상품 검색에 내가 한 말을 집어넣는다.

"우엑, 역겨워. 이건 정말 아니지 않니?"

아리가 다들 와서 보라고 큰 소리로 알린다. 기분 나쁜 스너프 사진, 범죄 현장 사진, 다양한 자살 방법 중 어느 것이 잘 듣는지 비교해 놓은 도표가 줄줄이 올라온다. 우리가 찾는 건 없다.

다들 화면을 보려고 모여든다. 에이버리가 펑퍼짐한 엉덩이로 테슬라를 밀어내며 화면에 뜬 광고를 가리킨다.

"야, 저거 정말 싸다."

"넌 정말 세다."

카시가 낄낄거린다.

"왜? 면도날이랑 수면제가 저 값이면 정말 괜찮은 거라고."

"휴우, 우리 주제에 집중해 주지 않을래?"

아리가 검색 결과를 지우며 말한다. 아이들의 관심을 즐기고 있는 게 내 눈에도 다 보인다.

"정체불명이라고 검색해 봐."

문구의 이름을 떠올리며 내가 말한다.

아리가 '정체불명'이라고 치자 비디오 영상 하나가 뜬다.

클로즈업으로 찍은 빨간색 풍선 얼굴이 화면을 가득 메운다. 추락하기 전의 인형 모습이다. 배경음악으로는 많이 들어본 멜로디가 잔잔하면서도 인상적으로 흐르고 있다. 팽팽하게 바람이 들어간 풍선에 검은 매직으로 그린, 좀비처럼 생기 없고 단순한 표정이 우리 쪽을 응시하고 있다.

카메라가 뒤로 빠지면서 난간에 인형을 세우는 모습이 잡힌다. 인형이 떨어져 내린 5층 아케이드 바로 앞 난간이다. 인형은 녹색 스웨터와 몸에 잘 안 맞는 바지 차림으로 라운지를 내려다보며 홀로 서 있다.

배경음악이 바뀌면서 끽끽거리는 화이트노이즈 위로 둔중한 북소리가 리듬을 만든다. 가슴팍을 뼛속까지 울리며 아드레날린 분비를 자극하는 베이스 사운드가 쏟아져 나온다. 아까 현장에서 내가 느낀 기분을 기묘하리만큼 잘 표현한 음악이다.

다시 한 번, 인형이 떨어져 내린다. 느린 슬로모션과 노이즈 사운드 위로 목소리가 등장한다.

 "우리는 정체불명이다. 우리 정체불명은 주어진 배역을, 표적 마케팅을, 기업의 꼭두각시가 되기를, 규정되기를 거부한다."

 몸이 바닥에 닿는다. 화면이 다른 앵글로 넘어가더니 풍선이 터지는 장면을 실시간으로 비춘다. 누군가 인파 속에서 영상을 찍고 있었던 것이다.

 "너의 정체성은 네가 선택하는 모든 취향으로, 그들이 가져가는 비밀로 축소되지. 그들이 권하면 너는 산다. 자유라고 하는 것이 실은 너의 선택을 제한한다. 네 손에는 네 영혼을 찌를 수 있는 칼날이 있다. 너 자신의 자살 방법을 선택하라."

 카메라가 시체를 구경하는 군중을 쭉 훑는다. 화면에 내 모습이 잡힌다. 충격을 받고 표정 관리를 하지 못하는 내가 화면에 있다. 인형에서 눈을 돌리고 아리를 바라보는 내가.
 너무 비현실적이다.
 비디오는 다음 문구로 끝난다.

 "우리는 자살 방법을 선택하는 걸 거부한다."

다들 입을 꾹 다물고 잠시 그대로 앉아 있다.

로켓이 실 뭉치를 하나 집어 든다.

"이 초록색이면 비슷할 것 같아?"

"저기 바구니에 있는 베이지, 그걸로 팔꿈치 패치를 하면 좋을 것 같아."

아리가 친절하게 대꾸한다. 지금 이 상황에서 할 말이 그런 것뿐이라고? 나는 더 참지 못하고 말문을 연다.

"그런데 이거 무슨 시위 같은 걸까?"

"그게 무슨 말이야?"

카시가 솔깃해하며 묻는다.

"그러니까 지금 이게…… 스폰서들한테 대놓고 반항하는 메시지잖아. 아니야?"

"뭐, 그런 것도 같고."

로켓이 말한다.

"정체불명이라니, 난 대체 무슨 소린지 모르겠다."

에이버리가 소파에 기대며 말한다.

"정체성을 갖는 게 뭐가 잘못됐다는 거지? 좋은 걸 좋다고 하는 게 뭐가 어떻다고?"

"그러게. 우리 취향을, 선택을 없애겠다는 이야기야 뭐야?"

공작당 추종자가 다른 아이들의 생각을 다 확인한 다음 자기 의견이랍시고 새된 목소리를 낸다.

"저런 애들은 다 민주주의의 적 아니야?"

"다들 왜 그래? 공작당이야말로 소비문화에 반대하는 쪽 아니었어? 핸드메이드니 수제 정신이니 타도 파시스트당 같은 건 다 뭐였는데?"

나는 그렇게 말하고 나서 에이버리 쪽을 본다. 빨간색 티셔츠에 다이아몬드 알로 장식한 체 게바라 이미지가 에이버리의 풍만한 가슴 위를 덮고 있다. 에이버리가 눈을 굴린다.

"그 애들이 잘했다고 옹호하는 게 아니라, 나도 그냥 알고 싶어서 그래……."

"키드야."

아리가 말문을 열어 놓고는 앞머리를 얼굴 옆으로 흔들며 거창하게 한숨만 쉰다.

내 말이 틀렸다고 하는 아이는 없지만, 다들 내가 입 좀 그만 놀렸으면 하는 눈치다. 내가 게임학교의 최고 인기녀는 고사하고 중간도 못 가는 이유가 이런 데 있다. 최고 평범녀 상 같은 게 있으면 꽤 유력한 후보일 텐데. 그 상의 부상은 껄끄러운 침묵.

내가 물의를 일으킨 틈을 이용해 파시스트당이 〈바람둥이16〉이라는 잡지에 습격을 단행, '년' 자가 난무하는 축제가 이어진다. 에이버리가 파시스트를 뒤쫓으며 말한다.

"야! 그거 내가 보던 거잖아, 이년아."

언제든 싸울 태세를 갖춘 에이버리다.

"아하, 넌 원래 꼴사나운 고물들을 이고 지고 다니는 애?"

켈리가 쏘아붙인다.

"저년은 무슨 쉰내 나는 치즈를 파는 애 같아."

파시스트당이 문제의 잡지를 낚아채 자기 진영으로 가져가면서 날카로운 웃음을 내지른다.

"이름도 없는 구멍가게 물건이나 죽도록 팔라지 뭐."

애쉬레아 카터가 불을 지른다.

공작당이 보복 공격을 계획하려고 에이버리 주변으로 모여든다. 립스틱으로 무장하고 전략 구역에서 파시스트당의 치마와 청바지 뒤에 얼룩을 만들어 놓자는 말이 오간다.

나는 피를 보기 전에 얼른 노트북을 덮고 자리를 뜨려고 한다. 그런 와중에도 화면에 떠 있는 정체불명 영상을 즐겨찾기로 등록한다. 마이키에게 보여 주고 싶어서다.

마이키라면 이 깜짝쇼에 응당한 호기심을 보여 줄 거라 믿는다.

그러고 보니 윈터슨 선생님도 나에게 네트워크 페이지에 보다 많은 관심을 보여야 할 때라고 했지?

이 사건은 내가 이제까지 게임학교에서 목격한 일 중 가장 흥미로운 사건이다.

작업실을 나오는 이 기분을…… 뭐라고 말해야 좋을지 모르겠
다. 인터치를 꺼내서 엄지손가락을 놀린다.

kidzero: 자유낙하 중. 잡을 테면 잡아 봐.

이렇게 표현해야 내 기분이 좀 파악된다. 정확히 말하면, 100
자 이내로 내 감정을 표현해서 세상으로 내보낼 때에만.
정체불명 영상이 뇌리를 떠나지 않는다. 아니, 지금 나를 괴롭
히는 건 그 영상 자체가 아니라 그걸 본 아이들의 반응이다. 무
반응이라는 반응. 같은 학교 아이들이 난간 너머로 몸뚱이를 내
동댕이쳤는데, 어느 한 사람 그 이유를 궁금해하는 정도의 관심
도 보이지 않다니!
내가 올린 메시지가 스폰서들의 폭풍 같은 메시지에 밀려 작은
화면 맨 밑으로 내려간다. 그걸 보니 오히려 마음이 편해진다.

하긴 이렇게 재밋거리가 넘쳐나는 곳에서 괜한 공허감에 빠져들 사람이 누가 있을까?

#spons: 스튜디오 예약 가능합니다.

음악 센터에 속한 스튜디오는 4층 건너편 끝에 있다. 나는 로비를 건너가면서 갸릉갸릉 진동하는 인터치로 마이키를 부른다.

kidzero: 뭐 하심? @MIKEY

mikes: 세계 경제의 밑동을 뽑고 있음. 잠깐만!

답을 보니 아케이드에서 시뮬레이션 게임을 하고 있다. 여기에 곧바로 제러미 스위프트의 메시지가 달린다.

swiftx: 어설픈 단타 매매들 때문에 짜증 남. @MIKEY

나는 낄낄 웃으며 대화에 끼어든다.

kidzero: 오호! 스위프트님은 은행 간부(=재수 대가리)라도
　　　　되시는 모양. @MIKEY

퍼뜩, 내가 눈총 받을 짓을 했다는 생각이 든다. 개인적인 대화에 답글을 다는 건 예의에 어긋난다. 그래도 별일은 없겠지. 제러미에겐 내 메시지가 보이지 않을 테니까. 내가 제러미에게 @을 달고 직접 말을 걸거나 그가 내 스트림을 받아 보지 않는 한은 그렇다. 참고로, 제러미가 내 스트림을 받아 볼 확률은 아예 없다고 봐도 좋다.

나는 받아 보는 스트림도 많지 않고, 네트워크 친구도 몇몇이 전부다. 제러미의 소식을 받아 보는 건 그가 마이키 친구이기 때문이다. 그게 아니면 내 인간관계 영역에 들어올 일이 없는 인물이다. 제러미 스위프트는 친구가 한 삼천 명쯤 된다. 브랜드 모델에 워 게임 계의 거물이고 이름깨나 날리는 크랙당 프로그래머이기 때문이다. 나는 친구가 열한 명이다. 한심하지만 사실이 그렇다.

방금 스위프트가 자기 스트림에서 마이키의 이름을 불렀다는 건 마이키의 스트림에 구독자들이 물밀 듯이 몰아치고 있다는 뜻이다. 내가 둘의 대화에 댓글을 단 지금은, 마이키가 나를 스위프트의 극성 구독자로 여기게 생겼고.

극성 구독자란 게임 고수와 브랜드 모델의 스트림을 전부 받아 보면서 그들의 뒷공론에 한 발 걸치는 아이들을 말한다. 극성 구독자의 표본이 바로 아리다. 내 입장에선 아리가 어떻게 그렇게까지 할 수 있는지 도무지 이해가 되지 않는다. 몇 안 되는 친구들 소식과 스폰서 계정으로 올라오는 메시지, 게임 플레이 미션을 확인하는 것만도 버거운 나로서는.

　나는 내 인터치가 에바 블룸이나 팰머 필립스 같은 유명인들의
말로 도배되는 것도 사실 별로다. 브랜드고 뭐고 간에 그들이 무
슨 생각을 하는지 전혀 궁금하지 않으니까.

　둘의 대화에 끼어든 게 신경 쓰일 즈음, 마이키가 답을 준다.

　mikes: 5층에서 주식대전 중! 얼른 와! @KID

　씩 웃고 에스컬레이터를 타려는데, 이게 웬일, 제러미의 글이
올라온다.

　swiftx: 누구한테 하는 말? @MIKEY

　제러미가 내 스트림을 받아 보지 않는다는 사실이 똑똑히 확인
되는 가슴 아픈 순간이다. 내가 투명인간인 듯 느껴진다.

　mikes: 키드한테. @SWIFT

　swiftx: 제발, 얼른 와서 쟤 좀 끌어내 줘. 쟤가 금융 시스템을
　　　　　 망치고 있다고. @KID

　숨이 목에 탁 걸린다. 스위프트가 나에게 직접 답장을 보내다

니. 내 인터치가 평소보다 더 우렁차게 갸릉갸릉 한다. 인기남의 파워에 내 기계가 더 심하게 진동하는 것만 같다.

아케이드 입구에 다다르자 인터치가 찌릉 한다. 새로운 플레이 문제가 올라왔다는 신호다. 플레이는 게임학교에서 점수를 쌓으려면 반드시 수행해야 하는 과제다.

PLAY: 나무 펄프로 종이를 생산하는 방식은 몇 년도에 사라 졌을까요? 폐장 시간 전에 정답을 보내면 타임 보너스 를 드립니다.

100만 분의 1초쯤 망설인다. 분명히 함정이 있는 질문이다. 알다시피 종이는 재활용 플라스틱 수지로 만들고 인쇄된 잉크를 화학 용매로 씻어서 새로 인쇄해 쓸 수 있다. 그런데 나무로 만 든 종이라고? 그렇다면 이건 '나무 시대' 역사로 거슬러 올라가 는 이야기가 틀림없다.

평소 나는 타임 보너스를 노리고 플레이가 올라오는 족족 문제 에 매달린다. 그런데 이번 질문은 어느 층을 뒤져야 정답을 찾을 수 있는지도 모르겠다. 무엇보다 지금은…… '우시아' 지역 역사 따위가 내 눈에 들어올 리 없다. 아케이드에서 마이키가 날 기다 리고 있고, 어쩌면 스위프트도 나를 기다리고 있을지 모르는 이 상황에서는.

아케이드 입구에 카드키를 긋고 안으로 들어간다. 수백 개의 화면에서 쏟아져 나오는 섬광이 어두운 동굴 같은 벽에 기묘한 음영을 드리우고 있다. 나는 숨죽인 음악 소리에 귀를 기울인다. 헤드셋에서 삐져나오는 작은 폭발음. 방아쇠 당기는 소리와 버튼 두드리는 소리의 교향악이 점점 커지더니 상소리가 섞인 승리의 함성으로 분출된다. 아이들은 책상을 잇댄 긴 대열에 서로 마주 앉아 있고, 그 사이로 엘시디(LCD) 모니터가 내려와 있다. 모니터 때문에 상대방 얼굴은 보이지 않는다. 가상 세계로 들어가는 창만 보인다.

빈 컴퓨터가 없어서 대기 시간이 어느 정도인지 알아보려고 기술 지원 창구로 간다. 공주만세 주장 엘르가 자리를 보고 있다. 은색 매니큐어 손톱을 번득이며 말도 안 되게 빠른 속도로 자판을 치고 있다. 엘르가 쓰고 있는 눈부심 방지 안경에 화면 내용이 비친다.

엘르가 나를 보고 미소를 짓는다.

"어, 너 테슬라 친구, 음-키드? 맞지? 안녕-접속이 안 돼? 오늘 서버가 건방을 떨어서-아, 대기 중? 그렇군. 곧 자리가 날 거야. 안 나면 저 변태 자식을 내쫓으면 돼. 오늘 문 열 때부터 하루 종일 죽치고 있는 놈이거든-우와! 너 뭐야, 접속 시간이 3주나 남았잖아-이건 비밀인데, 남은 시간을 사고파는 암시장이 있어. 너 떼돈 벌겠다."

엘르는 벌써 내 계정 정보를 열고 내가 뭐라고 묻기도 전에 혼자 묻고 혼자 답을 한다. 말하는 것도 타이핑하는 것만큼이나 빠르다.

난 얼이 빠진 채 그 자리에 서 있고, 엘르는 접속 시간 경매장의 관습이며 고장 수리원의 직업병에 대해 떠들기 시작한다.

"어떻게 접속 시간이 이렇게 많이 남았어? 너 무슨 도 닦냐?"

엘르는 껄껄 웃고 나는 어깨를 으쓱한다. 모니터 쳐다보는 데 흥미가 없다는 내 말을 다들 못 알아듣는다. 아케이드에 죽치고 사는 시뮬레이션당은 말할 것도 없다. 이젠 애써 설명할 생각도 없다. 설명할 방법을 알고도 그러는 건 아니다. 그냥 뭔가 현실적인 데 시간을 쓰고 싶을 뿐이다.

마이키가 자리에서 튀어 오르더니 내 뒤에서 말 그대로 태클을 걸어온다.

"넌 나랑 스위프트 사이에 끼어서 하면 되잖아."

마이키가 숨을 헐떡이며 말한다.

제러미의 까만 머리가 어디 있나 찾아본다. 제러미는 화면만 열심히 들여다보고 있다. 트레이드마크인 검은색 티셔츠를 입고 있고 딱 벌어진 어깨에 힘이 잔뜩 들어가 있다. 마이키 뒤편엔 점수 따라지들이 모여 제러미의 게임을 구경하고 있다.

"니들 워 게임 보러 올 거지?"

엘르가 묻는다.

"가고말고."

"좋았어. 그런데 넌 고기망치 편 아니었어?"

엘르가 실눈을 하고 마이키를 노려본다. 마이키가 겁먹은 얼굴이 된다. 난 웃음을 터뜨린다.

"아니야! 나…… 난 여학생 편이야."

"장난이야. 나도 스위프트 친구인걸. 멋진 게임이 될 거야."

우리는 손을 흔들며 창구를 나온다.

"쟤가 너 마음에 들어 하는 것 같은데."

내 놀림에 마이키 귀가 빨개진다. 엘르 같은 애가 마이키에게 꽂히는 게 전혀 불가능한 얘기는 아니다. 남자가 팔꿈치하고 목젖만 제대로 달렸으면 된다는 기준이라면 마이키도 아주 멋지다고 할 수 있으니까.

"됐네."

마이키가 중얼거린다.

"됐긴. 아주 널 잡아먹을 기세던데."

마이키는 재치 있는 대응을 찾는 모양이지만 때는 이미 늦었다. 나는 깔깔 웃으면서 제러미 쪽으로 간다. 마이키한테 묻어들어가자 제러미의 어깨 너머에 진을 친 여자애들이 나를 쏘아본다. 마이키가 나더러 제러미 옆자리에 앉으라고 한다.

"제러미가 주식대전 게임 하나를 해킹했거든. 이게 그거야. 악덕 투자은행가가 돼서 여기저기 돌아다니면서 경제를 거덜 내고 위기를 이용해 먹고 이윤을 창출하는 거지. 그러면서 약도 빨고 사치스럽게 살고. 너도 해 볼래?"

"별로. 금융엔 관심이 없어서."

"꼭 경제를 거덜 내라는 건 아니야."

제러미가 웅얼거린다.

"중요한 건 이윤을 내는 거야. 처음에는 뉴욕 증권거래소 바닥에서 중개인으로 시작해. 그걸로 한 재산 모아서 투기성 투자, 획기적인 계략, 밀실 거래로 부자 사다리를 타고 쭉쭉 올라가는 거지. 중간에 걸리지만 않으면 말이야."

"저건 뭐니?"

나는 화면 구석에서 규칙적으로 뛰고 있는 구슬을 가리킨다.

"스트레스 측정기 같은 거야. 조심하지 않으면 궤양, 심장마비, 정맥류 같은 게 오거든. 또 어음이 밀린다든가, 마누라가 이것저것 조른다든가, 회사에 불법 수사가 들어오든가 할 때마다 스트레스로 쌓여."

마이키의 스트레스 측정기를 보니 건강한 핑크빛이다.

"넌 스트레스를 많이 받진 않았구나."

"몰라. 그런 건 상관 안 해."

마이키가 낄낄거리며 자기 아바타를 거래소 밖으로 끌어낸다.

나는 다시 제러미의 화면을 본다. 스트레스 측정기가 풍선처럼 부풀어 오르고 있다.

"으아! 조심해! 지수가 붉은빛에서 자줏빛으로 변하고 있잖아. 아파 보이는데……."

제러미가 100만분의 1초 사이에 나를 휙 보고 말한다.

"알아. 그래도 문제없어. 근무 시간이 거의 끝나가거든. 퇴근하면 진탕 마시고 인턴이랑 붕가붕가 놀 거야. 그게 스트레스 해

소엔 직방이거든."

"뭣 같은 삶이네."

제러미 뒤의 여자아이들이 신경질적으로 킬킬댄다.

"야, 마이키! 게임 제대로 안 할 거면 접속 끊어!"

제러미가 고함을 지른다.

"네 변칙 매매 때문에 투자자들의 신뢰를 잃고 있잖아."

"제대로 하는 중이거든."

마이키가 하염없이 버튼을 클릭하면서 대꾸한다.

"너 무슨 짓이야?"

제러미가 또 버럭 소리를 지른다.

"응? 그냥."

"마이키! 대체 무슨 짓을 한 거냐고!"

"내 주식을 다 팔아치웠을 뿐이야."

"됐다, 너 나가! 지금 너 때문에 공황이 일어났어. 벌써 다들 주식을 내다 팔고 있잖아. 이건 쌍방향으로 해킹한 버전이라구. 네가 내 게임을 다 말아먹었어! 내가 저놈의 주식 가치 올려놓는 데 얼마나 오래 걸렸는지 알기나 해?"

"시시해."

마이키가 투덜거린다. 나는 게임에 몰두해 있는 제러미를 관찰한다. 입술을 깨물고 눈을 가늘게 뜨고 있는 제러미를 이렇게 가까이 보고 있으니까 좀 떨린다.

나는 잠깐 백일몽에 빠진다. 제러미가 게임에 빠진 듯이 나에게 빠지는 상상……. 마이키가 나를 빤히 쳐다보는 게 느껴진다. 강아지의 고추를 몰래 보다가 딱 걸린 기분이다. 당황한 기색을 감추려고 가방을 뒤적거린다. 할 수만 있다면 가방 안으로 들어가고 싶다.

"아, 맞다."

마이키가 지금의 내 꼴보다 더 재미있어 할 만한 게 떠오른다.

"너한테 보여 주고 싶은 게 있어."

가방에서 노트북을 꺼내 연다.

"이거 봤어?"

네트워크에서 '정체불명' 영상을 열어 마이키에게 보여 준다.

인기남의 게임을 구경하던 아이들이 내가 튼 영상을 보려고 내 뒤로 모여든다. 제러미는 이렇게 자기 주위를 맴도는 인간들을 어떻게 견디는지 모르겠다.

제러미 쪽을 힐끗 돌아본다. 나를 보고 있다가 딱 들킨다. 비를 머금은 구름 같은 두 눈이 마치 나를 처음 보는 듯한 눈빛을 띠고 있다. 난 내가 뭐라도 된 기분에 빠지려다가, 가까스로 다시 영상 쪽으로 시선을 돌린다.

마이키는 눈살을 찌푸리면서도 화면에서 눈을 떼지 않는다. 인형이 터지는 장면이 보이고, 군중을 찍은 샷이 나오고, 내 모습이 나온다.

"꽤 센데."

마이키가 마침내 입을 연다.

"너 괜찮아? 그러니까…… 저 자리에 실제로 있었던 거잖아."

마이키에게는 가끔이긴 하지만 진심으로 놀랄 때가 있다.

어떤 때 보면 완전히 구제불능 바보가 아닌가 싶게 무신경하지만, 또 어떤 때는 그 누구보다도 뛰어난 감을 보여 준다.

마이키는 나에게 그때 기분이 어땠냐고 물어봐 준 유일한 사람이다. 말로만 그러는 게 아니라 정말 내 대답을 궁금해하면서.

"괜찮아. 진짜가 아니었으니까."

마이키가 다시 화면을 바라본다.

"그래, 하지만 저 땐 진짜인 줄 알았을 거 아냐."

6 보고 듣다

마이키와 나는 아케이드에서 로그아웃한 다음 천창으로 흘러
드는 빛을 바라보고 있다. 눈을 가늘게 뜨고. 5층에 올라오니 하
늘이 무척 가깝게 느껴진다. 우리는 인형이 떨어진 그 난간에 기
대선다.

"학교 한복판에 시체를 떨어뜨릴 정도로 가상현실에 빠진 인
간이 있다니 대단한걸."

마이키가 그렇게 말하면서 난간 위로 몸을 약간 내밀고 라운지
를 내려다본다. 한 발을 들고 양팔을 내미는데, 어디선가 슈퍼맨
이 나타나 저 아래로 슈욱 날아들길 기다리는 모양새다.

"그 짓 한 애들, 잡힐까?"

"누군지 내가 봤어."

나는 무심코 말해 버린다.

"우와, 너 진짜 젬병이다! 이럴 땐 까기 전에 긴장감을 깔아 줘
야지. 너 미디어 활용 점수 낮은 건 알았다만 이 정도……."

"농담할 기분 아니야. 내가 봤어."

"누군데?"

"누군지는 못 봤지만, 그 장면은 봤어. 두 사람. 어쩌면 더 있었을지도 몰라. 내가 뭘 봤는지 그새 가물가물하다."

마이키는 잠시 말이 없더니 이렇게 말한다.

"네가 사건이 터지는 걸 봤다니 안 믿겨. 진짜 부럽다."

"무슨 소리야?"

"우리 학교에서 돌발 사고가 얼마나 자주 일어나던? 아니 사전에 계획되지 않고 예상 못 했던 일이 있기나 해?"

"아리는 스폰서들이 한 일이라고 생각하던데. 공작당 애들은 사건엔 관심도 없고 패션만 보더라."

"친구 분들 상상력이 영 부족하시네. 스폰서들은 저런 거 꿈에서라도 생각 못 해."

"네가 어떻게 알아?"

그렇지만 답은 나도 이미 알고 있다. 그 몸뚱이가 난간에서 떨어지는 순간에 알았을 것이다. 내 온몸으로. 거짓 없는 순간에 느껴지는 아픔. 진짜라는 느낌.

"스폰서들은 뭔가 근사한 걸 만들고 싶어서 안달할 뿐이잖아."

"내 기념물 봤어?"

나는 풍선 얼굴을 단 손목시계를 들어 보인다.

"멋지네. 그런데 범죄 현장 증거물을 팔에 달고 다니는 게 똑똑한 짓이냐?"

이런 걸 주웠다고 문제가 생길까? 아니, 누구 소행인지 알아내려는 사람이 있긴 할까? 우리 두 사람 말고.

"저것 봐. 누구 짓이든 간에 걸릴 염려는 없겠다. 일단 감시카메라엔 안 남았겠어."

나는 빨간색 녹화 표시등을 나른하게 끔뻑이고 있는 고자질쟁이 감시카메라를 가리킨다. 이 건물이 쇼핑몰이었던 시절의 유물인 구닥다리 감시카메라들의 앵글이 전부 바뀌어 있다. 통로나 라운지 쪽이 아니라 카메라끼리 마주 보고 빈둥빈둥 눈싸움을 하고 있다.

이때까지는 카메라를 전혀 의식하지 않았다. 건물의 일부, 배경의 일부였을 뿐이었다. 그런데 지금은 저 카메라들이 중앙 무대의 드라마를 만들어 내려는 것만 같다. 특히 두 대가 미묘한 앵글로 서로 마주 보는 모양은 마치 사랑을 나누고 있는 듯하다. 비밀을 나누는, 그대만 바라본다고 속삭이는 연인들 같다.

"귀여워라."

인터치로 저 은밀한 순간을 스냅사진으로 찍는다. 저 모습엔 달콤하면서도 오싹한 구석이 있다. 사랑에 빠진 감시카메라들. 스토커끼리의 연애라.

사진을 저장하면서 마이키에게 묻는다.

"스튜디오 시간 예약할 수 있나 보러 갈래?"

마이키가 방금 만든 드럼 트랙을 다시 틀어 본다. 정말 훌륭하다. 그 사건이 터지기 직전에 라운지에서 본 새들의 날갯짓 박자를 마이키에게 설명했더니, 그 당김음의 속도를 완벽하게 잡아냈다. 스네어 드럼 하나만으로 연주한 리듬인데도 헤드폰 속에서 새처럼 날아가는 것 같다. 나는 우리가 녹음한 것을 확인하는 동시에 거기에 빠진 부분을 찾아 사운드에 귀를 기울인다. 그걸 찾아내야 노래가 완성된다.

레비 선생님이 유리창을 두드려서 헤드폰을 벗는다.

"문 닫을 시간이다, 키드."

"아, 알겠어요."

나는 인터치를 들여다보며 말한다. 벌써 다섯 시가 다 되었다니 믿기지 않는다. 드럼 녹음을 저장하고 짐을 챙긴다.

"윌리엄스는 벌써 내쫓았단다."

레비 선생님이 말한다. 나는 티코 윌리엄스의 코빼기라도 보일까 싶어 목을 쭉 뺀다. 그가 브랜드이긴 하지만 난 절대 따라지가 아니다. 그가 만드는 음악이 대단하다고 여길 뿐이다.

"무슨 작업 중이니?"

"그냥 마이키랑 녹음해 보고 있어요."

선생님이 스튜디오 안을 돌아본다.

"마이키는?"

나는 어깨를 으쓱한다. 마이키는 녹음만 하고 갔다. 마이키는 연주할 때 느끼는 열기는 좋아하지만, 내가 괴짜처럼 계속 돌려 듣기 시작하면 곧 흥미를 잃어버린다. 나는 듣고 또 들어도 하나도 지루하지 않은데. 마이키 말로는 내가 그 안에 들어 있지 않은 소리를 들을 수 있어서라고 한다.

선생님은 나머지 방음 부스도 마저 확인한다. 이번에도 내가 맨 마지막까지 남은 것이다.

"전에 내가 들은 건 어떻게 됐니? 그 공간 음향으로 만든 곡."

"아직 만들고 있어요."

난 입속말로 대꾸한다. 레비 선생님이 말하는 건 내가 '배후의 소리들'이라고 이름 붙인 작품이다. 아직 완성하지 않은 곡을 선생님이 들었다는 사실이 편치 않다.

선생님은 내가 스튜디오에서 로그아웃하기를 기다렸다가 참가 선수 기록을 보면서 다들 로그아웃했는지 확인한다.

"음감 라이브러리에서 네 곡이 자주 플레이되더구나."

선생님이 작업실 현관 앞에 철컥철컥 쇠창살을 내리며 말을 잇는다.

"이름을 계속 바꿔도 네가 올린 곡은 티가 나거든."

"어떤 이름이 좋을지 결정을 못 해서요."

마이키와 아리와 나는 우리가 재미삼아 만든 노래를 음감 라이브러리에 올리곤 했는데 그때마다 다른 밴드 이름으로 발표했다. 그래서 아티스트 이름으로는 우리 노래를 검색할 수 없지만, 엉뚱한 이름을 생각해 내는 것도 음악 만드는 재미 못지않았다.

"밴드 이름을 알리지 않고도 네 노래가 그렇게 많이 플레이된다는 건 네가 만드는 사운드가 개성적이라는 뜻이야."

"뭐, 순위 확인은 안 해 봐서요."

"히트 리스트 사의 머독 웨스트 씨가 신예를 찾는다고 하더라. 밀어줄 만한 아티스트를 물색하고 있다던데. 그 사람들에게 네 곡을 들려주기만 하면……."

"저 셔틀버스 놓치겠어요. 내일 봬요, 선생님."

나는 그렇게 말하고 에스컬레이터 쪽으로 도망쳐 버린다.

레비 선생님이 나만 따로 점찍었다는 게 마음에 들지 않는다. 우리 노래가 히트 리스트에 오르든 말든 나는 아무 관심 없다. 그냥 친구들과 함께 연주하고 싶고 그게 좋을 뿐이다.

아이디카드로 문을 통과해 게임학교를 나오는데 머릿속에 안개가 낀 기분이다.

주차장은 거의 비어 있다. 아리가 먼저 가면서 차를 태워 줄까 묻는 메시지를 보냈는데 미처 확인하지 못했다. 우리 동네로 가는 마지막 셔틀버스가 곧 출발하려는 참이다.

저 버스마저 놓치면 엄마가 꽤나 열 받겠지. 나를 데리러 오려고 직장에서 시간을 뺄 수 없어 길리 이모에게 나를 태워다 달라고 부탁해야 할 테니까. 아니, 그냥 게임학교 카드에 내가 전철을 타도 좋다고 동의만 해 줬으면 될 것을. 그래도 엄마는 좀처럼 동의해 주지 않을 거다. 전철은 안전하지가 않다면서.

우리 엄마는 수백만 과잉보호 부모의 일원으로서 게임학교 선수들에게 지피에스(GPS) 추적기가 내장된 인터치가 주어진다는 사실을 무척이나 반겼다.

나는 셔틀버스에 올라 자리를 잡고 헤드폰으로 마이키가 연주한 날개 리듬을 또 들어본다. 오늘 아침 라운지에서 있었던 일이 생각난다. 새들의 싸움, 몸뚱이 투척, 정체불명 영상에 흐르던 음악. 배경음악과 화이트노이즈와 새의 날갯짓이라…….

창밖을 보니 주차된 차량 위로 햇빛이 자잘하게 부서져 반짝이는 게 꼭 강렬한 트럼펫 소리 같다. 아리가 트럼펫을 연주해 주면 좋지 않을까 싶다. 아니, 어쩌면 이번 녹음에 들어가야 할 사운드는 클라리넷 새 울음소리일지도 모르겠다.

아리가 떠오른다. 아리의 두 눈이. 제 말로는 똥색 눈이라고 했지. 어떤 색을 고를지 도와주길 바랐는데. 너의 자유라고 하는 것이 실은 너의 선택을 제한한다. 이거 누가 한 말이더라? 라일락색 눈동자. 시 폼 그린 눈동자. 지나간 일이야. 눈동자를 지나 영혼에 닿는다. 네 영혼을 찌를 칼날. 너 자신의 자살 방법을 선택하라. 우리는 자살 방법을 선택하는 걸 거부한다.

헤드폰을 벗고 머리를 흔든다.

가방 안에서 인터치가 붕붕거린다.

aria: 뭐 해? @KID

나는 게임학교에서 로그아웃한 뒤에는 문자를 보내면 안 된다. 폐장 이후에는 통신 요금이 미친 수준으로 매겨지기 때문이다. 첫 시즌이 끝나고 계산서를 받아든 엄마는 입에 거품을 물었다. 나를 13-17레벨에 등록시킬 때 서명한 계약서에 지역 통신

사업체가 '무료' 인터치에 부대비용을 매긴다는 내용이 작은 글씨로 쓰여 있었는데 그걸 제대로 보지 않았던 거다. 그 후 나는 엄마에게 다섯 시 이후론 긴급 상황일 때만 문자를 쓰겠다고 약속했다. 그런데 이건 아리의 메시지다. 그러므로 중요하다. 바로 답장을 날린다.

kidzero: 그냥. 새 녹음, 너도 들어 봐야 해. @ARI

aria: 근데 오늘 스위프트가 너한테 @ 달았더라! @KID

나는 미소를 지었다가 바로 눈치를 본다. 스위프트가 내 이름에 @을 달아 메시지를 보낸 걸 아리가 봤다면, 다른 아이들도 봤다는 소리다. 지금 이 대화도 평소보다 몇 배 늘어난 구독자들이 지켜보고 있을지 모른다.

kidzero: 지금은 문자 못 보내는 시간 @ARI

인터치가 또 붕붕거린다.

aria: 푸우. 시시한 것. @KID

나는 신발 끈 열쇠고리에 달린 카드키로 현관문을 연다.

엄마는 아직 귀가 전이다. 드문 일도 아니다. 엄마는 내가 학교에 있는 동안 스폰서의 통신회사에서 고객 불만사항을 처리하는 일을 한다. 밤에도 쉬지 않고 이모가 하는 식당에서 저녁 조로 웨이트리스 일을 하는 게 보통이다.

그래서 나는 우리 집 게으른 강아지 럼프와 함께 알아서 먹을 걸 찾아 먹는다. 엄마는 먹을 만한 간식거리는 절대 사 주지 않지만 군것질이라면 학교 자판기 코너에서 실컷 할 수 있다.

럼프에게 밥을 먹이고 저가당 시리얼을 한 그릇 만들어 방으로 가져간다.

집이 너무 조용하다. 적막하니까 몸이 근질근질하다. 애들이 밴드 연습에 빠질 때마다 틈틈이 믹싱해 둔 음악 프로젝트를 열어 본다.

'배후의 소리들'이다.

난 '앰프로 증폭시킨 방 소리'를 녹음하고 루프를 만든다. 주변 소음을 하나하나 분리해서 그걸로 댄스곡에 어울리는 리듬이나 멜로디가 만들어지는지 찾아본다.

지금 같은 기분일 때면, 그러니까 어쩐지 허전하고 불안할 때면 '배후의 소리들'을 듣는다. 고요함 속에 얼마나 많은 소리가 숨어 있는지 귀 기울이다 보면, 그리 쓸쓸하지 않다.

과열된 가전제품의 환풍기 돌아가는 소리, 냉장고 모터 소리, 전구와 네온 조명이 내는 작은 떨림이 우리 귀엔 거의 들리지 않지만 늘 우리를 감싸고 있으니까.

레비 선생님이 들었다는 대목에 이른다. 인터치를 충전할 때 나는 희미한 소리를 증폭하고 거기에 파리가 닫힌 창문 밖으로 나가려고 기를 쓰는 소리를 더한 곡이다.

이 곡을 밀어줄지도 모른다는 히트 리스트 사의 쿨헌터 건에 대해 생각해 본다. 아리라면 이 기회를 덥석 물겠지만, 나는 브이아이피(VIP) 라운지 입장 자격과 맞바꾸려고 이 곡을 만든 게 아니다. 내가 왜 이런 음악을 만들었는지는 나도 확실히는 모르겠지만 어쨌든 브랜드 모델이 되려고 만든 건 아니다.

노트북을 연다. 인터치에 저장된 이미지가 네트워크로 자동 업로드 되는 설정이라, 나는 지금 서로 마주 보고 있는 보안 카메라 사진을 보고 있다.

어떤 인간들이 번거로움을 무릅쓰고 저런 일을 꾸몄을까?

대체 누구일까?

인형 자살 사건의 영상을 여러 번 클릭해서 본다. 정체불명의 바리톤 목소리에 귀를 기울인다. 자기들이 어떤 사람인지에 대해서는 실마리 하나 주지 않았다.

다시 노트북을 닫고 '배후의 소리들'이 내 방에 핏물처럼 스며들게 한다. 집의 난방 장치가 켜졌다 꺼졌다 하는 소리, 바깥 거리에서 들려오는 자동차 소음. 잠시 후 텔레비전을 켜고 볼륨을 높이는 소리가 들린다.

이건 집에 온 엄마의 사운드다.

"키디!"

엄마가 부르는 소리에 음악을 끄고 나간다.

엄마는 소파에 무너져 내린 채 뉴스를 보고 있다. 엄마는 늘 파김치 상태다. 만날 일하고 빚 갚느라 스트레스를 받고 내가 집에 돌아왔을 때 집에 있어 주지 못해 죄책감을 느끼는 엄마. 나는 엄마의 정수리에 입을 맞춰 인사한다.

"럼프 밥은?"

"줬어."

집에 오면 럼프 밥부터 주는데도 엄마는 꼭 그렇게 물어본다. 이제 안 물어봐도 된다고, 알아서 잘하고 있다고 대들려고 해도, 엄마가 정말 어느 날부터 물어보지 않으면 우리의 이 약속 같은 문답이 아쉬워질 것 같다.

"저녁밥 좀 싸왔어."

엄마가 식탁 위에 둔 꾸러미를 가리킨다. 그릇을 열고 식당 음식을 먹는다. 밥 같은 밥을 먹으니 행복하다.

"오늘 저녁은 어땠어요?"

난 이모의 주요리인 마카로니 치즈로 배를 채우며 물어본다.

"한가했어."

'정신없었어.' 할 때와 똑같은 말투다. 한가하면 팁이 형편없으니까 오래 일해 봤자 소용없다고 싫어하면서도, 바쁘면 또 바쁘다고 투정하는 사람이 우리 엄마다. 팁은 두둑하게 나오지만 하루 종일 전화 받느라 피곤해 죽겠는데 밤늦도록 달려야 하니 기운이 남아나질 않아서 그러는 거다.

"거기 일도 계속해야 해? 이모가 다른 사람을 구하면 안 돼?"

난 입에 음식을 가득 문 채 말한다.

"너 오늘 셔틀버스 놓칠 뻔했지."

엄마가 몸을 꼿꼿이 세우고 나를 바라본다. 나는 움찔한다. 하긴, 엄마는 학교 폐장 시간이 되면 내 지피에스 좌표를 확인하곤 하니까.

"그럴 뻔은 했지만 안 놓쳤어."

엄마는 또 그 얼굴이 된다. 내가 차편이 없어서 학교 앞에서 오도 가도 못하게 되었을 때 벌어질 수 있는 온갖 안 좋은 일을 공포영화 보듯 상상하고 있는 얼굴.

"아리는 어디 가고?"

"먼저 갔어. 내가 시간을 잘못 생각하는 바람에."

"넌 좀 더 책임감 있게 행동해야 돼. 네가 잘못하면 너만 잘못되는 게 아니야."

전에도 수없이 들은 말이다.

"엄만 걱정이 너무 많아."

"왜 많은지 생각해 봐."

엄만 그렇게만 대답하고 텔레비전 쪽으로 몸을 돌려 버린다. 보고 있으면 스크린을 보는 기분이 드는 후진 텔레비전이다.

요즘 들어 텔레비전에 이른바 미성년자 폭도들에 관한 뉴스가 늘어나고 있다. '이른바'라니 대체 어떤 사람들이 그렇게 일컬었는지 궁금하다. 그런 말을 붙이니까 별일 아닌 것 같이 들리는

데, 어쩌면 그런 효과를 노렸는지도 모르겠다.

정부에서 성인 연령을 스물한 살로 높이는 법안을 내놓았다고 한다. 이 법안은 미성년자들이 공공장소에 모이는 걸 금지하는 법령으로 확산될 우려도 있고, 그러면 보너스 레벨 캠퍼스도 막히게 된다. 항의 파티도 열렸다고 한다. 경찰이 최루탄을 써서 '잠재적 불법 집회'를 해산시키는 한편 아이들은 방독면을 쓴 채 계속 춤을 추는 영상이 나오고 있다.

나는 화면에 뜬 이미지들을 가만히 바라본다.

경찰이 강제로 방해하지 않았다면 아무 문제 없는 평범한 파티였을 텐데.

"행여나 저런 데 끼어 있는 꼴, 나한테 보이지 마라, 키디."

정부 당국에 의해 댄스 플로어에서 질질 끌려 나오는 여자애를 보고 엄마가 말을 잇는다.

"넌 학교 끝나자마자 곧장 셔틀버스 타는 거다. 그길로 집에 오는 거야."

게임학교 선수용 입구에 더듬더듬 아이디카드를 긋는다. 문이 스윽 소리를 내며 열리자 천창 사이로 아침 햇살이 부서져 내린다. 돋보기 아래 있는 개미가 된 기분이 든다.

인터치가 자동 모드로 들어가서 켜지고 쌓인 메시지 때문에 손바닥이 경련을 일으킨다. 화면에 햇빛이 반사되어 메시지를 읽을 수가 없어 라운지 한구석에 있는 인공 정원 그늘에 몸을 숨긴다.

스폰서들이 발송한 메시지와 아리의 소식 몇 개뿐, 내 구미를 당기는 글은 없다. 인터치를 집어넣고 화단 모서리에서 뛰어내리려는데, 나무들이 뿌리를 내린 까만 흙을 배경으로 핑크색을 띠는 것이 보인다. 뭔가 싶어 그 자리에 멈춘다.

화단 반대편에서 누군가가 '흑기술 강연'을 입에 올리는 게 들려온다. 나는 귀를 쫑긋 세우고 그쪽 대화에 주파수를 맞춘다. 흑기술 강연의 공지는 입에서 입으로만 전해진다. 완전 무허가 강연이지만 늘 기대 이상이었다.

그런데 내 귀가 번쩍한 건 대화 내용 때문만이 아니다. 말하는 사람 목소리에서 귀를 떼지 못하겠다. 분명히 어디선가 들은 목소리다. 목소리 주인공을 확인하려고 돌아보니, 화단 반대편에 어제 파크에서 본 그 남자가 앉아 있다.

어딘가 낯이 익은 여자애와 시시덕거리고 있는데 어디서 봤는지는 떠오르지 않는다. 짧고 검은 머리에 광대뼈 위쪽에 핑크빛 연지를 그려 넣은 모습이다. 저 애를 어디서 봤더라 하며 기억을 더듬는데 여자애가 내 쪽을 쳐다본다. 나를 빤히 바라보는 눈길이 라운지에 사는 새를 닮았다. 눈 하나 깜빡하지 않는 저 도도함이.

꿀벌 같은 목소리를 가진 도시 등반당 남자도 나를 돌아본다. 그가 미소를 짓는다. 이쯤에서 그만 고개를 돌리고 인터치를 보든가 하면서 딴청을 부려야 마땅하거늘, 미소로 화답하고 만다. 딱 걸렸다 싶은 기분. 그렇게밖에는 설명이 안 된다.

"우리가 뭐 도와줄 일이라도 있니?"

염탐하다가 걸린 나에게 그가 기분 좋게 물어 온다.

"미안."

그렇게 웅얼거리며 가방을 움켜쥐고 자리를 뜨려다가, 이왕 이렇게 된 거 직접 물어보기로 마음먹는다.

"어제 파크에서 너 봤어. 한 사람 한 사람 합격인지 불합격인지 알려 주고 다녔지?"

"그랬지."

내가 묻기도 전에 대답이 나온다.

"거 뭐였어? 그러니까…… 어떤 기준으로 사람들을 선택한 건데?"

여자애는 한마디도 하지 않은 채 나를 빤히 쳐다보고만 있다. 무슨 표정인지 알 수가 없다. 그래서 거북하다.

그가 어깨를 으쓱하고 말한다.

"되는대로. 넌 무슨 기준으로 선택하는데?"

'선택'이라는 단어가 나오자, 내 기억 속의 뭔가가 오류를 일으킨다.

"그게 무슨 뜻이야?"

"저 사람들이 알고 싶어 하는 게 바로 그거잖아? 어떤 상품이 합격이고 어떤 인간은 불합격인지. 저들은 우리가 하는 모든 상호 작용을 감시해. 우리가 이루는 복잡다단한 사회 구조를 파악해서 정답을 찾아내려는 거지. 그런 이유로 우리를 관찰하는 거고. 그렇다면 저들 입장에선 되는대로 선택하는 거야말로 가장 불온한 짓이겠지."

난 잠시 그의 이야기를 곱씹는다. 말이야 다 알아듣겠는데도 무슨 외국어를 들은 기분이다.

나는 옆의 여자애를 잠깐 살핀 다음 말을 꺼낸다.

"나보고 합격이라고 했어."

"그래? 내가 그랬나 보지?"

그러면서 그가 새 같은 눈동자를 가진 여자애 쪽으로 돌아선다. 나는 뭐랄까…… 실망한다.

"키드야!"

내 이름을 부르는 소리가 들린다. 구석진 이쪽에서 밝은 라운지 쪽을 바라본다. 하얀 탁자 위로 햇빛이 튀어 오르고 눈부신 빛 사이로 아리가 보인다. 알록달록한 공작당 애들과 함께 있다. 아리가 손을 흔들며 날 부르기에 그쪽으로 가려고 자리를 뜬다.

"그럼 또 보자, 키드."

서둘러 두 사람을 지나치는 순간 그가 부드러운 목소리로 말한다. 난 아리 곁에 앉아 밝은 햇빛을 받으며 이상한 느낌을 떨쳐내려고 한다. 그에겐 내 비밀이 뻔히 다 보이는 것 같은 기분이 드는데, 난 아직 그의 이름도 모른다.

"거기서 뭐 하고 있었니?"

아리가 목을 쭉 빼고 어둑한 구석을 보며 묻는다.

"아무것도. 그냥."

나는 마음 그대로 답했는데 아리는 내가 뭔가를 숨기고 있다는 듯이 얼굴을 찡그린다. 그러더니 다시 공작당에게 몸을 돌리고 웃고 떠든다. 나는 멀거니 앉아서 아이들이 고급 페미니스트 잡지를 훌훌 넘겨보는 모습이며, 정글에 사는 새들의 화려한 날개처럼 한껏 멋을 낸 음유 록 스타 풍의 헤어스타일을 바라본다.

인터치가 찌릉한다. 새로운 플레이 메시지가 들어온 것이다.

PLAY: 자유낙하하는 물체의 가속도는 얼마일까요? 정오

전에 정답을 맞히면 타임 보너스를 드립니다.

나는 질문을 노려본다. 여기서 말하는 '물체'는 당연히 물리학 설명에 나오는 '사물'이겠지만, 어제 바로 이곳에서 벌어진 일을 생각하면 기분이 오싹해지는 질문이다. 누군가 내 비밀을 꿰뚫어보고 있다는 섬뜩한 느낌이 더 심해진다. 이게 우연의 일치일리 없다. 학교 운영진이나 스폰서가 어제의 깜짝쇼에 대해 뭔가를 알고 있는 게 분명하다.

공작당 하나가 비명을 지른다. "그러자! 당연히 우리가 가 줘야지!" 아이들이 동시에 의자를 밀어젖히는 소리가 이어진다.

자리에서 일어선 아리가 내가 그대로 앉아 있는 걸 본다. 아리는 나를 쳐다보다가 다시 자기 패거리를 바라본다. 서로 찧고 빻으며 통로 쪽으로 몰려가고 있고, 향기가 뭉클뭉클 그 뒤를 쫓고 있다. 로켓이 힐끗 돌아보며 아리에게 묻는다.

"안 가?"

아리는 간다고 대답만 하고는 내 옆에 앉아 나를 보고 씩 웃는다. 숨이 막힐 정도로 환한 미소다. 그래, 이제야 우리 둘만 있게 된 거고 아리는 이렇게 말문을 연다.

"얘기 들었지?"

"무슨?"

"장난해? 어떻게 못 들을 수가 있어."

"아리야. 그냥 말해."

아리는 아침에 뭘 먹었는지 하는 걸로도 허풍을 떨 수 있는 아이다.

"에어웨어 쿨헌터들이 누구 페이지를 여덟 번이나 방문했게?"

아리의 엄지가 튀어 올라 샴페인을 터뜨리더니 반짝이는 네온사인처럼 어지럽게 제 가슴을 가리킨다.

"그걸 어떻게 알았어?"

"조회 기록을 추적하고 있으니까."

아리가 입술에 손가락을 대고 말한다.

"복사해다 붙이기만 하면 누가 날 지켜보는지 알 수 있는 스크립트 코드가 있어. 근데 이거 소문내면 안 돼. 학교에 걸리면 즉각 차단이야."

그러고는 바로 소리를 높인다.

"나 곧 브랜드 모델이 될 게 분명해!"

"정말 잘됐다!"

난 내가 보여 줄 수 있는 열정을 다해 화답한다.

아리가 얼굴을 찡그린다.

"너 말로만 그러는 거지?"

"뭐가?"

"사실 넌 내가 브랜드 모델 되는 거 별로잖아."

아리가 나를 너무 잘 안다는 게 문제다.

"네가 정말 정말 원한다는 거, 내가 왜 모르겠어? 또 너에겐 그럴 자격이 있잖아. 그동안 정말 열심히 했으니까. 네가 브랜드가 되면 난 기뻐서 정신이 나가 버릴걸."

아리가 자리에서 튕겨 오르더니 두 팔을 쑥 뻗어 내 머리통을 안고 으깨 버리려고 한다.

사실 난 브랜드가 되는 게 왜 그렇게 중요한지 모른다. 회사 로고 같은 데 연동되는 게 그렇게 대단한 일일까? 어쩌면 나와는 전혀 상관없는 일이라서 내가 이렇게 비뚤어진 태도를 갖게 된 건지도 모르겠다. 어쨌든 나는 아리처럼 쿨헌터들의 관심을 받으려고 전전긍긍하기보다는 마이키와 함께 브랜드 열병을 두고 농담 따먹기나 하는 편이 훨씬 속편하다.

브랜드 모델이 된 아이들은 학교에서 인기를 누리기도 하고 악평을 얻기도 한다. 아리가 종결자 단계까지 오른다면 모두가 아리의 이름을 알게 될 것이다. 트리플에이 세대의 모임 장소인 브이아이피 라운지 입장 자격도 생길 거고.

브이아이피 라운지란 소문이 시작되는 특별 라운지다. 아니, 그곳에 관한 이야기 자체가 특급 소문이다. 브랜드 모델에게만 주어지는 각종 공짜 제품들, 쿨헌터나 브랜드 담당자들과 어떤 식으로 어울려 노는가 하는 이야기들 말이다. 그들이 브랜드 학생의 이야기에 귀를 기울이는 것은 바로 그 아이들의 발언이 상품의 가치를 만들어 내고 눈에 띄는 결과를 이끌어 내기 때문이다. 브랜드 모델은 미디어, 마케팅, 여론 형성 분야에서 승승장구할 수 있는 지름길이고, 바로 그것이 아리가 원하는 것이다.

아리가 자기 인터치를 확인하더니 나를 쳐다본다.

"너도 갈 거지? 무조건 가야 해!"

"어디를?"

"대강당에서 하는 할리우드 물리학 폭로회. 팰머 필립스가 로켓하고 우리 모두를 초대했어. 내년 여름 개봉하는 블록버스터 영화의 맛보기 상영이 있대."

내가 다른 공작당 아이들 소식을 받아 보는 걸 아리가 탐탁지 않아 해서 나는 '힌트, 꼼수, 폭로' 일정에 접속한다.

오늘 수업은 운동량과 진행 경로 물리학 쪽으로, 그거라면 내 플레이를 푸는 지름길이지 싶다. 하지만 내가 거기 가는 주된 목적은 아리와 함께 있기 위해서다. 이제 우리에겐 같은 관심사가 없는 것 같고 그래서 아리와 함께하는 시간이 아쉽다. 좀 더 많은 시간을 함께하지 않는다면 우리 사이가 터무니없는 속도로 멀어지리라는 건 뉴턴 방정식을 몰라도 짐작할 수 있다.

그래서 다 같이 대강당에 로그인했다. 인기가 높은 수업이다. 톰 로저스 선생님이 할리우드 영화 속 물리학의 비밀을 폭로하고 있다. 몸뚱이들이 유리창을 뚫고 날아다니는 액션 장면, 내연 물체가 불꽃으로 뛰어들고 사람을 전기 처형하는 장면 등등. 그러더니 컴퓨터 애니메이션 — 참, 로저스 선생님은 5층 디지털 시각 효과의 강사다 — 을 이용해 방정식을 세우고 영화 장면에 물리학 법칙을 적용해 보인다.

실제 물리학을 적용한 장면을 보니 생각보다도 더 징그럽다. 섬뜩하다. 화면이 대학살당한 시체로 뒤덮이자 모두들 진저리를 친다. 팰머가 로켓에게 팔을 두른다. 로켓은 눈을 감고 그의 어깨에 얼굴을 묻는다. 팰머와 그의 잘난 친구 몇몇이 낄낄 웃고 있지만 진짜로 재밌어서 웃는 웃음이라기엔 너무 뾰족한 구석이 있는, 신경질적인 웃음소리다.

마이키에게 문자를 보낸다.

kidzero: 웃음소리 녹음해서 믹싱해 보면 어떨까? @MIKEY

kidzero: 음향적으로 엄청 센 음악이 될 듯 @MIKEY

mikes: 해 보셔. @KID

인터치의 녹음 기능을 켜고 그 신경질적인 웃음소리가 나기를 기다린다. 좀이 쑤시기 시작한다. 난 영상에는 오래 집중하지 못한다. 지금처럼 끊임없이 몸을 우그러뜨리는 장면이 나와도. 내 눈길이 이리저리 방황하기 시작한다. 눈을 크게 뜨고 있는 관객들을 구경한다.

나 말고도 마음이 딴 데 가 있는 사람이 있다. 오늘 아침에 본, 새의 눈동자를 가진 그 여자애다. 혹시 날 따라온 건가? 머리를 숙이고 뭔가에 집중하고 있어서 얼굴은 거의 보이지 않는다. 플라스틱 책상에다 뭔가를 새기고 있다.

헤어스타일은 뒤쪽은 바싹 깎고 위쪽은 바가지머리다. 결코 잘 나가는 스타일은 아니다. 예쁘게 보이려는 게 아니라는 효과 만큼은 확실하지만. 귓바퀴를 따라 은 귀고리가 잔뜩 달려 있고 광대뼈의 핑크 연지도 아까 그대로다. 화장을 한 건지, 물감을 칠한 건지, 문신을 한 건지 나로서는 알 길이 없다.

화면에 자동차 타이어가 끽 미끄러지고 멀미나는 충돌 장면이 이어진다. 아이들이 꿍 소리를 낸다. 그러더니 또 낄낄 웃는다.

하지만 저 여자애는 얼굴을 들지 않는다. 책상에 뭔가를 조각 하느라 살짝 기울어진 검은색 머리칼에 슬로모션으로 타오르는 화면의 불꽃이 반사된다.

로저스 선생님이 설명한 마지막 콩알 지식은 뉴턴의 제 2법칙 과 낙하하는 물체에 작용하는 힘이다. 그걸로 수업이 끝난다.

나는 재빨리 플레이의 답 9.8m/s를 올리고 제출을 누른다.

아리가 큰 목소리로 공작당을 향해 말한다.

"구글님한테 뻥 안 치고, 진짜 토하는 줄 알았다."

다들 맞장구를 치며 재잘댄다. 즐거운 공포에 얼굴을 빛내며.

"토할 것 같지 않던?"

아리가 나에게 묻는다. 나는 여자애가 책상에 뭔가를 끄적거리는 모습에서 눈을 떼지 못하고 있다.

"토할 것 같지 않던? 메스껍더라. 그치?"

아리가 재차 묻는 말에 난 건성으로 고개를 끄덕인다.

다들 짐을 챙겨 문 쪽으로 가는데, 팰머가 그 여자애에게 다가 간다. 그 애가 얼굴을 들고 자기 앞에 있는 팰머를 올려다본다.

딱 벌어진 어깨에 진짜 같지 않은 금발머리. 여자애는 서둘러 자리를 뜨려 하고, 팰머는 그 애를 보고 활짝 웃는다. 팰머가 비대칭 흡혈귀 스타일이란 걸 유행시키려고 오른쪽 송곳니를 뾰족하게 갈았다는 이야기가 있었는데, 아직 그렇게 뜨진 않았나 보다.

"아리야, 쟨 누구니? 저기 팰머 필립스랑 같이 있는 애."

내가 아리의 팔을 잡으며 묻는다. 팰머라는 이름에 레이저빔 눈길로 저편을 쏘아보던 아리가 얼굴을 찡그린다.

"케이엔 루이스잖아."

"뭐? 케이엔 루이스?"

내 입에서 비명에 가까운 소리가 터진다. 그 애가 가방을 싸면서 애써 팰머를 무시하는 모습을 빤히 지켜본다.

"어쩌다 저렇게 된 거야?"

아리가 고개를 끄덕인다.

"내 말이! 해괴망측하지. 머리를 저렇게 자르니까 무슨 베이징의 불구 고아 같지 않니? 패션 파시스트당에서 쫓겨나고 갈 데가 없어졌다는 건 알지만 그래도 그렇지. 걔네가 쟤 집까지 쫓아가서 거울을 전부 부숴 버리기라도 했다니? 차마 눈 뜨고 봐줄 수가 없다."

"쟤를 왜 내친 거야?"

"꼭 이유가 있어야 해?"

정말 이유도 없이 그랬을까?

그 애가 서둘러 대강당 출구 쪽으로 가는 모습을 지켜본다. 케이엔 루이스라니, 한 방 먹은 기분이다. 얼굴을 자세히 뜯어보니 이제 알 것 같다. 그 누구와도 눈을 마주치지 않고 지나치는 저 옆모습이. 패션 파시스트당 시절에는 머리가 정말 길었는데. 샴푸 광고라도 찍듯이 머리칼을 어깨 뒤로 넘기면서 웃음을 터뜨리곤 했는데. 그래서 못 알아봤지 싶다. 예전의 그 태평스럽고 맹한 얼굴은 온데간데없다. 지금은 사람들 얼굴을 빤히 들여다보고 상대방이 눈을 피하게 만드는 분위기를 풍기고 있다.

"이사라도 갔나 했는데."

내가 웅얼거리는 말에 아리가 "누가?" 하더니 아직도 케이엔 이야기를 하고 있다는 걸 깨닫는다.

"아."

아리는 이내 공작당 활동을 하러 가고 나는 길을 돌아 케이엔이 앉았던 책상으로 간다. 그 애가 써 놓은 글이 보인다.

자살 인형의 자살
예뻐라, 그래도 죽음 앞엔 숨을 곳 없어
무서워라, 긋는 건, 그 안엔 아무것도 없어
친구들이 다리에서 뛰어내리라고 하면
넌 그 끝에서 발을 내딛고 날아오르리.

• — •

96

처음부터 끝까지 몇 번이나 읽어 본다. 자살 인형. 참 끔찍한 시다. 그런데도 미소가 나온다. 인형 얼굴이 달린 내 손목 액세서리를 힐끗 본다. 플라스틱 책상에 새겨진 점-선-점 이모티콘이 풍선의 •＿• 표정과 닮았다. 케이엔 루이스는 인형 투척 깜짝쇼와 관련이 있는 게 분명하다. 분명히 뭔가 있다.

인터치가 두 번 갸릉거린다.

mikes: 그들 뒤를 캘 방법을 알아냈어. 나부터 찾아내. @KID

마이키는 암호처럼 말했지만, 묘하게도 지금 나와 같은 생각을 하고 있다. 언제나 그랬다. 어쩐지 오싹하지만.

"나부터 찾아내."

나는 혼잣말을 하며 노트북을 열고 마이키의 페이지로 들어간다. 마이키는 자기 페이지를 클릭하면 짜증을 유발하는 애니메이션이 튀어나오게 해 놓았다.

사이드바에 있는 '나는 지금' 항목을 살핀다. 4층 조립창고에 로그인해 있다. 정말이지, 이 녀석은 천재다.

9 증거 조립

마이키는 조립창고 한구석에 쥐 소굴 같은 난장판을 벌여 놓고 있다. 그 옆 로봇 대전 장에서는 아이들이 내일 오후 열리는 현상금 시합 준비에 열을 올리고 있다. 조립창고에서 가장 인기 높은 활동이 현상금 시합이다. 시합에 나가고 싶어 하는 아이들 모두가 대전에서 끝까지 살아남을 수 있는 강력한 원격조정 로봇을 설계하고 제작한다. 입구에는 현 챔피언 로봇과 그 창조자 및 이 깡통 전사의 연이은 승리 덕을 톡톡히 보고 있는 하드웨어 공급 스폰서들이 소개되어 있다.

나는 조심조심 마이키의 쥐 소굴로 기어들어 간다. 전자 부품이 담긴 나무 상자를 얼기설기 쌓아올린 탑에 눈이 휘둥그레졌다가 혹시 탑이 무너지더라도 짜부라질 위험이 그나마 적어 보이는 곳에 자리를 잡는다. 마이키의 작업 공간은 위험하기 짝이 없다. 녀석은 전기가 흐르는 전선을 아무 데나 팽개쳐 둔다. 이 구역을 순찰하는 강사들이 매번 마이키에게 안전 수칙을 상기시키지만 마이키는 좀처럼 말을 듣지 않는다. 그래서 강사들은 고개를 절레절레 흔들며 소화기를 들고 대기할 수밖에 없다.

작은 로봇의 뇌 속을 땜질하던 마이키가 고개를 든다. 마이키의 어깨 너머로 전투 로봇의 부속품들이 비어져 나와 있는 게 보인다.

"내일 시합은 무리인 것 같네."

나는 평서문으로 말했는데 마이키는 질문으로 받아들인다.

"아니, 당연히 나가지. 봐."

마이키가 조종기를 들고 절름발이 로봇이 그나마 멀쩡한 다리 두 개로 스케이트보드용 바퀴를 굴려 둥근 원을 그리며 나아가게 한다.

마이키가 미친 사람처럼 낄낄거린다.

"쌩쌩하잖아!"

나는 마이키의 웃음소리도 수집하려고 녹음 버튼을 누른다. 마이키는 저 한심한 거미 다리 로봇을 손보는 데 모든 시간을 쏟아붓는다. 덜떨어지긴 했지만 귀여운 짓이다. 마이키는 자기 로봇을 크리플이라고 부른다. 크리플은 로봇 대전에 나가는 족족 곤죽이 되어 돌아온다. 아예 못 쓰는 수준으로 말이다. 하지만 마이키는 또 매번 크리플을 고치고 또 고친다.

16레벨의 공돌이 하나가 고철 더미 위로 머리통을 쑥 내민다.

"시간 낭비야, 리틀턴. 그런 말라빠진 약골은 데려가서 폐기처분하는 게 상책이야."

"우리 크리플은 아무 문제 없어. 너를 확 폐기 처분해 버릴까 보다."

마이키는 그렇게 투덜거리면서 크리플의 삐쩍 마른 무릎 관절을 매만진다.

"이봐요, 추론 스킬이 제법이던데요, 탐정 양반."

나는 허공에 인터치를 흔들며 '나부터 찾아내'라는 마이키의 메시지를 가리킨다.

마이키가 손가락을 입술에 대더니 크리플의 원격 조종기를 들고 나에게 다가온다. 아까 그 녀석이 다시 불쑥 머리를 들이밀지 않을까 칸막이 너머를 흘깃 보고 나서 나직한 소리로 말한다.

"내가 좀 생각해 봤는데, 로그온 기록을 역으로 이용할 수 있을 것 같아."

마이키는 원격 조종기 손잡이를 조작해 크리플의 관절을 하나하나 테스트하면서 나직나직 말을 잇는다.

"범죄 현장을 이용해서 용의자 명단을 확보할 수 있어."

"근데 너 왜 자꾸 속삭이는 건데?"

나도 속삭이는 목소리로 묻는다.

"이건 음모일 수도 있거든."

마이키가 목소리를 깔고 대답한다.

나는 크게 웃음을 터트린다.

"쉿!"

"네가 퍽이나 이걸 음모라고 생각하겠다."

마이키가 무슨 대단한 이야기라도 들려주려는 듯 내 머리칼을 귀 뒤로 넘기고 몸을 바싹 붙이며 속삭인다.

"비밀스럽게 굴면서 망상에 사로잡힌 척하는 것도 재미있을 것 같아서 그래."

마이키가 몸을 뒤로 젖히고 씩 웃는다.

"그래, 접수."

나도 따라 키득거린다. 그러면서 괜히 어깨 뒤를 돌아본다. 오늘 아침 그 남자애가 말했던 게 이런 건지도 모른다. '저 사람들'은 우리가 어떤 기준으로 취향을 선택하는지 알고 싶어서 우리를 지켜본다고 했다. 게다가 공교롭게도 내 플레이 문제가 자유 낙하 물리학에 관한 것이었다. 나는 지금 신나 하면서 정말로 망상에 빠져들고 있다.

"범죄 현장은 어제 다 확인했잖아."

나는 우리가 찾아낸 이 쓸 만한 새 염탐 기술을 어디에 응용할지 따져 본다.

"5층엔 미리 손써 둔 보안 카메라 말곤 아무것도 없었어."

"아니, 있었어."

5층, 시청각실.

"그 영상을 그렇게 빨리 편집해서 실시간으로 업로드할 수 있는 장소는 여기뿐이야."

맞다. 그날 아침 내가 정체불명 영상을 링크했을 때 업로드 시각을 보니 사건이 일어난 지 한 시간도 안 된 때였다. 영상을 편집하고 렌더링하고 업로드하기까지의 시간이 무척 짧았다.

우리 노트북으로는 네트워크 접속과 아카이브 검색, 소프트웨어 스폰서들의 한정판 시험 프로그램만 실행할 수 있다. 정체불명 영상에 쓰인 후속 작업이 가능한 장비는 바로 이곳에만 있다.

마이키가 시청각실의 진열창을 슬쩍 살핀다. 통 화면 하나가 학생들이 제작한 영상을 무작위 순서로 보여 주고 있다.

"내가 만든 거 나온다. 보여?"

은박지로 싼 골판지 상자에 붉은 조명이 번쩍이는 것 같은 클로즈업 장면이 보인다.

"뭘 찍은 거야?"

"좀비 영화. 근데 로봇이 나오는 좀비 영화."

웃음이 터진다.

우리는 시청각실에 로그인한다. 불빛이 녹색으로 바뀔 때 퍼뜩, 게임학교 안에서 내가 하는 활동이 어떻게 추적되고 있는지 깨닫는다. 학교 운영진이 지금 이 순간 내가 있는 곳을 파악하는 그 구조로 우리도 어제 아침 누가 장비를 썼는지에 대한 실마리를 찾아낼 수 있길 바라며 문을 차례차례 통과해 들어간다.

이 방은 아케이드와 흡사하다. 최신 온라인 비디오 게임 대신 디지털 비디오 편집 소프트웨어가 설치되어 있다는 점이 다를 뿐이다.

우리는 작업실을 여기저기 둘러본다. 우리가 찾는 게 정확히 뭔지도 모른 채.

"뭘 찾아야 하는 거지?"

"글쎄…… 증거?"

마이키가 키보드 앞에 앉아 프로그램을 만지는 흉내를 내면서 말한다. 나는 웃음을 터뜨린다.

"이건 뭐 장님 코끼리 만지기잖아. 농담 아니고, 사용자가 로그인한 기록을 조회하는 게 가능하긴 해?

"으음, 가능할걸."

마이키가 지적인 체하며 손가락으로 아래턱을 톡톡 두드린다.

"네 말이 맞네. 이건 크랙당이 해 줘야 할 일 같다."

그러고는 바로 인터치를 꺼내 메시지를 쓰기 시작한다.

mikes: 어디서 플레이 중? @SWIFT

swiftx: 아케이드 @MIKEY

mikes: 잠깐 옆방, 시청각실로 와 주시지? @SWIFT

답장이 오는 데 시간이 좀 걸린다. 나는 내 인터치로 둘의 대화를 받아 보고 있다.

swiftx: 뭔 일? 나 막 승진하려는데 @MIKEY

"주식대전 하고 있대."

마이키는 내가 둘의 대화를 다 지켜보고 있다는 사실을 모르는 것처럼 말한다.

kidzero: 나도 부탁하면? @SWIFT

내가 문자를 보낸다. 다시 한 번 둘의 대화에 끼어든 것이다.

swiftx: 옆에 키드 있음? @MIKEY

나는 돌처럼 굳는다.

mikes: 그래 @SWIFT

kidzero: 안녕 @SWIFT

우리는 얼굴을 마주 보고 제러미의 답을 기다린다. 마이키가 입 모양으로 말한다.

너 진짜 개념 없다.

그냥 놀리는 말인 줄 알면서도 얼굴이 달아오르는 게 느껴진다. 평소엔 놀림을 당해도 잘만 넘어가는 나지만 지금은 아니다. 이건 제러미 스위프트가 엮인 일이다.

swiftx: 게임 저장 좀 하고. @MIKEY, @KID

나는 인터치에 대고 미소를 짓는다. 제러미가 내 이름 앞에 @을 달아 주다니 너무 짜릿하다. 어제 그 애가 나를 바라보던 순간처럼 다시 롤러코스터를 타고 떨어진 듯 속이 울렁거린다.

"아아, 그러지 마."

마이키가 짜증을 내며 말한다.

"뭘?"

"뭘?"

마이키가 내 흉내를 낸다. 나는 주먹으로 녀석의 어깨를 친다. 마이키에게 딱 걸리는 바람에 지레 당황해서 그 기색을 감추려는 행동이었다.

제러미가 어슬렁어슬렁 시청각실 문을 통과해 안으로 들어온다. 양손을 주머니에 찔러 넣고 눈을 가늘게 뜬 채 덥수룩한 앞머리 사이로 한 사람 한 사람 확인하는 껄렁껄렁한 록스타 같은 모습이 제러미와 딱 어울린다. 그 애가 우리를 발견하고 고개를 끄덕인다.

우리는 제러미를 맞으러 간다.

"무슨 일 있어?"

스위프트가 눈을 가린 머리카락을 쓸어 넘기며 말한다.

나는 침을 꿀꺽 삼킨다. 마이키가 나를 쿡 찌른다.

"시청각실 접속 기록을 확인할 방법이 없을까? 편집용 컴퓨터를 사용한 사람을 확인해야 하거든. 시간대는…… 인형이 떨어졌을 때니까, 아홉 시 좀 지나서야."

"워워, 우리 선수들에겐 접속 기록에 접근할 권한이 없어. 나한테 물어봤자야."

"넌 크랙당이잖냐. 그러지 말고 실력 좀 발휘해 봐."

마이키가 '크랙'의 ㄹ발음을 한껏 강조하며 말한다.

"어제 아침 거야. 대략 아홉 시부터 열한 시 사이."

내가 덧붙인다.

"이거 너희가 지난번에 보던 그 동영상이랑 관계있는 일이야?"

제러미가 나에게 묻는다.

나는 제러미가 이렇게 빨리 정황을 파악하는 데 좀 놀라며 대답한다.

"응, 맞아. 어제 아침에 그 안티 광고를 만든 게 누군지 찾아내려는 거야. 정체불명이라는 이름을 내건 집단이 있어."

"그런 이름은 처음 듣는데. 그리고 선수들의 접속 기록은 개인 정보 보호 차원에서 매일 폐장 시간 뒤에 깨끗이 지워지고."

제러미가 어깨를 으쓱하며 말한다. 마이키가 제러미의 가슴팍을 쿡 찌른다.

"아무짝에도 쓸모없는 해커 같으니."

"꺼질래."

제러미가 마이키의 손을 치운다.

"그럼 다음 작전은 뭐야?"

마이키가 나를 돌아보며 묻는다. 나는 제러미의 동태를 살핀다. 인터치를 읽으면서 딴짓을 하고 있다. 하지만 우리 쪽을 힐 금거리다가 나에게 들킨다. 제러미의 시선에 내 심장이 핀에 꽂힌 나비처럼 바르르 떨리지만 난 아무렇지 않은 듯이 미소를 지으려고 애를 쓴다. 제러미 역시 우리의 다음 작전이 궁금해서 이야기를 엿들으려는 것 같다. 그게 아니면 나 혼자 제러미가 궁금해하길 바라는 거겠지만.

"모르겠다."

나는 순순히 인정한다.

제러미가 씩 웃으며 묻는다.

"맞다, 오늘 흑기술 강연 있다는 이야기 들은 사람?"

나는 어깨를 으쓱한다. 왠지 마이키와 제러미에게 화단에서 그 알 수 없는 남자애와 말을 섞었던 일에 대해 말하는 게 아무렇지 않지가 않다. 아, 정확히 말하면 그 신비로운 남자애와 패션 파시스트당 출신인 여자친구, 이렇게 둘이였지. 말로 하고 보니 꽤 자극적이다. 실제론 그렇지 않았는데.

"난 들었거든."

제러미가 말한다.

"너도 가 볼래? 난 시간 되는데."

마이키가 그랬으면 좋겠다는 투로 물어 온다.

"이따가 스튜디오에서 아리하고 만나기로 했잖아."

마이키가 눈을 부라린다.

"이번 주에 아리가 밴드 연습을 몇 번이나 날렸더라? 말해 봐. 확률로 볼 때 오늘 걔가 스튜디오에 올 가능성이 얼마냐고."

"뭐? 아리가 또 안 올 거라는 얘기야?"

마이키는 고개만 젓는다.

나는 인터치를 꺼내서 아리에게 오늘은 '노른자 땅'에서 모이자고 알린다. 아리가 연습해 두어야 할 만큼 대단한 녹음 건이 있는 건 아니지만 그렇다고 아리를 포기할 생각은 없다.

그도 그렇고, 말도 없이 흑기술 강연에 갔다간 아리가 성을 낼 것이다. 문자를 보낸다.

kidzero: 계획 변경. 흑강으로! 후딱후딱 노른자로! @ARI

"가자."

난 내가 금지된 기술을 배우는 것보다 제러미 스위프트와 함께 어울린다는 생각에 더 신이 난 것 같아 죄책감이 든다.

18 흑기술 강연

흑기술 강연은 노른자 땅에서 열린다. 노른자 땅은 게임학교 선수들 중 어린 창업가들에게 장사와 거래의 즐거움을 직접 경험해 보라고 특별히 제공된 자유 공간이다. 사업 계획서가 채택되어 노른자 땅에 가게를 낸 아이들은 학교 운영진이 알면 절대로 용인하지 않을 스킬을 공유하고자 하는 친구들에게 공간을 임대하기도 한다. 이곳에서 이루어지는 은밀한 활동은 늘 성황이다. 금지된 지식은 유혹적인 법이니까.

우리는 제러미와 함께 로비를 가로질러 노른자 땅의 날개 쪽으로 걸어간다.

아리가 한 가게 앞에 서서 우리가 오기를 기다리고 있다. 나는 아리에게 손을 흔들고, 아리는 제러미와 함께 오는 우리를 보고는 두 눈이 머리통에서 튀어나올 것처럼 휘둥그레진다.

"안녕, 스위프트."

아리는 한숨 같은 인사를 한다.

"안녕."

제러미는 재깍 대답한 다음 아리 머리 너머로 안에 모인 사람들을 살피더니 잠깐 고개를 돌려 마이키와 나를 보고는 "그럼 난 이만." 하면서 안으로 쏙 들어간다.

아리가 흥분해서 내 팔을 잡더니 입 모양으로 이렇게 말한다.

정말 근사하다 쟤.

"그럼 들어가 볼까?"

나는 뒤로 손을 뻗어 마이키의 손도 잡는다.

카드를 긋는 로그인 장치는 누가 여기 왔는지 기록하지 못하게 이미 작동을 멈춰 놓았다. 눈에 익은 초딩 스타일 유명인이 문이 닫히지 않게 잡고 있다.

"어, 나 너 아는데."

나도 모르게 말을 걸어 버린다.

"그래?"

여자애가 얼음처럼 대꾸한다. 나는 잠시 생각한다. 얘는 렉시 필립스다. 그래, 내가 네 이름을 안다고 해서 너를 안다고 할 순 없겠지. 나는 어깨를 으쓱한다.

"아니야. 잘못 봤다."

렉시는 우리 셋이 나란히 지나갈 수 있도록 한 발짝 뒤로 물러서며 문을 더 활짝 연다.

학교 측이 승인한 정규 강연보다 훨씬 더 많은 아이들이 모여 북적대고 있다. 뭘 가르쳐 줄지 궁금하다. 누가 가르칠지도.

그러나 누구인지 알아낼 기회는 전혀 없어 보인다. 조명이 어두워지면서 마이크에서 갑자기 목소리가 나오는데 스피커로 변조한 소리다.

"여러분 안녕. 와 줘서 고맙다."

마이키와 나는 눈빛을 교환한다. 평소 흑기술 강연은 이 정도로 연극 무대 같은 분위기는 아니었다. 전에 열린 흑강 때는 땜질당이 나와서 물감총 제작법을 가르치기도 했고, 톱니바퀴당 아이들이 모여서 스트리트 경주를 열기도 했다. 모두 이곳 노른자 땅 강의실을 모임 장소로 삼았을 뿐 오늘처럼 수상한 연막을 피우진 않았다.

"다들 자기 노트북을 열면 시작할게."

우리는 목소리 선생이 이르는 대로 익명 프락시를 찾아 연결한다. 이렇게 하면 조회 기록에 흔적을 남기지 않고 아카이브에서 차단한 사이트에 접속할 수 있다. 이어서 누가 자기 페이지를 방문했는지 알아낼 수 있는 방문자 추적기 설치법도 알려 준다. 아리가 그것 보라는 듯 나를 쳐다본다. 자기는 불법 트렌드에 그 정도로 정통하다는 듯이.

"이로써 양면 거울 저편의 암실에 불이 켜지는 거야. 구경꾼들에게 스포트라이트를 비추는 거지."

안전장치로 목소리를 위조했지만, 그 사람 특유의 억양이나 어휘 선택까지 감춰지진 않았다. 이 목소리는 정체불명 영상 위로 흐르던 목소리다. 확실하다.

나는 주위를 둘러본다. 평소와 마찬가지로 브랜드 모델들은 거의 눈에 띄지 않는다. 그 애들은 초대 손님 자격으로 가는 자리가 아니면 갈 필요가 없다는 걸 잘 알고 있다. 물론 제러미는 와 있다. 하지만 그 애는 크랙당이다. 스폰서들은 제러미가 '골칫덩이'라는 걸 알고도 브랜드로 올렸다. 아니, 오히려 그래서 영입한 거라고 보면 된다.

그때 그 애, 케이엔 루이스가 눈에 들어온다. 누구와 이야기를 하고 있는데, 바로 그 다 귀찮아 족 여자애다. 오늘 따라 귀찮아의 느낌표 눈썹이 도드라져 보인다. 뺨에 여드름 자국이 있고 야구 모자를 쓴 남자애도 함께 있다.

목소리는 이제 프라이버시 문제로 넘어가서 어른들이 왜 10대에겐 프라이버시를 가질 권리가 없다고 생각하는지에 대해 논하고 있다. 나는 집중이 되지 않는다.

다시 한 번 저편의 케이엔을 보려는데…… 그 애가 나를 쳐다보고 있다! 날 빤히 보고 있는 걸 들키고도 눈길을 돌리지 않는다. 이럴 때 일반적인 관념은 얼굴을 돌리는 것인데도.

그래서 서로 엉뚱한 눈싸움에 들어간다. 문득 염탐꾼끼리 눈싸움하는 모양새로 돌려져 있던 5층의 카메라가 생각난다. 내가 먼저 무너져 버린다. 난 미소를 지어 보였고 불문율에 따라 눈싸움의 패자가 됐다.

케이엔이 나를 보고 얼굴을 찡그리는가 싶더니 다시 제 친구들 쪽으로 몸을 돌려 버린다. 느낌표 눈썹은 사라지고 없다. 나는 느낌표를 찾아 군중을 스캔한다. 얼핏 느낌표의 헐렁한 회색 스웨터가 출구로 움직이는 게 눈에 잡힌다. 느낌표를 따라가야겠다는 비이성적인 충동이 인다.

가방을 움켜쥐고 일어선다.

"어디 가?"

마이키가 물어본다.

"음. 화장실. 화장이나 고치려고."

거짓말이다.

마이키가 화면으로 눈길을 돌리며 말한다.

"그래. 화장 잘 고쳐라."

뭔가 불편한 기색이다.

"스폰서들이 4층 화장실에 '내 인생의 황금기'라는 10대용 탐폰 샘플 놔뒀더라."

아리가 친절하게 알려 준다.

"베리티 클라크도 그거 쓴대."

"아, 감사."

나는 그렇게 말하고 문으로 향한다.

얼마나 절실했으면 여학생이 여성 생리용품을 만드는 회사에 브랜드 모델로 들어갈 수 있었을까 싶다.

11 비밀 네트워크

사람들 틈을 비집고 출구로 간다. 렉시에게 어정쩡하게 손을
들어 보이고 문을 나간다. 느낌표는 에스컬레이터 쪽으로 느릿
느릿 걸어가고 있다. 걸음을 내디딜 때마다 발목 길이의 검은색
치마가 쉭쉭 소리를 낸다.

내가 왜 느낌표 뒤를 밟는지는 나도 잘 모르겠다. 그냥 느낌이
왔을 뿐이다. 저 애는 인형 투척 당시 라운지에 있었고, 케이엔
루이스와도 아는 사이다. 난 케이엔이 책상에 '조각'해 놓은 증거
를 목격했고…… 뭔가 냄새가 난다.

느낌표를 따라 2층으로 내려간다. 느낌표가 '체스 까페' 앞에
멈추더니 창문을 두드린다. 놀랍게도 티코 윌리엄스가 출구에
나타나 카드를 긋는다. 그런 다음 뭔가를 찾듯이 구석구석을 살
피고는 다시 한 번 카드를 긋고 로비로 나온다. 티코가 문에 그
은 카드 중 하나를 느낌표에게 건네고 나서 둘이 잠시 이야기를
나눈다.

티코 윌리엄스는 가히 전설 급이다. 바보 같은 일이지만 나도 티코를 직접 본 지금 연예인을 목격한 흥분에 사로잡히고 만다. 티코는 최고의 스트리트 댄서이다. 스폰서들이 덥석 달려들어 '프레피 힙합'이라고 이름 붙인 독특한 스타일의 창조자다. 두꺼운 뿔테 안경과 카키색 배기팬츠, 제 발보다 훨씬 큰 운동화, 그리고 몸에 딱 붙는 아가일 무늬 스웨터를 쓰고 입고 신고 다닌다. 전국의 의류 할인매장에서 그런 상품을 쌓아놓고 '스타일 종결자'라고 이름 붙여 팔기 훨씬 이전부터 그러고 다녔다. 하지만 나는 그런 스타일 때문이 아니라 티코가 스튜디오에서 믹싱하는 걸 듣고 그 비트에 사로잡혀 소녀팬이 되었다.

　둘의 대화가 들리게 더 가까이 다가간다.

　"거의 끝났나 봐?"

　티코가 묻고 느낌표가 고개를 끄덕인다.

　티코가 인터치를 확인한다.

　"브이아이피 라운지에 얼굴 좀 내밀어야겠다."

　티코가 총알을 잰 손가락 권총으로 제 머리를 겨누고 방아쇠를 당기며 말한다.

　"너, 이 문 지킬 수 있지?"

　느낌표가 두 손을 내밀자 티코가 게임학교 아이디카드로 보이는 것을 한 뭉치 넘긴다.

　"이따 거기서 보자."

　티코는 에스컬레이터 쪽으로 성큼성큼 걸어가고 느낌표는 카드를 긋고 체스 카페로 들어간다.

나도 카드를 긋고 뒤따른다. 안으로 들어서자 '우탱클랜'의 베이스 사운드가 강렬하게 나를 맞이한다.

"체스가 뭔지 내가 가르쳐 주지. 봐주기 같은 건 없지."

여긴 흘러간 노래만 튼다.

희고 검은 체크무늬 타일 바닥이 반짝반짝 환하다. 자리마다 두 사람씩 마주 앉아 커피를 홀짝이며 보드를 들여다보고 있다. 어떤 자리는 몇 명이 모여들어 게임을 구경하고 있다.

느낌표가 계산대에서 바리스타에게 에스프레소 샷과 스팀 밀크와 버터스카치 시럽을 각각 다른 컵에 담아 달라고 주문한다. 계산대 안쪽에 선 여자가 눈을 굴리고 음료를 내리기 시작한다.

"전체는 부분의 합보다 크다, 이게 아닌가 보지?"

내가 묻는 말에 느낌표가 나를 돌아본다. 가까이서 보니 눈이 훨씬 순한 느낌인 데다 보일 듯 말 듯 흔들리고 있다.

"그렇다고 각 부분을 부분대로 음미하지 말란 법은 없잖아."

느낌표가 작은 컵 세 개를 그러모으며 대꾸한다.

"너, 렉시 필립스 친구 맞지?"

나는 그렇게 내뱉는다. 그렇게 해서라도 부분보다 합이 더 중요하다고 인정하게 만들 셈이었나 보다.

느낌표가 경계하는 표정으로 대답한다.

"렉시가 친구가 한둘이냐."

"하지만 케이엔 루이스는 한둘일걸. 예전엔 어땠는지 몰라도

지금은. 넌 케이엔도 알지? 티코 윌리엄스도 알고. 유명인 친구
가 많으시네. 그런데 왜 난 네 이름을 모르지?"

"알 거 없잖아."

느낌표가 그대로 돌아서서 작은 유리잔들을 들고 문가 자리로
가서 앉는다.

나는 회심의 미소를 짓는다. 이건 일종의 도전이고, 나는 저
'알 거 없잖아' 하는 느낌표가 나머지 인물들과 어떻게 연결되는
지 알아낼 작정이다. 빈자리를 발견하고 초기 위치에 있는 체스
말들을 치워 노트북 놓을 공간을 만든다. 그리고 네트워크 메인
페이지에 로그인한다.

일단 렉시의 프로필 페이지부터 살펴본다. 느낌표 말이 맞다.
렉시는 친구가 정말로 많다. 우리 분교 인기 순위 50위 안에 올
라 있다. 13-17레벨에 들어온 지 몇 달 안 돼 벌써 이 정도라니,
상당히 인상적이다. 어쨌든 이렇게 인기가 높다는 사실은 나에
게도 유리하다. 렉시가 유명인 플러그인을 깔아서 누구나 그 페
이지를 볼 수 있게 해 두었기 때문이다. '친구'가 아닌 나도 렉시
의 일정과 콘텐츠를 볼 수 있다. 나는 렉시의 친구 목록을 쭉 살
핀다. 많아도 너무 많다. 명단에서 느낌표의 이름을 찾아낼 도리
가 없다.

프로필 페이지의 다른 부분도 훑어본다. 이건 좀 이상하다. 관
심사라고 이것저것 늘어놓았는데 말이 되는 게 하나도 없다. 본
인 말로는 시대에 따른 배관의 역사, 기후 패턴 추적하기, 반향

위치 측정법 연습하기 등에 빠져 있다고 한다. 콘텐츠 성과 항목에는 누워서 역기 들기를 94킬로그램까지 할 수 있어서 뿌듯하다고 써 놓았다. '꿈과 희망' 항목 중엔 작은 개구리 중 나방 날개가 달린 종을 발견하고 싶다, 뭉게구름 위에서 방방 뛰고 싶다 같은 말이 적혀 있다.

나는 빵 터진다. 렉시는 자기 프로필 페이지를 허튼소리로 가득 채워 둔 것이다. 자기가 속한 공주만세 팀이 몇 점을 냈다든가 누구랑 친하다든가 하는 현실적인 이야기는 하나도 없다.

문득 궁금해진다. 내가 음악에 대해 느끼는 그런 기분을 이 아이는 자기 주변 일에서 느끼는 게 아닐까? 아니면 그냥 사람들을 골리며 재미있어하는 걸까? 어찌 됐든 인정할 건 인정해야겠다. 나는 내심 이 아이가 정말로 음파를 탐지하고 구름 위를 통통 뛰어다니는 기상학자이자 제 몸보다 무거운 걸 번쩍번쩍 잘도 들어 올리는 개미 급 체력의 소유자이길 바라고 있다.

프로필 페이지의 사이드바를 확인한다.

"그럼 그렇지."

렉시의 '나는 지금'에 따르면 그 애는 이곳 체스 카페에 있다. 나는 마이키에게 문자를 보낸다.

kidzero: 돌파구 발견. 흑강 끝났어? @MIKEY

mikes: 거의. 너 무슨 일 있어? @KID

kidzero: 아니야. 거기 렉시 필립스 보여? @MIKEY

mikes: 누구? @KID

kidzero: 아니다. @MIKEY

케이엔 루이스의 프로필을 검색한다. 이번엔 누가 자기 아이디를 내밀며 모습을 드러낼지 기대된다. 제한적인 공개 프로필만 뜨겠지만 해 봐서 밑질 건 없다. 케이엔도 한때는 브랜드 모델이었으니 유명인 플러그인이 깔려 있을 수도 있다.

케이엔의 페이지는 비공개다. 그런데 방문자 통계가 정확하다면 이 페이지를 본 사람이 한 명도 없다. 친구가 0명으로 되어 있다.

말이 안 된다. 일반인인 나도 친구는 몇 명 있다. 게다가 난 케이엔이 다른 아이들과 어울리는 모습도 목격했다. 지금 내가 이 친구 목록에서 찾아내려는 게 바로 그 아이들의 정체이고.

이름 옆에 붙은 둥글고 텅 빈 '0' 자와 '케이엔 루이스는 친구가 없습니다'라는 메시지를 노려본다.

케이엔이 불쌍하진 않다. 그게 사실일 리 없다는 걸 아니까. 다만…… 왜 케이엔이 자기에게 친구가 있다는 사실을 인정하지 않는지, 그 이유가 궁금하다.

내 네트워크 페이지의 친구 목록은 꽤나 한심하다. 그중 내가 진심으로 신경 쓰는 친구는 아리와 마이키와 제러미뿐이다. 참,

단짝은 아니지만 테슬라가 올리는 소식은 다 재미있다. 그밖에 나와 친구로 연결된 대여섯 명은 잘 알지도 못하는 아이들이다. 게임학교에 다니는 아무 애들일 뿐이다. 어느 날 내 페이지에 '너랑 너무너무 친구 하고 싶다'는 메시지와 함께 불쑥 나타났고 나는 그냥 친절하게 굴려고 '아⋯⋯ 오케이'를 클릭했다. 함께 잠옷파티 같은 걸 하는 사이도 아니다.

그래도 들어가 보고 싶으면 얼마든지 걔네 페이지에 들어갈 수 있고, 스트림을 받아 보며 매일 올리는 소식을 읽을 수도 있다. 현재 어디에 로그인했는지도 보이고 비공개 프로필도 뜬다. 나는 평소 버릇대로 아리의 페이지를 클릭한다.

어제 올라온 게시물, 그러니까 쿨헌터들이 관심을 보이는 게 틀림없다던 글을 읽어 본다. 킥복싱 이야기, 자기가 꾸민 날라리 싸움꾼 스타일 이야기다. 눈에 시커먼 멍이 든 상처투성이 헬로 키티 얼굴을 그려 넣은 핑크색 연습용 글러브며, 맨다리에 공단 리본을 감아 '킥복싱 발레리나' 스타일을 연출한 방법 등을 시시콜콜 적어 놓았다. 카메라를 향해 윙크하며 발차기를 하는 셀카도 잔뜩 올려놓았다. 아리는 게임을 플레이하는 법을 정말 잘 아는 아이다.

누군가 체스 카페의 창문을 두드리는 소리에 그쪽을 보니 느낌표가 밖에서 자기를 기다리는 야구모자 남자애를 쫓아내고 있다. 느낌표가 힐끔 내 자리를 살핀다. 나는 아무것도 모른다는 듯이 손가락을 흔들어 보인다.

네트워크 메인 페이지로 돌아가서 우리 분교 학생 전체의 순위를 살핀다. 변함없이 팰머 필립스, 에바 블룸, 애버크롬비 플레처가 맨 꼭대기를 차지하고 있다. 이 순위는 본인이 등록한 친구 숫자만으로 정해진다.

그때 문득 떠오르는 생각.

화면을 쭉 내려 순위 맨 아래에 케이엔의 이름이 있는지 본다.

있다. 그런데 13-17레벨이 다니는 우리 분교에서 친구가 한 명도 없다고 보고한 사람이 케이엔뿐만이 아니다. 목록 맨 밑에 이름이 둘 더 있다. 잘못 짚은 것일 수도 있겠지만, 바로 이게 정체불명의 이름일 거라는 생각이 든다.

엘리야 카마이클

소피아 카발로

케이엔 루이스

다들 인기인처럼 보이려고 쉴 새 없이 서로 친구 등록을 해 대는 상황에서 친구를 0명으로 유지하려면 오히려 적극적인 노력이 필요하다.

문제의 이름을 복사하고 렉시와 티코도 추가한다. 렉시는 다른 데 있으면서 체스 카페에 있다고 했다. 티코도 마찬가지다. 아까 창문에 나타난 애가 엘리야겠지. 그럼 카페 저쪽에 부루퉁해 있는 애는 소피아.

하지만 아직 그 이름은 보이지 않는다. 흑기술 강사, 정체불명의 목소리. 누구일까?

누군가 내 뒤에 서서 내 어깨 너머를 보고 있는 게 느껴진다. 노트북을 닫고 돌아보니, 제러미가 서 있다. 커피 두 잔을 들고.

"안녕."

내 말에 제러미가 커피 잔 하나를 들어 보인다.

"에스프레소 주사 맞으러 왔는데 네가 보이더라. 마실래?"

"아, 좋아. 고마워."

따뜻하고 우유도 든 알맞은 단맛. 내가 즐겨 마시는 맛이다.

"네 프로필에서 커피 취향을 읽었거든."

제러미가 털어놓은 말에 사레가 들릴 뻔했다. 제러미가 내 페이지를 봤다고? 이거 우쭐해야 하나 당황해야 하나.

"흑강은 어땠어?"

나는 기침을 하면서 화제를 돌리려고 한다. 제러미가 알쏭달쏭한 미소를 짓는다.

"아, 그거, 알찬 정보가 많았어."

나는 불편한 침묵을 메워 보려고 어색하게 웃는다.

"그랬구나. 어…… 그냥 돌아다니는 중? 아니면……."

"돌아다니는 건 아니고……."

제러미가 왠지 변명하듯이 말하다가 곧 고득점자다운 자신감을 되찾고 말을 잇는다.

"실은 너에게 물어보고 싶은 게 있어서……. 엘르가 그러는데 너 접속 시간 안 쓰고 엄청 모았다며. 혹시 나랑 거래할 생각 없어? 신용 거래도 좋고 아니면 다른 방법으로?"

바보가 된 기분이다. 나에게 관심이 있어서 내 프로필을 찾아본 게 아니라 내 온라인 시간에 관심이 있어서 라니.

내가 대꾸하지 않자 제러미가 묻는다. 몸을 가까이 붙여 오며.

"혹시, 내가 도와줄 일은 없을까? 시간 주고받기 어때?"

"아, 그럴까."

나는 간신히 대답한다. 머릿속에선 남녀가 입 맞추는 장면이 줄줄이 재생되고 있다. 머리를 흔들어 애먼 상상을 털어 낸다.

"뭐 하고 있었어?"

제러미가 커피를 후후 불며 묻는다.

"그냥. 누구 좀 기다리고 있었어."

문 옆 자리를 힐끗 보니 느낌표는 가고 없다. 아, 망했다.

"그 동영상 만든 사람들, 아직도 찾고 있어?"

나는 조심스럽게 고개를 끄덕인다.

"왜?"

곤란한 질문 중에서도 가장 곤란한 질문이다.

"그냥. 재미있잖아?"

"것보단 위험하다고 해야겠지."

위험? 누구에게?

그렇게 묻고 싶지만, 난 인터치만 만지작거리며 내가 제러미를 이번 수색활동에 얼마나 끼워 주고 싶어 하는지 가늠해 본다.

toy321: 반전 고글 관련. 약쟁이 스폰서 그 떼쟁이들이 운영진에게 금지하라고 압박한 거였음.

#spons: 아케이드에 안구 마우스 기술 테스트 장이 설치
되었습니다. 두뇌를 모아 점수를 올리세요!

mikes: 스튜디오 시간 됐지? @KID

"가 봐야겠다. 스튜디오 예약해 놔서."
"잠깐만."
제러미가 내 손목을 잡았다가 얼른 놓는다. 그렇지만 그 애의
따뜻하고 건조한 감촉을 느끼기엔 모자람이 없다. 손목에 표식
이 남지 않았는지 확인하고 싶을 정도다.
"내일 뭐 해? 혹시 하고 싶은 거 있어?"
뭐? 지금 스위프트가 나랑 뭔가를 '하고' 싶다는 거야?
"거래할 생각이 있나 해서. 네 시간 조금하고 내 시간 조금을
맞바꾸는 거, 어때?"
이번에도 온라인 시간 얘기다. 난 자리에서 일어서며 말한다.
"그래. 커피 잘 마셨어."
제러미가 입을 연다.
"응. 그리고 그…… 그래, 잘 가."

"아리는?"

스튜디오에 도착해 마이키에게 묻는다.

"맞춰 봐."

인터치를 보니 아리가 최신 소식을 올린 곳은 작업실이다.

aria: 발레 덧신에 무시무시한 징과 쇠고리를 붙였음.
　　　그대 엉덩이를 그랑주테로 날려 주겠어.

인터치로 아리를 불러낸다.

kidzero: 우리 스튜디오에서 기다리고 있음. 오고 있지?
　　　　@ARI

마이키는 드럼 앞에 앉아서 북채를 위로 던졌다 받았다 한다.

"안 올걸."

"올걸."

던지고. 받고.

"넌 별일 없지?"

별일, 있지. 이렇게 몸으로 느껴지는, 뭔가 분명하지 않은 이 뭉게뭉게한 기분이 싫다.

"그럼. 아주 좋아. 내가 뭘 찾아냈는지 볼래?"

노트북을 꺼내 내가 모은 이름을 보여 준다.

"이게 뭐야?"

마이키가 가까이 다가오며 말한다.

"인형 투척쇼에 관여한 사람들 이름. 내 추측이지만."

"티코 윌리엄스? 퍽이나 그렇겠다. 이거 어떻게 찾았어?"

마이키가 못 믿겠다는 투로 말한다.

나는 이 명단을 작성하는 데 이용한 인간관계와 우연의 일치와 실마리에 대해 설명한다. 소리 내어 말했더니 머릿속으로 생각 했을 때만큼 설득력 있게 들리지 않는다.

"이거, 나 말고 본 사람 있어?"

"아니. 왜?"

"내가 아리하고 같은 밴드라고 사람들이 나를 점수에 목매고 허세 쩌는 브랜드 따라지라고 생각하면 어떨 거 같아?"

"너 왜 그래? 아리는 내 절친이야. 대체 왜 그렇게 걜 못 잡아 먹어서 안달이야?"

내가 화를 내자 마이키가 변명하려는 듯 두 손을 든다.

"내 말은…… 가까운 사이라고 싸잡는 건 불공평하다는 거야. 넌 지금 같이 어울려 다니는 걸 봤다고 증거도 없이 혐의를 씌우는 거잖아? 만약에 학교 운영진이 걔네 게임을 종료시켜 버렸는데 알고 보니 걔네가 범인이 아니면 어쩔 건데?"

"그 정도 깜짝쇼 때문에 게임 오버가 될 수 있어?"

"그러니까…… 나한테 설명할 기회도 안 주고 용의자 명단에 내 이름을 올려 버리면 열 받을 거란 얘기지. 안 그래?"

내 뒷조사 놀이를 마이키가 한 방에 재미없게 만들어 놓는다. 이 녀석 말고 제러미를 끼워 줄 걸 그랬나. 그래도 그 애는 이 놀이가 흥미진진하다고 생각하는 것 같았는데.

"저기, 스위프트랑은 언제부터 알고 지냈어?"

난 이렇게 말하며 스위프트에게 정체불명을 쫓는 수색활동에 대해 어느 정도나 발설했는지 기억을 더듬는다.

"왜? 너 걔 좋아하냐?"

"그런 거 아니고…… 그냥."

"그 자식, 또라이야."

"뭐? 네 친구잖아. 넌 사람을 또라이로 보면서 친구를 하니?"

"내 친구들은 다 또라이거든. 그렇다고 너더러 아무 녀석이나 골라잡아서 사귀어 달라는 소리는 아니고."

"스위프트랑 사귈 생각 없어. 너 자꾸 왜 그래? 내가 누구한테 무슨 관심이 있다고 그런……."

"시시해."

마이키가 대화를 그만하고 싶을 때 하는 평소 버릇대로 내 말을 잘라먹는다.

문의 불빛이 녹색으로 바뀌고 아리가 부루퉁한 얼굴로 들어선다. 아리를 보니 이상하게 마음이 놓인다.

"이야! 드디어 다 모였다."

일어나서 아리에게 포옹 인사를 하고, 드럼으로 연주한 새 날갯짓 리듬을 튼다.

"들어 봐. 여기에 네 아날로그 연주가 들어가면 딱이야. 목관악기가 어울리려나?"

아리는 녹음을 듣고 있지만 좀 건성이다.

"너무 기괴해."

"응?"

"비트가 괴상하다고. 너무 들쭉날쭉이야. 너 이거 들어 봤어?"

아리가 아이돌에 나오는 어느 밴드의 최신 곡을 튼다. 무신경하고 너무 단조로운 리듬이다.

"이런 맛이 있어야지."

"글쎄. 이건 너무 감상 테크노 쪽 느낌인데……."

"바로 그게 사람들이 듣고 싶어 하는 거야. 사람들은……."

"우리가 아이돌 밴드냐, 아리아야?"

마이키가 아리를 오페라의 솔로를 가리키는 '아리아'라고 부른다. 아리 부모님이 원래 그런 뜻으로 지은 이름이다.

"아리—아, 야."

아리가 정정한다. '마리아'에서 ㅁ자만 뺀 발음으로.

"그리고 우리가 아이돌 밴드랑 비교나 되니? 너희가 자꾸 밴드 이름을 바꿔 대니까 우리가 누군지 아는 사람도 없잖아."

아리가 플레이 버튼을 누르자, 두 사람에게 완성하는 것 좀 도와 달라고 하려던 '배후의 소리들'이 흘러나온다.

"이딴 괴상한 음향 쪼가리로는 절대 방송 못 타."

"하지만 우리까지 널리고 널린 사운드를 만들면 그게 무슨 재미야? 사람들이 우리에게 기대하는 음악을 만드는 건 또 무슨 재미고?"

아리는 한숨만 푹 내쉴 뿐이다. 마이키가 한마디 내지른다.

"왜, 오페라 디바처럼 유리잔부터 깨부수지 그래?"

내가 귀를 막고 대든다.

"마이키, 그만!"

마이키가 입을 다문다. 뒤미처 북채를 내려놓고 자리에서 일어나 나가려고 한다.

"잠깐만."

모처럼 다 모였는데 마이키가 빠지겠다고 하니 실망이다.

"조립창고에 가 있을게."

마이키는 그렇게 나가 버리고, 아리는 입 모양으로 '디바'를 발음하며 인터치를 확인한다.

이렇게 아무것도 못하고 끝나다니 실망이 이만저만이 아니다.

난 마이키도 좋고 아리도 좋다. 인간적으로도 좋아하고 음악적으로도 좋아한다. 그런데 함께 힘을 합쳐 멋진 소리를 만들어 낼 수 없다니 맥이 다 빠진다. 내 귀에는 우리가 함께 만들어 낼 사운드가 어떨지 벌써 들리는데. 두 사람이 그 음악을 연주해 주기만 하면 되는데.

"있지."

아리가 말문을 연다.

"공작당 쇼핑하러 가는데, 넌 가기 싫지?"

아리 뒤로 레비 선생님이 어떤 남자와 복도를 걸어오는 모습이 보인다. 주도면밀히 차려입은 스타일이 딱 쿨헌터다. 혹시 저 사람이 히트 리스트 사의 머독 웨스트? 저들과는 말을 섞고 싶지 않다. 특히 아리가 있는 지금은 더더욱.

"그래, 좋아, 나도 가!"

나는 신기록을 세울 기세로 짐을 싼다.

"정말? 네가 웬일로……."

아리는 너무 굼뜨게 움직인다.

"어서 가자."

나는 아리가 나가도록 문을 잡으며 말한다.

나를 본 레비 선생님이 손을 흔들며 나를 부른다. 나는 무슨 뜻인지 못 알아들은 척 손만 흔들고는 아리를 스튜디오 밖으로 몰아낸다.

13 집단 쇼핑

테슬라의 차에 아리, 에이버리, 카시, 그리고 나까지 몸을 구겨 넣는다. 로켓은 이쪽 대신 팰머 및 트리플에이 세대 소속 아이들이랑 노는 쪽을 택했다. 아리 목소리가 평소보다 큰 것으로 보아 심기가 불편한 게 분명하다. 아리가 음악 방송 채널을 휙휙 넘겨 무지막지하게 흥겨운 음악을 찾으며 나에게 묻는다.

"뭐 하는 거니?"

"인터치 끄려고. 요새 엄마가 계속 내 지피에스를 감시해서."

"이리 줘 봐."

테슬라가 눈은 앞길에 둔 채 손을 뻗으며 말한다.

"강제종료는 초보 때나 쓰는 속임수지."

그러면서 내 인터치를 자기 차의 지피에스에 동기화한다.

"엘르가 만들던 알리바이 프로그램이 나왔거든. 어디 살아?"

우리 집 좌표를 대자 테슬라가 우리 집으로 가는 경로 하나를 입력한다.

"이 프로그램이 있으면 아카이브의 좌표를 조작할 수도 있어. 자, 됐어. 감쪽같이 증거 인멸."

테슬라가 내 인터치를 돌려주며 말한다.

"이 사기꾼. 도주 차량 운전해 줘서 고맙다, 테스."

아리가 씩 웃으며 말하고는 운전석 뒤를 팡팡 친다.

"그러게. 고마워, 테슬라."

나는 뒤늦게 상냥하게 말한다. 난 인터치를 꼭 붙든다. 무중력 상태가 된 기분, 투명 인간이 된 기분이다.

자유의 기분.

정체불명 명단을 곰곰 생각해 본다. 그들이 무슨 방법으로 카드 긋기 눈속임을 한 건지 알 것 같다. 학교 운영진들이 일거수일투족을 추적하는 걸 탐탁지 않아 한다고 해서 내가 그들을 문제아로 의심하다니, 옳지 않다. 관찰당하는 상황에서 빠져나오려면 약간의 속임수가 필요할 때도 있으니까.

"시동은 어떻게 걸었어? 우리 부모님은 내가 네 시 전에는 학교에서 차를 못 빼내게 차에 잠금장치를 걸어 뒀거든."

아리가 묻는 말에 테슬라가 가볍게 답한다.

"아, 우리 부모님은 차엔 손 안 대."

"정말? 그런데도 누가 아동 보호소에 신고를 안 넣었어? 나도 우리 엄마가 날 좀 믿어 줬으면 좋겠다. 꼭 내가 학교에서 일찍 빠져나와서 도망이라도 갈 것처럼 그런다니까."

"지금 학교에서 일찍 빠져나와서 도망가는 거 맞거든."

카시가 앞자리에서 낄낄거리고, 에이버리가 창밖으로 "오오오!" 목청을 뽑는다. 이 아이들과 함께 구겨져 있는 게 즐겁다. 볼륨은 올리고 창문은 내린 채 도로를 질주한다. 늘 이런 기분이면 좋겠다. 마치 프레시플래쉬 광고 같다. 손가락만 한 디지털카메라에 원본 보정용 추가 메모리가 달려 있어 선명한 색감과 티없는 미소를 그대로 잡아낸다는 광고를 찍고 있는 것 같다.

차가 시내로 들어간다. 차들이 미친 듯이 끼어들고 길이 막혀도 테슬라는 눈썹 하나 까딱 않는다. 날이면 날마다 도심 질주 시뮬레이션 장치에 로그인하는 아이답다. 가로수길 근처에 이르자 테슬라가 요즘 바이크당, 톱니바퀴당과 함께 개발하고 있는 주차장 탐색기 버튼을 누른다. 신식 주차료 정산 기기에서는 모바일 결제가 가능한데 테슬라는 이 계량기에서 나오는 주파수를 포착해 빈 주차장을 찾는 방법을 연구 중이다.

지피에스 지도에 점이 몇 개 깜빡이며 빈자리 위치를 보여 준다.

우리는 차에서 쏟아져 나와 재잘대며 상가로 간다. 아리가 내 손을 붙들고 나를 옆에 끼고 걷는다.

"빨랑 가자. 나를 위해 태어난 신발을 봐 뒀거든."

웃음이 난다. 이렇게 단호한 아리는 행복한 아리다.

나는 시내에 자주 나오지 않는다. 내가 할 만한 게 별로 없다. 거의 모든 가게 앞에 '17세 미만 출입 금지'가 붙어 있다. 우리를 보호하기 위한 장치란다. 가게 물건이 어린 소비자에게 무해한지 어떤지 일일이 확인할 수 없는 상황에선 아예 접근 금지령을 내리는 것이 최선이라고 믿고들 있다. 점원들이 우리를 어떤 눈길로 대하는지 본 적이 있다. 우리가 그곳에 발을 디딘 것만으로도 범죄라는 듯한 눈길이었다.

마치 연어 떼처럼, 우르르 퇴근하는 어른들을 거슬러 거리를 걷는데, 카시가 2인 1조 대전 게임에서 하는 콤보 동작을 선보인다. 어른들은 우릴 보고 얼굴을 찡그리고 우리는 깔깔거린다.

"렉시가 저걸 하는 걸 봐야 해. 내가 플레이해 본 애들 중에 스킬이 최고야."

난 렉시의 네트워크 프로필에 있는 내용을 간파하는 데 도움이 되겠다 싶어 테슬라에게 말을 건다.

"걔, 어떤 애야?"

"글쎄, 조용한 편? 그러다 먹잇감을 물면 무시무시해지지."

테슬라가 인터치에서 눈을 떼지 않고 대꾸한다.

"내가 보기에 그건 울화통이 차서 그러는 거야."

카시가 농담을 던진다.

"걔랑 친해지려고 접근해 봤자 헛수고라구. 너도나도 걔하고 친구하려고 기를 쓰잖아. 팰머와 가까워지려는 꿍꿍이로."

"난 그런 거 아니야. 난……."

"됐어. 키드 너도 우리랑 똑같이 유명인이라면 사족을 못 쓰잖아. 아닌 척 마셔."

아리가 내 손을 놓더니 차고 지르는 콤보를 선보인다. 그러다가 중년 부인의 큼지막한 가죽 핸드백을 정통으로 치고 만다.

"죄송!"

아리가 부인 등에 대고 소리를 지르고는 이렇게 투덜거린다.

"그렇게 흉측한 짐짝 같은 가방을 들고 다니니까 얻어맞죠."

트렌드세터즈에 들어서자 아이들이 일제히 점원에게 게임학교 아이디카드를 내민다. 의심에 차 있던 점원의 표정이 이내 알랑거리는 미소로 바뀐다. 의류업체 트렌드세터즈는 게임학교를 초창기부터 후원해 온 스폰서 회사다. 그런 제휴관계 덕에 이곳에서만큼은 우리도 반가운 손님이다.

"숙녀 분들께서 오늘은 뭘 찾으시나?"

"구두요." 카시가 단호하게 대답한다.

재킷이라고 말한 테슬라는 벌써 진열대를 둘러보고 있다.

에이버리는 스키니진이라고 대답한다.

아리는 "다요!" 하고 소리를 높인다.

그러고는 다들 나를 돌아본다. 나는 뭘 살 생각도 없이 사교 활동이랄까 뭐 그런 걸로 그냥 따라왔는데.

"우리가 도와줘야겠다."

아리가 그럴 줄 알았다는 듯이 말한다.

점원은 에이버리와 함께 청바지 코너로 간다. 스키니진에 허벅지를 밀어 넣으려면 도움의 손길이 절실할 테니까.

나는 진열대에 있는 물건을 대충 훑어본다. 여기 옷은 색감도 마음에 들고 디자인도 마음에 들지만, 내가 입은 모습은 상상이

가질 않는다. 게다가 인터치로 바코드를 찍어 보니 이건 정말 남의 일이다. 내 형편으론 뭐 하나 살 만한 게 없다.

공작당 아이들은 학교로 돌아가자마자 여기서 구입한 제품을 개조하고 자기만의 손길로 새 옷에 개성을 입힐 테지만, 그래도 이 가게 물건에선 패션 파시스트당 냄새가 물씬 난다. 이럴 때면 두 패거리가 왜 굳이 전쟁을 벌이는지 새삼 의문이 든다.

아리가 성큼 내 옆에 와 선다. 양손에 스웨터며 드레스가 걸린 옷걸이를 쥐고 있다.

"뭐 좀 찾았어?"

"찾았지. 이건 너 입을 거. 가서 한 번씩 다 입어 보자."

아리가 옷걸이 한 다발을 내 팔에 안긴다.

우리는 널찍한 탈의실에 같이 들어가서 옷을 벗는다. 돌아보니 아리는 노란색 실크 브래지어와 팬티 세트를 입고 있다. 팬티 엉덩이에 실크스크린으로 손자국이 찍혔는데 징그러운 남자 손이 엉덩이를 움켜쥐고 있는 것 같다.

"새로 샀어?"

아리가 거울에 자기 엉덩이를 비춰 보며 대답한다.

"응. 야하지?"

나는 뭐라고 대꾸해야 좋을지 몰라 고개만 끄덕인다. 아리가 골라 온 옷을 들춰 본다. 바지를 대 보니까 짜리몽땅해 보이는 내 다리보다 두 배는 길다. 또 셔츠라고 가져온 것들은 죄다 손바닥만 해서 옷이라고 부르기 민망할 정도다.

"이거 어때?"

아리가 앞에 단추가 죽 달리고 화려한 깃이 붙은 드레스를 입고 있다. 목깃이 아리의 짧은 머리와 꽤 잘 어울리지만 전체적으로는 사악한 은하계 독재자 같은 인상이다.

"정말 독특하다."

나는 감히 의견을 내놓을 생각은 못 하고 그렇게만 답한다.

나는 국방색 탱크 원피스를 머리 위로 꿰어 입고 거울을 본다. 제법 귀엽다. 한쪽에 귤색으로 레이싱 룩 줄무늬가 들어가 있고 치맛자락은 발랄하게 살짝 까져 있다. 꽤 마음에 든다.

"와! 그거 꼭 사야겠다! 정말 예쁘다."

"응, 탐은 나는데 내가 이런 옷을 언제 입겠어?"

"맨날 맨날 입지."

아리가 열을 내는 통에 가격을 보려고 바코드를 스캔한다.

"아리야, 나 이거 못 사."

"뭔 소리야? 게임학교 카드로 긁으면 되잖아."

게임학교 아이디카드는 신용카드 기능도 한다. 그 사실을 우리 엄마는 내가 학교 다닌 첫해에 청구서를 받아들고서야 알았다. 자판기 코너에서 간식을 뽑을 때 쓰는 상품권이며 카페에서 마신 음료 값, '문화 쇼크' 같은 데서 먹은 밥값까지 카드로 긁었더니 정말 어마어마한 금액이 나왔다.

"카드로 사면 안 돼?"

아리가 '댄스 폭동'을 주제로 만든 것 같은 바지의 지퍼를 채우며 묻는다. 댄스 플로어에서 질질 끌려 다닌 것처럼 오른쪽 엉덩이 부분이 헤지고 더러워진 옷이다.

아리에게 구구절절 설명하고 싶진 않다. 아리 부모님은 딸이 원하는 거라면 뭐든 기꺼이 사 주신다. 게임학교에 다니자면 그때그때 물건을 제대로 갖추는 게 얼마나 중요한지 굳이 설명하지 않아도 되는, 그러니까 성공의 대가를 익히 아는 분들이다.

"엄마한테 혼나."

나는 다시 한 번 거울을 보며 말한다.

"게임 카드로 내."

아리의 명령 같은 말에 난 웃으면서 아리의 얼굴을 본다.

"그거 사."

아리가 심각한 목소리로 말한다.

난 눈을 굴리고 옷을 벗기 시작한다. 아리가 한 발 다가선다.

"안 돼, 너 그 옷 꼭 사."

아리가 얼굴을 내 쪽으로 들이대며 말한다. 그러다가 표정이 녹으면서 아리 특유의 매력적인 미소가 떠오른다.

"네가 입으니까 옷이 빛난단 말이야."

그렇게 말하고는 저쪽으로 가서 다른 옷을 다 입어 본다.

점원에게 카드를 건네는데 속이 불편하다. 가격이 찍힌 출력지도 확인해 보지 않았다. 동료들의 압박에 따른 추가 구매 덕에 내 손엔 아까 그 옷에 어울리는 줄무늬 레깅스와 빨간색 플랫슈

즈까지 들려 있다.

　나는 테슬라 차에서 내리자마자 집으로 뛰어 들어간다. 엄마
가 오기 전에 쇼핑백을 숨기려고.

　"키드!"

　몇 분 뒤 방문 사이로 엄마 목소리가 들린다.

　"응?"

　"럼프 밥 줬니?"

　안 줬는데 줬다고 대답한다. 엄마에게 거짓말을 하다니 끔찍
한 기분이 들지만 내가 시내에 다녀온 걸 알리긴 싫다. 배고픈
우리 강아지에게는 더 미안하다. 엄마가 나가면 몰래 밥을 줘야
지.

　"보여 줄 게 있어."

　엄마가 내 방문을 열며 말한다.

　"어제 텔레비전에서 봤는데 이게 요즘 인기 절정이래. 할인하
기에 샀지!"

　잔뜩 쫀 상태로 엄마가 뭘 가져왔나 보니, 핑크빛 격자무늬 여
름 드레스다. 한 달 반 전에 한물간 스타일만 아니라면 에바 블
룸 정도가 입을 것 같은 옷이다.

　"귀엽지 않니? 이 돈 메우려면 이모네서 일하는 날을 좀 늘려
야겠지만 그래도 우리 딸이 제일 좋은 걸 입었으면 좋겠어."

　"응. 고마워요, 엄마."

　나는 입속말로 웅얼거린다. 고마운 마음이 들었으면 좋겠다.

엄마가 애쓰고 있다는 걸 잘 아니까. 하지만 엄마가 세일 때 건져 온 물건으로는 인기도를 1점도 못 올린다는 걸 엄마도 알아야 한다.

"일단 숙제 좀 끝내고요."

"그래, 키디. 열심히 해."

엄마는 내 정수리에 입을 맞추고 문을 닫으며 방을 나간다.

인터치로 가격표를 찍어 본다. 내가 방금 전에 트렌드세터즈에서 지른 옷의 몇 분의 일도 안 된다.

트렌드세터즈의 환불 방법을 확인하려고 노트북을 연다. 내 네트워크 페이지 구석에서 나를 염탐하는 쪼그마한 눈동자 아이콘이 내 시선을 붙잡는다. 흑기술 강연 때 설치한 추적 어플이다. 아이콘을 클릭해 누가 내 페이지를 방문했는지 확인한다.

내 페이지는 '친구에게만 공개'로 되어 있으니 방문자 명단 맨 위에 마이키와 아리의 이름이 있는 건 당연하다. 내 심장이 벌새처럼 떨리기 시작한 건, 지난 며칠 사이에 스위프트가 내 페이지를 몇 번이나 다녀간 걸 보았을 때다. 당장 아리에게 말해 주고 싶다.

'최근 방문자'를 훑어보다가, 놀랍게도 '친구에게만 공개' 설정이 스폰서에겐 통하지 않는다는 사실을 깨닫는다. 보안업체인 프로텍트 사와 의류업체 트렌드세터즈 사가 최근 내 페이지를 방문했다. 트렌드세터즈는 자기네 물건을 산 게임학교 학생의 페이지를 자동적으로 확인하는 모양이다. 그런데 프로텍트 사가 내 이야기에 관심을 보이는 이유는 뭐지?

바로 그때, 화면에 처음 보는 계정이 뜬다.

제로넷.

들어 본 적도 없는 이름이다. 내 친구 목록에도 없으니 스폰서 회사인 게 분명하다.

눈동자 아이콘이 느릿느릿 움직이는 걸 보고 있으려니, 내가 모르는 누군가가 나와 동시에 내 페이지를 들여다보고 있다는 생각이 들어 겁이 난다. 어쩌면 지금 이 순간 내 방까지 들여다보는 건 아닌가 하는 생각까지 든다.

노트북이 핑 소리를 낸다. 쪽지함에 새 메시지가 들어온다.

이제 그들이 널 눈여겨보고 있어. 나도 그렇고. -이름 없음

나는 감전이라도 된 듯 심한 충격을 받는다. 재깍 로그아웃하고 노트북을 닫는다. 너무 겁이 나서 어떻게 대응해야 할지조차 모르겠다. 네트워크에 익명 계정을 만드는 게 가능한 건가?

문득 흑기술 강연이 떠오른다.

네트워크의 보안 시스템을 우회하는 방법이 있는 게 분명하다. 익명 프락시로 방문자의 정체를 숨길 수 있다는 얘기다.

그렇지만 나는 누가 내 페이지에 들어왔는지 똑똑히 보았다.

제로넷.

14 유행 제조기

"새 옷 왜 안 입었어?"

문화 쇼크에서 함께 아침을 먹으려고 만난 아리가 묻는다. 우리의 이런 아침 식사는 오래된 약속과도 같다. 아니, 아리가 패거리에 들기 전까진 그랬다.

"그냥. 학교에 입고 오기엔 너무 화려한 것 같아서."

나는 아리 옆에 자리를 잡으며 그렇게 대답한다.

"무슨. 지금 입으면 딱 주목받을 스타일인데."

익명의 쪽지 때문에 간밤을 뜬눈으로 새웠고, 덕분에 지금은 주목을 안 받는 편이 낫다는 걸 자신 있게 말할 수 있다.

"내 크림치즈 찐빵 사왔어?"

"아니. 내가 어제 탈의실에서 다 봤거든. 지금 너한테 지방 덩어리를 먹이는 친구가 무슨 놈의 친구겠니?"

"음…… 훌륭한 친구? 제발 딱 하나만 먹자."

"이거나 먹어. 이게 훨씬 건강에 좋아."

아리가 푸르스름한 빛깔의 페이스트리가 담긴 접시를 내 쪽으로 민다.

'만국어 백화점'에서는 외국 음식을 주문할 때 그 나라 말을 쓰게 되어 있다. 우리에게 세계 여행 체험을 제공하기 위해서라는데, 실상은 어리둥절해 있다가 결국 만국 공통의 손짓 발짓을 동원해 먹고 싶은 음식을 설명하는 게 고작이다. 다행인 건 음식이 무척 맛있다는 거다. 바보처럼 손짓 발짓을 해서라도 먹어야 할 만큼. 필요한 외국어를 공부할 수 없을 때는 그 나라 말로 주문할 줄 아는 사람과 친해지는 방법도 있다. 그건 만국어 백화점이 '일곱 빛깔 다양성'이라는 이름으로 내세운 목표 중 하나이기도 하다.

내 이탈리아어 실력은 떠듬떠듬 젤라또를 주문할 정도지만, 아리는 일본어를 공부해서 초밥도 주문할 줄 안다. 교토에 있는 온라인 친구와 화상 채팅도 하는데 문화 쇼크 프로그램 포스터에 나와도 손색없을 정도다. 마이키는 이스트 할리우드 조폭영화를 하도 많이 봐서 거기서 주워들은 엘에이(LA)식 스페인어 속어를 꿰고 있다. 친구라고는 그 둘뿐인 나는 초밥과 피자, 부리토와 햄버거나 먹으며 살아간다. 어쩌면 사회 부적응자를 굶기는 것도 만국어 백화점의 목적이 아닐까 싶다.

아리가 내 몫으로 주문한 일본식 파이를 베어 문다. 그럭저럭 괜찮긴 하지만 훌륭한 맛은 아니다.

아리는 우리의 '절친 타임'마저 브랜드가 되기 위한 전략을 이야기하는 데 쓰고 싶어 한다. 인터치를 훑어보니, 순 스폰서들 메시지고 테슬라가 올린 동원령이 하나 있다. 누가 자기 상품을 금지하라고 압력을 넣었는지 알아냈다는 소식이다.

> toy321: 반전 고글 관련. '소아중독학'사에 단체 메시지 공격. 고글은 놀 때만 쓰는 물건이라고 가르쳐 주자. 개시!

나는 소아중독학 사에 항의 메시지를 보낸다. 아리가 로켓에게 들었다는 브이아이피 라운지 이야기는 한 귀로 흘려들으면서.

"걔 말을 들으면 거긴 무슨 요정들이 뿌리는 금가루로 덮여 있는 세상 같아."

나는 차를 홀짝이며 그렇게 말한다.

"그럼, 금가루 바른 권력이 있지."

아리가 꿈꾸는 목소리로 한탄한다. 농담인지 뭔지 모르겠다.

"추적기가 돌아가면 좋았을 것을."

아리가 노트북 화면을 톡톡 치며 말한다.

"에어웨어 사에서 또 내 페이지에 와 봤는지 알 수가 없네. 펑크 풍 발레 덧신이랑 이것저것 사진 올렸는데……."

"추적기가 안 돌아가?"

"응. 운영진이 발견해서 차단한 것 같아."

난 참지 못하고 노트북을 확인한다. 눈동자 아이콘이 없다.

"어젯밤엔 됐는데."

아리에게 하는 말이라기보다는 혼잣말에 가깝다.

"어제 흑강에 온 누군가가 알린 걸까?"

"누가 그런 짓을 하겠어?"

그런가. 모르겠다. 흑기술 강연을 곰곰 생각하자 네트워크의 보안을 무너뜨리는 법을 알려 주던 그 목소리가 떠오른다.

"아리야, 제로넷이라고 들어 봤어?"

"아―니."

아리는 고개를 저으며 손가락에 묻은 설탕을 쪽쪽 빤다.

"어젯밤에 내 페이지에 들어왔더라구."

"아."

아리는 그렇게 말했지만 딱 봐도 관심이 없다.

"또 누가 들어왔게?"

나는 솔깃한 이야깃거리로 아리의 관심을 끌어 본다.

"제러미 스위프트."

"말도 안 돼. 보여 줘 봐."

"어떻게 보여 줘? 추적기가 먹통이잖아."

얼굴을 찡그린 아리의 말투가 뾰족해진다.

"그것 참 편리하네."

"무슨 뜻이야?"

아리는 가짜 웃음을 한 번 터뜨리고 나서 계속 실실거린다.

"잘 들어 둬. 제러미가 너한테 관심 있다는 소문을 내고 싶으면 일단 그게 사실일 가능성이 쪼끔이라도 있어야 하는 거야.”

나는 아리를 쳐다본다. 반짝거리는 보랏빛 눈동자를 바라본다. 우리가 서로 비밀을 나누고 짝사랑을 털어놓던 때에 들여다본 그 헤이즐넛 눈과 너무도 다른 눈빛이다. 내가 가족 때문에 고민할 때 나를 위해 울어 주던 그 눈은 이렇지 않았다. 함께 마이키를 골려먹을 때 나에게 찡긋 윙크를 날리던 그 눈이 아니다.

“다 네가 걱정돼서 하는 말이야.”

“그래.”

난 나직하게 대답한다.

손에서 인터치가 붕붕거린다.

cwinterson: 중요한 소식이 있으니 사무실로 와 주길. @KID

“일단 난 가 봐야겠다.”

나는 가방을 들고 자리를 뜰 채비를 한다.

“뭐? 어디 가는데? 우린 이제 같이 놀지도 않는 거야?”

아리가 투덜거린다. 진심으로 하는 말인가 싶어 아리를 쳐다본다. 로켓이니 공작당이니 하는 아이들과 노느라 우리 밴드 연습을 계속 바람맞히는 건 바로 아리다.

“윈터슨 선생님이 보자고 하셔서.”

나는 남은 차를 급하게 마시고 찻잔을 내려놓는다.

아리는 짜증 난 얼굴이다.

"그런 거면, 알았어. 다음엔 마차 만쥬 직접 주문해 드셔."

눈물이 나려고 한다. 차가 너무 뜨거워서 그런 거다.

난 굴욕감을 안고 윈터슨 선생님 사무실로 향한다. 아리 말에 화가 났다. 아리 말이 맞아서 그랬을 거다. 난 대체 누굴 속이려고 그랬던 걸까. 스위프트는 내 남아도는 온라인 시간에만 관심이 있을 뿐이다. 어디 다른 데 관심이 있다고 생각하는 건 정말 우스운 일이다.

나는 윈터슨 선생님 맞은편 의자에 몸을 던지고 '중대 발표'를 기다린다.

선생님은 잠시 말없이 나를 바라보다가 말을 꺼낸다.

"케이티, 지난번에 나에게 자살에 대해 물었지."

"오해하실까 봐 말씀 드리는데 저 안 우울해요."

나는 잽싸게 말한다.

"아니, 그게 아니야. 지난번 상담 끝나고 요즘 무슨 일이 있나 본부에다 이것저것 물어봤거든. 일단 지난주 깜짝쇼는 스폰서와 상관이 없더구나. 혹시 아직도 궁금해하나 해서."

땡. 아직도 궁금하긴요. 벌써 다 지나간 뉴스구만.

"그런데 우리가 나눈 이야기 때문에,"

윈터슨 선생님은 핑크빛 손톱을 잘근거리며 말을 잇는다.

"스폰서들이 관심을 보이면서 그쪽 나름대로 조사에 들어가서 정보를 찾고 있어."

"아무도 관심을 안 보였어요. 아무도 신경 안 썼다니까요."

"그래, 너에게 말하려는 게 바로 그거란다. 너는 관심을 보였잖아."

윈터슨 선생님이 관자놀이를 문지른다.

"아, 차근차근 설명할게. 일단 이건 내가 의도한 바가 아니란 걸 알아 줬으면 한다. 그러니까 이번 자살극에 스폰서들의 시선이 몰리게 된 것 말이다. 그리고 너에게도."

이제 그만 본론으로 들어갔으면 좋겠다.

"널 브랜드 모델로 올리고 싶다는구나, 케이티."

"네?"

"지금 네 기록에 네가 유행 탐지가로 올라가 있어. 지금부터는 스폰서들이 널 눈여겨보게 될 거야."

"네? 방금 전에 제 기록에 로그인해 봤는걸요. 제 기록에 유행 탐지가 같은 말은 없었어요."

"계약 조건에 합의하기 전까지는 사용자 쪽에 공개되지 않아서 그래. 하지만 분명히 그렇게 되어 있단다, 케이티."

나에 대한 정보가 내 기록에 들어 있는데, 내가 그걸 볼 수도 수정할 수도 없다니, 마음에 들지 않는다. 그것도 그렇지만 나는 그 자살 깜짝쇼와 아무런 관계가 없다. 난 아무 잘못 없는 구경꾼에 불과하단 말이다.

"그날 라운지에서 수많은 아이들이 그 장면을 봤는데 어째서 제가 그걸 '유행으로 탐지한' 사람으로 올라갈 수 있는 거예요?"

윈터슨 선생님이 무겁게 한숨을 내쉰다.

"그 일에 대해 맨 처음 이야기를 꺼낸 사람이 바로 너였으니까. 처음으로 그 일에 관심을 보이고 그 일에 대해 알아본 사람이 너였으니까. 스폰서들이 주목하는 건 관심의 흐름이야. 그 사람들은 그 자살 비디오를 처음 재생한 곳이 네 노트북이라는 것도 이미 다 파악했단다."

익명이 보내온 메시지가 생각난다.

이제 그들이 널 눈여겨보고 있어.

"어머니께 연락해 두었다."

선생님이 말을 잇는다.

"오늘 폐장 후에 학교 운영진과 함께 네게 관심 있는 스폰서 회사의 브랜드 모델 담당자를 만나게 될 거야."

15 떨어지는 떨림

"키드?"

돌아보니 제러미가 사무실 앞에서 날 기다리고 있다.

"어, 여기서 뭐 해?"

"지금 할 일 있어?"

"뭐 그냥."

조립창고에서 마이키를 만나기로 했다. 마이키는 오늘 로봇 대전에 나가 싸울 예정이다.

"그래? 어제 내가 이야기한 거 할 생각이 있나 해서. 왜 체스 카페에서 말한 거."

무슨 말인지 모르겠다.

"서로 주고받기, 기억 안 나?"

제러미가 웃으면서 말을 잇는다.

"시간 교환을 하면 될 것 같더라구. 보니까 너 '수학 공략'에 한참 막혀 있더라. 그거 플레이할래?"

스위프트가 나와 시간을 보내고 싶어 한다니, 우쭐한 기분이 드는 것도 사실이다. 그래도 이왕이면 수학보다 좀 더 낭만적인 미션을 골랐다면 좋았을걸.

"그래, 그러자."

나는 인터치를 꺼내, 좀 늦겠지만 크리플이 링 위에 올라가기 전엔 도착하겠다고 마이키에게 문자를 남긴다.

함께 카드를 긋고 수학 공략 준비실로 들어간다. 아이들이 다음 레벨을 위해 복습을 하고 있다. 명상 훈련을 하고 심각한 자세로 심호흡을 하는 게 이곳의 복습 방법이다.

나는 숨을 깊이 들이쉬고 스위프트와 함께 빈자리로 간다.

"공부 도우미를 몇 개 봐 놨어. 네 노트북을 써도 될까?"

되고말고. 우리 만남이 이제야 낭만적인 분위기를 내기 시작한다. 나는 제러미 옆에 자리를 잡고 노트북을 밀어 준다. 제러미가 공부 도우미를 설치하는 동안 나는 초조한 마음으로 수학 공략 공간을 슬쩍 살펴본다. 시뮬레이션당이 도시를 설계하고 가족을 이끌고 군사 목표물을 쳐부수는 4층의 아케이드와 비슷하지만, 분위기는 훨씬 심각하다. 다들 모니터를 열심히 들여다보고, 계산 결과를 입력하고, 폭탄이 터질까 봐 조마조마해하며 제출 버튼을 누른다.

설치가 끝나자 제러미가 내 쪽으로 몸을 기울이며 묻는다.

"뭐 원하는 거 있어?"

네 입술이 내 목에 닿았으면 좋겠어, 하는 말 대신 이렇게 묻는다.

"어떤 거?"

제러미가 고갯짓으로 벽면 진열대의 '마시는 마법'과 '총명제' 샘플을 가리킨다.

"아니, 괜찮아. 필요 없어."

제러미가 실망한 기색을 보인다.

"그럼, 혹시 네 카드로 긁어도 돼?"

내가 주저하는 기색을 보고 제러미가 바로 덧붙인다.

"돈이 드는 건 아냐. 내 카드로 받을 수 있는 샘플 할당량은 다 써 버렸거든. 그래서 해 본 말이야."

"아, 그럼 그렇게 해."

내가 카드를 건네자 제러미가 진열대로 가서 알약 두 개짜리 샘플 묶음을 꺼내 온다.

"정말 필요 없어?"

난 고개를 젓는다. 제러미는 어깨를 으쓱하더니 두 알을 다 먹는다. 나는 물도 없이 알약을 삼키는 그의 목을 관찰한다.

"이제 해 볼까?"

제러미가 나를 보고 미소를 지으면서 내 노트북을 우리 사이에 놓는다. 나는 방정식을 가리키며 내가 끝판을 깨고 레벨을 통과하는 전략을 익히도록 도와주는 제러미의 입술을 뜯어본다.

"이거 다 이해하겠어?"

"대충은."

"어려워할 거 없어. 퍼즐이나 암호라고 생각하면 돼. 그 자리에 딱 맞는 조각을 찾아내서 풀어 가기만 하면 된다고."

제러미가 화면을 자세히 보려고 내게로 몸을 더 가까이 기울인다. 내가 수학에 집중하는 데 도움이 될 리 없다. 내 감각은 온통이 애와 함께 있는 이 대단한 경험을 만끽하는 데 맞춰져 있다. 일종의 감염 도취랄까. 내 의자 뒤에 있는 제러미의 팔도 느껴진다. 셔츠에서 면 향기와 계피 향 같은 게 난다. 용접한 금속에서 나는 냄새 같기도 하고 저 바깥 우주의 냄새인 것도 같다. 이 애가 내 옆에 앉아 있으니까 모든 게 평소보다 훨씬 더 또렷하게 다가온다. 그런 상태로 우리 앞에 놓인 문제를 들여다보니 나에게 뭘 가르쳐 주고 있는지 쏙쏙 들어온다.

난 꼭 맞는 퍼즐 조각을 찾아낸다.

"준비됐어?"

나는 고개를 끄덕이고 가상현실 그래퍼에 아이디카드를 긁는다. 이 기계는 비행 시뮬레이터를 개조한 것으로, 다음 레벨로 올라가려면 꼭 통과해야 하는 '함수 그래핑' 프로그램이 실행된다. 나는 조종석에 올라타서 안전띠를 매고 장비를 어깨에 단단히 둘러맨다. 까만 화면을 쳐다보고 땀에 젖은 양손으로 조종기를 쥔 다음 숨을 크게 내쉰다. 마치 지난 40분간 숨을 꾹 참고 있었던 것처럼.

제러미가 문을 닫고 프로그램이 시작되길 기다린다. 초조한 듯이 손으로 머리칼을 쓸던 제러미가 잽싸게 주위를 살피더니 캡슐에 뛰어들어 문을 당겨 닫는다.

"뭐 하는 거야?"

"나도 같이 타려고."

제러미가 웃음을 터뜨린다. 비구름도 걷히게 만들 웃음소리다. 벌써 카운트다운이 시작되었다. 10…… 9……

"하지만 넌 벨트가 없잖아!"

"왜 이러셔. 아침 내내 2차 방정식을 공부했는데 이걸 안 타고 어떻게 배겨?"

제러미가 비좁은 캡슐 안에 자리를 잡으며 말한다. 그의 무릎이 내 허벅지를 쿡 찌른다.

"헛, 미안."

6…… 5…… 4……

난 낄낄 웃기 시작한다. 좀 미친 사람 같은 웃음이다. 끝판 플레이가 이런 식으로 이루어질 줄은 상상도 못 했다.

"넌 할 수 있어. 마음 편히 먹어."

제러미가 천장에 팔을 짚고 화면을 들여다보며 말한다.

"이제 시작이야!"

캡슐이 진동하기 시작하자 나는 말 그대로 꽥 소리를 지른다.

3…… 2…… 1

화면에 첫 번째 방정식이 나타나고 타이머가 돌아간다. 20분 안에 방정식 열다섯 개를 해치워야 한다.

나는 문제를 풀어 나간다. 정점을 찾고, X에 여러 값을 집어넣어 y를 찾아낸다. 좌표를 엮어 그래프를 그리고 제출을 누른다.

캡슐이 뒤로 기울더니 화면 효과가 곁들여지면서 처음엔 아래로 이윽고 위로 완만하게 굽은 포물선을 따라가는 가속의 착각을 불러일으킨다.

제러미가 심드렁하게 "흠." 한다.

내가 함수를 두 개 더 그려서 우리 둘은 카니발 축제의 놀이기구를 타듯 그래프의 경로를 탄다. 함수를 제대로 풀어 나가고 있다는 짜릿함, 거기에 시간 압박에 따른 아드레날린과 내 바로 옆에 제러미가 있다는 사실이 떨림을 더해 준다.

이윽고 네 번째 함수가 나타난다.

"오, 구글님 맙소사. 맨 앞 계수를 봐! 음수야!"

나는 재빨리 제러미를 살핀다.

"게다가 엄청 가파를걸."

제러미는 화면에서 눈을 떼지 않은 채 머릿속으로 셈을 하면서 대꾸하더니 캡슐을 둘러보고 자세를 더 안전하게 잡으며 말한다.

"그냥 다른 것 풀 때처럼 풀어."

"알았어. 준비됐지?"

나는 그렇게 대답하고 좌표를 잇는다. 이번 포물선은 위아래가 뒤집혀, 우리는 위로 올라갔다가 정점을 지나 아래로 곤두박질치려는 참이다. 나는 선뜻 제출을 누르지 못한다.

"어서!"

캡슐 전체가 격하게 뒤로 기울고 우리는 경로를 따라 위로 올라간다. 제러미가 자리에서 미끄러지며 천장에 머리를 박는다. 정점에 도달해 꼭대기 너머로 곤두박질치는 순간, 숨이 목에 탁 걸려 밖으로 나오지 않는다. 마치 절벽에서 머리부터 아래로 떨어지고 있는 느낌이다.

이윽고 수평 비행 상태로 돌아와 다음 함수로 넘어간다.

"잘했어. 서둘러! 제한 시간 조심!"

제러미가 뒤통수를 긁으며 말한다. 헝클어진 머리가 더 헝클어져 있다. 나는 다음 함수, 또 다음 함수를 풀어 나간다. 이제는 뭘 어떻게 하면 되는지가 보인다. 그에 따라 문제를 꽤 빠르게 해결한다. 그건 아마도 내가 제출을 눌러 놀이기구 동영상이 시작될 때마다 제러미가 조종기를 쥐고 있는 내 손을 잡고 함수 경로에서 아래로 곤두박질치면서 함께 폐가 터져라 소리를 지르고 있기 때문이리라. 이런 순간을 더 만들 수만 있다면 난 뭐든 할 것이다. 수학 끝판이든 뭐든 얼마든지.

마지막 함수를 그래프로 나타내자 캡슐이 점점 움직임을 멈춘다. 화면에 점수가 쭉 올라온다. 딱 하나 틀렸다. 그것도 제러미의 실수였다. 이리저리 움직이다가 내가 다 풀기도 전에 제출을 눌러 버린 것이다. 타임 보너스도 어마어마하게 높다.

마침내 화면에 글자가 뜬다. 멋진 남학생과 함께 캡슐 안에서 좌충우돌한 여학생이라면 누구나 보고 싶어 하는 그 문구다.

레벨 완료.

제러미가 더 가까이 —이게 가능한 일인지는 모르겠지만 —다가와서 나직하게 말한다.

"굿 게임. 자, 음, 문 열어도 되지? 몸 좀 펴고 싶다."

안전벨트를 풀고 문을 연다. 수학 공략 공간을 슬쩍 둘러보면서 어슬렁어슬렁 돌아다니는 지도 선생이 없는지 확인한다. 조종석에 조종사가 많았다는 이유로, 꼼수를 썼다는 오해 따위로 레벨 점수가 무효 처리 되는 건 바라지 않으니까.

"대성공이야. 정말 재밌었어."

제러미가 몸을 쭉 펴며 말한다.

게임학교에서 꼼수가 전혀 통하지 않는 건 아니다. 이론적으로, 머리는 비상하고 도덕성은 투철하지 않은 친구가 있으면 그에게 자기 아이디카드를 넘겨주고 점수가 올라가는 걸 구경하기만 하면 된다. 그러자면 레벨을 통과할 때의 '떨림'은 포기해야 한다. 나라면 절대 팔지 않을 물건이 바로 이 엔도르핀 폭풍이다. 몇 시간, 혹은 며칠, 몇 주, 절망과 끈기와 광기의 시간을 보내고 나면 그럭저럭 실력이 쌓이게 된다. 게임학교에서 승리하는 데 한 발짝 더 다가가는 것이다.

인터치를 확인한다. 제러미와 함께 좌충우돌하는 사이에 마이키가 올린 소식이 많이 밀려 있다.

mikes: 현상금 로봇 시합을 주름잡을 세계 챔피언에 광을 내고 있음!

mikes: 우리의 영웅을 링으로 들여보냄!

아, 이런. 시합이 이미 시작되었겠다.

"굿 게임."

함께 수학 공략에서 로그아웃할 때 제러미가 말한다.

"그 인사는 아까 했잖아."

"그거 말고, 브랜드 모델에 오르게 된 거."

정신이 번쩍 든다.

"그거 아직 공개 안 됐는데."

"아, 그렇지."

제러미가 웃음을 터뜨리며 내 손을 잡는다.

"프로텍트 사는 내 스폰서이기도 하니까, 그쪽에서 너에게 관심이 있다는 건 대충 알아."

그러니까 보안업체 프로텍트가 나를 브랜드로 삼고 싶어 한다고?

"우리 둘이 같은 회사 브랜드가 되다니. 그럼 이제 함께 다닐수 있겠지?"

제러미가 내 손을 좀 강하게 쥔다. 다른 한 손에서는 마이키가 나의 보살핌을 요청하고 있다.

mikes: 뼈아픈 패배에 신음하고 있음. 너 왜 안 왔어? @KID

마이키는 조립창고 한구석에서 멍하니 허공을 보고 있다.

"아, 이런! 저게 크리플이야?"

형체를 알아볼 수 없는 금속 부품들이 작업대 위에 놓여 있다.

"우리 크리플은 훌륭하게 싸웠어."

마이키가 부품 유해에게 고개 숙여 경의를 표하며 말한다.

"어디 있다 이제 오는 거야?"

나는 대답을 얼버무리고 불쌍한 크리플의 유해를 살핀다.

"이제 어떻게 할 거야?"

"다시 고쳐 줘야지. 녀석은 멋진 싸움이 있으면 움직이거든."

기술적으로는 맞는 말이 아니다. 크리플은 배터리 뭉치가 있으면 움직이니까. 하지만 마이키를 계속 움직이게 하는 이 힘이라니, 나로서는 도저히 이해할 수 없는 그 어떤 것이다.

"마이키. 야, 마이키?"

내가 부르는 소리에 마이키가 회로기판에서 얼굴을 든다.

"그러게 내 절친이라지. 하이파이브!"

"아우우…… 하이파이브!"

몸을 쭉 펴고 하이파이브를 하려고 했는데 엇나가고 만다. 내가 작업대 위의 나사 상자를 엎어 버려, 나사가 비처럼 바닥으로 쏟아져 내린다.

"우린 구제불능이야."

난장판을 보며 같이 낄낄거린다. 마이키가 판지로 된 크리플의 관을 치우며 말한다.

"패배의 아픔이 배고픔으로 오는군. 밥 먹으러 가자."

로비 건너편의 자판기 코너 앞에서 마이키가 정교한 연쇄 반응 기계를 뜯어본다. 땜질당과 톱니바퀴당이 스폰서들을 위해 설계한 것이다.

"이 자판기의 문제는 이런 거야. 저 구슬이 그럴싸하게 홈통을 굴러가서 그걸 켜잖아? 뮤직박스 장치인가 뭔가 하는 거. 그러면 햄스터 쳇바퀴처럼 생긴 것이 컨베이어 벨트를 움직여서 내가 고른 걸 떨궈 놓잖아? 딱 거기까지만 그럴싸해. 결국 나오는 건 홍보용 사탕일 뿐이지. 먹으면 끝. 시시해."

"매우 설득력 없는 주장을 펼치는군. 네가 퍽이나 자바 초콜릿을 싫어하겠다?"

"내가 언제 자바 초콜릿이 싫댔어? 자바와는 별개 문제야."

마이키가 카드를 긁어 주화를 뽑고 그걸 투입구에 넣는다. 상품 상자가 복고풍 '핫 휠' 트랙 위를 미끄러지고 트램펄린에 튕겨 올라 농구 골대 사이로 떨어진다.

"저런 과대포장보다는 요 맛이 백배 훌륭하다."

마이키가 과자 한주먹을 입에 털어 넣으며 말한다. 초콜릿과 카페인을 으드득 씹는 통에 말소리도 씹힌다.

"그런데 진짜 밥을 먹어야지 이걸로는 안 되겠다."

우리는 조립창고에서 로그아웃한 다음 에스컬레이터를 타고 문화 쇼크로 내려간다. 순수 과학 방이 있는 3층을 지날 때, 에바 블룸과 팰머 필립스가 코스모노바를 함께 나서는 모습이 눈에 잡힌다. 코스모노바는 돔 형태의 화면에 자연 다큐멘터리를 상영하지만 그곳의 진짜 볼거리는 관람석에서 벌어지는 실제 상황이다. 거긴 아이들이 키스하러 가는 곳이다.

"로켓 남자친구가 에바 블룸이랑 코스모노바에 웬일이래?"

내가 물었지만, 이건 수사의문문에 가깝다. 답이 뻔하니까. 마이키가 낄낄거리며 입 맞추는 흉내를 내는데 누가 보면 부리토를 먹는 줄 알겠다.

"저급하게 굴지 좀 마."

아리에게 부정 행각으로 의심되는 현장을 목격했다는 뉴스를 전달하고 싶어 손가락이 근질거리지만, 참는다. 괜히 나서서 소문 폭동을 일으키고 싶진 않다. 다만 로켓을 생각하는 마음에서 팰머와 에바가 허블 천체망원경이 보내온 영상에 남모르는 관심이 있었기를 바랄 뿐이다.

문화 쇼크에서 마이키와 함께 줄을 선다. 기다리는 내내 마이키는 팀플레이 스폰서들에 대한 저속한 농담을 늘어놓는다. 나도 마이키에게 말하고 싶은 게 있는데.

야, 그거 모르지? 나 브랜드 된대. 믿기지 않지?

배신으로 느껴지지 않게 전할 방법이 생각나지 않는다.

"야, 어디 가?"

내가 저쪽으로 가려고 하자 마이키가 묻는다.

"멕시코 음식은 안 당겨서. 피자 한 조각 시키려고."

'작은 이탈리아' 계산대로 가서 메뉴를 가리키며 웅얼거리는 소리로 "페퍼로니, 그라찌에(고마워요)."라고 주문한다. 그러고는 다시 마이키한테 간다.

마이키가 문화 쇼크 직원들에게 자기가 아는 스페인어를 다 퍼붓길 기다린다. 어떤 직원은 짜증이 난 얼굴이지만, 몇몇은 마이키의 발음과 동사 시제 일치에 감탄한 모양이다. 이제는 그냥 말해 버리자고 결심이 선 순간, 또 방해물이 나타난다.

"봐, 걔네들이야."

"끼에네스(누구)?"

마이키가 부리토와 콜라를 받아들고 주위를 돌아보며 묻는다.

나는 눈에 띄지 않게 조심하면서 소피아와 엘리아로 추정되는 남자애가 함께 앉아 있는 탁자 쪽을 가리킨다.

"정체불명이야."

"쟤네? 쟤네가 네 꿍꿍이 명단에 있는 애들이라는 거지?"

마이키가 웃음을 터뜨리며 그들 쪽으로 간다.

"뭐 하는 거야?"

나는 낮은 소리로 으르면서 마이키 뒤를 따라간다.

"안녕, 우리 여기 앉아도 되지?"

마이키는 벌써 엘리야 옆에 자리 잡고 앉아 부리토 포장을 벗긴다. 나는 쭈뼛쭈뼛 서 있고 소피아가 그런 나를 올려다본다. 나도 모르게 불쑥 말을 꺼낸다.

"전엔 미안했어. 꼬치꼬치 물어봤던 거. 난 그냥……."

어떻게 마무리해야 할지 모르겠다.

"얘가 병이 좀 있거든."

마이키가 입에 음식을 가득 넣은 채 말한다.

"병원에도 가 봤다는데, 방법이 없대. 구제불능인 거지."

닥치시지, 나는 음식을 또 한 입 베어 무는 마이키에게 그렇게 웅얼거리며 자리에 앉는다. 여드름쟁이 엘리야가 줄곧 나를 지켜보고 있지만 그 애와 눈을 마주칠 자신이 없다.

나는 피자를 먹는 소피아 접시를 물끄러미 바라본다. 소피아는 독수리처럼 피자를 해체하고 있다. 초체계적이고 신경강박증에 걸린 독수리처럼. 페퍼로니를 쌓아 위태위태한 탑을 만들고 치즈 깔린 걸 들어내서 한 덩어리로 접는데 소스부터 살살 긁어낸 다음 맨살만 남아 있는 크러스트 한쪽에 동그란 덩어리로 밀쳐 둔다. 그때 마이키가 입을 연다.

"나, 너 어디서 봤어. 그래, 너 레이스 하지?"

"맞아."

"그런데…… 팀플레이는 아니고. 그렇지?"

"그래, 아니야. 결승선을 마지막으로 통과하는 인간에겐 로고도 없어, 영광도 없어, 인지도도 없는 법. 엘리야라고 해."

엘리야가 마이키의 나초 칩 하나를 집어 먹은 손가락을 쪽쪽 빨고는 그대로 마이키에게 손을 내민다.

마이키는 나를 힐긋 보고, 어색하리만치 정중한 자세로 엘리야와 악수한다. 엘리야는 너무 오래다 싶게 손을 잡고 있다.

"하지 마."

소피아가 접시에서 얼굴도 들지 않고 경고를 던진다.

"분위기 맞추는 것뿐이야."

엘리야가 그제야 의자에 몸을 기대며 말한다. 소피아의 접시에서 벌어지는 이 정교한 의식엔 신경도 쓰지 않는다. 익숙한 일이겠지. 하지만 나는 묻지 않을 수 없다.

"너 왜 피자를 다 벗기는 거야?"

"난 음식을 각 부분으로 해체해서 먹는 게 좋아. 이 행위로 소재의 순수성을 구할 수 있고, 또 재료의 본질은 따로 음미할 때 더 잘 느껴지는 법이니까."

"아하."

나는 소피아가 치즈 더미에서 한 조각을 떼 내 조심스럽게 뜯어먹는 모습을 구경한다.

"그럼 수프는 어떻게 드시나?"

"앤 수프 싫어해."

마이키가 묻는 말에 엘리야가 흥이 난 듯 대답한다.

"싫어하는 거 아니야. 믿을 수가 없을 뿐이지. 대체 그 안에 뭘 숨기고 있는 건지."

소피아의 해명을 들으며 나는 피자를 전통적인 방식으로 한 입 먹는다. 정체불명으로 의심되는 아이들과 이렇게 스스럼없이 밥을 먹고 있다니 기분이 야릇하다. 이들이 그냥 평범한 아이들이라는 사실도 어이가 없고. 아, 물론 평범하지 않은 구석이 없는 건 아니다. 나는 눈으로는 소피아가 분해한 피자 조각을 주시하면서 귀로는 성공보다는 실패를 통해 더 많은 것을 배우지 않느냐는 마이키 주장에 엘리야가 말려드는 소리를 듣고 있다.

그때 웅성거리는 소리 사이로 도드라지는 목소리가 들려온다.

"너 여기서 뭐 하니, 케이엔? 전학 간 줄 알았는데. 우리가 그렇게나 보고 싶었어?"

켈리다. 패션 파시스트당의 싸움 대장. 여자애들 웃음소리도 얼마든지 으스스할 수 있다. 깔깔거리는 웃음이 순진하고 귀엽고 핑크빛이라고 생각하면 오산이다. 나는 인터치의 녹음 버튼을 눌러 영장류만이 낼 수 있는 저 독특한 사운드를 포착한다.

줄 서 있는 케이엔은 날 선 목소리를 애써 무시한다.

"못된 하피들 같으니."

엘리야가 투덜거린다. 소피아는 맨살 크러스트를 한 입 먹고 싸움판을 살핀다.

켈리가 다 들으라고 목소리를 쏘아 올린다.

"너 요새 또 팰머한테 덤빈다는 소리가 들리더라. 여기저기에 사랑 고백 같은 걸 새기고 다닌다며. 정말 사이코답다, 다워."

켈리가 한 발 더 다가가며 이쪽까지는 들리지 않는 소리로 쏘아붙인다.

소피아가 자리에서 벌떡 일어선다. 얘가 이렇게 빨리도 움직일 수 있나 싶은 속도로. 나는 깜짝 놀란 채 소피아가 몸으로 길을 뚫으며 파시스트당 쪽으로 향하는 모습을 지켜본다. 소피아가 켈리의 팔을 잡고 빙그르 돌려 세운다.

켈리는 누가 자기를 만졌다는 데 충격을 받은 모양이다. 나까지도 충격을 받았을 정도다. 패션 파시스트당은 에어브러시 효과를 준 것 같은 비현실적인 존재니까. 너무 가까이 다가가면 그대로 통과해 버리는 환영 같은. 뒤늦게 켈리가 소리를 꽥 지른다.

"감히 어딜 만져, 이 변태야."

"내가 왜 그랬는지 벌써 후회된다. 항균 티슈로 손을 세척하든지 해야지 원. 안 그러면 질투 쩐 냄새랑 싸구려 샤넬 냄새가 하루 종일 지워지지 않겠지."

켈리는 한마디도 못 하고 입만 쩍 벌리고 있다. 병사들이 싸움을 이어받는다.

"이 겁대가리 없는 젖소야, 왜 남 이야기에 끼어들어?"

쪼그만 금발머리가 말한다.

"너 어디 아프니? 곧 그날인가 보지? 정말 퉁퉁 불었구나."

카트가 소피아의 허리께 살집을 꼬집으며 말한다. 그런 식으로 물고 늘어지며, 소피아의 공들인 눈썹이며 잿빛 치아교정기까지 놀려댄다. 소피아는 그저 듣고만 있다. 그들이 모기처럼 붕붕거리며 자기 피를 빨아먹는데도 눈 하나 깜빡 않고.

파시스트당의 관심이 더 큰 먹이에 가 있는 동안 엘리야가 가서 케이엔이 싸움판을 빠져나오게 도와준다.

결국 프로텍트 사 경호원들이 나타나 사태를 정리한다. 켈리는 애교를 떨면서 그냥 장난친 것뿐이라고 말한다. 경호원들이 그 말을 믿는 것 같진 않지만, 어쨌든 소피아는 어깨를 으쓱하고는 자리로 돌아온다.

자리에 앉아서 페퍼로니 한 장을 입에 넣고 콧노래를 부르는 소피아를 우리는 입을 딱 벌리고 바라보기만 한다.

"진짜 대단하다."

마이키 말에 나는 얼른 고개를 끄덕인다.

"누가 파시스트당한테 어깃장 놓는 거 처음 봤어."

"켈리 앳킨스를 해체해 보면, 질투, 자신 없음, 손톱에 바른 아크릴, 염색약을 얹은 저 빨간 머리칼에서 나오는 과산화물과 아미노화합물일 뿐이야. 그딴 게 무서울 게 뭐 있니?"

"그래. 근데 넌 좀 무섭다. 난 너한테 해체당하기 싫거든. 그나저나 케이엔이 뭘 어쨌기에 파시스트당한테 저렇게 찍혔을까?"

소피아는 손가락으로 피자 소스를 찍어 그걸 빨아 먹는다.

"케이엔에게도 비밀이 있고, 말 안 하는 데는 이유가 있겠지."

스튜디오로 올라왔지만, 음악이 평소처럼 들리지 않는다. 그 안에 없는 것, 그 안에 들어가야 할 게 전혀 잡히지 않는다.

"레비 선생님이 말하는 그 머독이란 사람, 어떤 사람인데?"

마이키가 앰프 전선을 가지고 놀면서 묻는다.

"야, 너 어디 안 좋아?"

"응. 아니. 그냥."

"거참, 그런 대답은 인간 감정의 스펙트럼을 다 포함하거든."

난 입술을 씰룩여 미소도 아닌 어정쩡한 표정을 하고 말한다.

"이거 들어 봐."

그동안 나는 인터치로 수집한 웃음소리를 모두 복사해서 '마지막 웃음'이라는 파일로 저장해 두었다. 이건…… 극단의 음향이다. 사람들이 내는 사운드는 음높이를 들쭉날쭉 넘나들고, 아무렇지도 않게 오페라 가수의 음역을 한참 넘어서는 고음에도 닿는다. 이 음색들을 가다듬어 하나의 멜로디로 만들고 싶었다. 그런데 지금은 웃음소리 녹음을 계속 들어 봐도 재미있는 구석이 없다. 특히 마지막 트랙, 그러니까 방금 전에 한 녹음은 더 그렇다. 오싹한 느낌만 자아낼 뿐이다.

"켈리가 걔한테 뭐라고 하는 걸로 들려?"

나는 마이키에게 헤드폰을 건네며 물어본다.

마이키가 녹음을 듣더니 앞으로 돌려 다시 듣는다.

"'사기 치시네. 너 다 알고 그러는 거잖아.'라는 건가?"

마이키가 헤드폰을 돌려주며 말한다.

"잘 모르겠다. 이 헤드폰은 기능 미달이라."

"그렇지. 왜 돌아온 걸까? 케이엔은."

"뭐라고?"

"걔가 왜 파시스트당에서 내쳐졌는지 아리도 모른다던데."

"아리가 모르는 걸 모으면 15테라바이트 디스크도 꽉 찰걸."

"야, 내 절친에 대해서 그렇게 말하기야?"

나는 마이키를 나무라고 마이키는 방어하듯이 양손을 올린다.

"알았어. 그런데 그 분, 가끔은 절친답게 굴어 주셔야 할 듯."

그 뒤로 연습 시간은 엉망진창이 된다. 우리는 일찌감치 로그아웃한다. 그래도 폐장 시간이 거의 다 됐다. 차를 태워 줘야 하는지 알려 달라는 아리의 메시지가 붕붕거린다.

kidzero: 괜찮아. 엄마가 데리러 오기로 했음. @ARI

아리에게 인터치로 내가 곧 브랜드 모델이 된다고 알릴 수는 없다. 그리고 이렇게 생각하고 싶진 않지만, 제러미가 내 페이지를 보러 왔다는 이야기에 아리가 보인 반응을 생각하면 증거 없이는 내 말을 믿을 것 같지 않다.

어쩌면 마이키 말이 맞는지도 모르겠다. 이렇게 중요한 일을 절친에게 털어놓지도 못하다니.

오늘 학교 운영진하고 회의가 끝나는 대로 아리한테 당장 이 모든 사건을 들려줘야지.

17 계약 조건

입구에서 우리 엄마를 맞이한 윈터슨 선생님은 모든 선수가 로그아웃한 뒤 게임학교에 입장할 수 있는 임시 아이디카드를 엄마에게 건넨다. 게임학교엔 어른은 절대 들어올 수 없게 수많은 보안 장치가 돌아가고 있다. 그래서 불편할 텐데도 엄마는 오히려 이런 예방책들에 마음을 놓는다.

"일 빠지고 오기 어려웠지? 귀찮게 해서 미안."

오늘 회의에 온다고 엄마가 머리와 화장을 한 티가 확 난다. 우리 엄마 같지가 않다. 무척 행복해 보인다.

"바보 같은 소리. 이 전화 받을 날을 얼마나 기다렸는데."

그러면서 내 머리를 매만지려고 한다.

"정말 자랑스럽구나."

엄마가 내 어깨를 감싸 안고는 잠깐 속삭이고 몸을 뗀다.

진심으로 궁금하다. 이 여자 분은 대체 누구신지?

"안에 들어와 보니 정말 멋지고 조용하네요."

엄마가 선생님을 따라 텅 빈 라운지를 지나가며 말한다.

그 말에 나도 모르게 눈을 굴렸지만, 사실 게임 활동이 한창일 때의 이곳 모습, 서로 치고받는 활동에 잔뜩 과열된 그 대단한 광경을 본 어른은 거의 없으니까 뭐.

"케이티가 정말 자랑스러우시겠어요, 데이드 부인."

윈터슨 선생님이 본부 입구에 카드를 그으며 말한다.

"그냥 클레어라고 불러 주세요."

선생님이 앞장서서 안내 데스크를 지나 로비를 가로질러 운영진 사무실로 향한다. 나는 이 안쪽으로 이렇게 깊이 들어온 적이 없다. 로비 벽에 창문이 나 있는데 블라인드가 쳐진 곳도 있고 사무실이 들여다보이는 곳도 있다. 문마다 스폰서 로고가 붙어 있다. 퇴근하려는 쿨헌터도 보이지만, 많은 이들이 아직 책상에 앉아 비디오 영상을 검토하거나 통화를 하고 있다.

게임학교는 극도의 '학생 중심' 공간으로, 학생들이 직접 자기 일정을 짜고 자기 수준에 맞는 속도로 배워 나가는 곳으로 알려져 있다. 하루가 다 지나도록 어른은 딱 세 사람 볼 때도 있다. 참 기묘한 일이다. 학생들에겐 절대 보이지 않는 이곳 무대 뒤편에서 모든 일이 이루어지고 있는 것이다.

선생님이 신호기를 누르고 딸각 소리가 나길 기다렸다가 문을 민다. 선생님이 현관을 돌며 말한다.

"그랜트 박사님, 본드 선생님, 케이티 데이드와 어머님이 계약 조건을 논의하러 오셨습니다."

"오, 구글님. 그렇게 소개하니까 이 번거로운 절차가 더 복잡한 형식처럼 느껴지잖아요. 이건 축하할 일이라고요."

본드 선생님이 산뜻하게 웃으며 우리를 안으로 맞이한다.

"굿 게임, 케이티."

그러면서 내게 손을 내미는 한편 다른 손으로는 윈터슨 선생님을 내보낸 다음 엄마에게 다정하게 인사를 건넨다.

"비비안이에요. 만나서 반가워요."

지금까지 내가 운영진 얼굴을 본 건 딱 한 번뿐이다. 13-17레벨에 들어오고 나서 첫 주에 열린 초보 오리엔테이션 때였다. 비비안 본드 선생님은 화면이랑 실물이 똑같았다. 선생님이 척척 내놓는 본드걸 스타일은 블로거들이 절대 놓치지 않는 관심사였다. 꼼꼼하게 다듬은 눈썹 때문에 표정은 언제나 즐거운 무관심을 나타내고 있었다.

"그랜트 박사님은 네 스폰서 후보들과 함께 다른 방에 계셔. 케이티, 모든 분들이 너와의 만남을 기대하고 있어."

스폰서 '들'이라니? 나는 얼른 엄마를 살핀다. 나만큼이나 이 모든 상황에 얼이 빠져 있는 듯하다.

우리는 회의실로 안내된다. 나의 스폰서 후보들, 그러니까 은퇴한 경찰관 분위기를 풍기는 남자와 동화 속 공주 같은 머리를 한 젊은 여자가 회의용 책상의 유리판 위로 몸을 숙이고 있다. 유리 사이로 밑에서 쏘아 올린 이미지를 살펴보는 중이다.

그랜트 박사가 우리가 들어오는 걸 보고 얼른 비디오를 껐지만, 나는 그들이 본 게 정체불명 영상이라는 걸 금방 알아챈다. 너무 많이 봐서 모든 장면을 기억하고 있으니까.

"오셨군요. 이리로 앉으시죠."

그랜트 박사가 느낌표 두 개를 찍듯이 손뼉을 두 번 치면서, 엄마는 전직 경찰 옆에, 나는 요정 머리 옆에 앉도록 자리를 안내한다. 편치 않은 안락의자에 편히 앉아 보려고 애쓰는 나에게 요정 머리 쿨헌터가 발랄하게 인사를 건넨다.

"안녕, 키드. 트렌드세터즈 의류에서 나온 애니카 라스란다."

트렌드세터즈가 날 브랜드 모델로 삼고 싶다고?

내 눈이 자동적으로 내 옷차림을 살핀다. 티셔츠엔 작년에 대강당에서 마이키가 갈겨 놓은 낙서가 있다. 작은 새들이 내 어깨에 똥을 싸는 그림이다. 어떻게 보아도 트렌드세터즈와는 거리가 멀다.

"키드제로!"

전직 경찰이 엄마에게 자기소개를 하고 나서 나에게 와락 달려든다. 나는 깜짝 놀라 애니카 씨에게 기댄 채 그를 쳐다본다.

"해리슨이다. 프로텍트 사 소속의 교내 보안감독관이다."

건장한 할아버지 분위기지만…… 내 손을 잡고 너무 오래다 싶게 놓지 않는다. 나를 불안하게 하려는 심리적 전략인가 싶다. 그렇다면 제대로 통했다.

애니카 씨가 일어나서 엄마에게 자기소개를 하고 엄마가 입은 치마의 재단을 칭찬한다.

"너무 비행기 태우지 마세요."

엄마는 동물 보호소에 자원봉사 온 치어리더처럼 미소를 짓는다. 우리가 다시 의자에 앉자 본드 선생님이 자리를 이끈다.

"이번 일에 기대가 매우 큽니다. 우리 학교 선수들을 합당한 스폰서 회사에 연결하는 일은 우리 운영진이 맡은 업무 중에서도 가장 보람찬 일이거든요."

이어 이름 있는 스폰서들과 제휴, 협력 관계를 맺어 온 학교의 역사를 설명하고, 회사의 투자를 받으면 어떤 혜택을 받으며 공부할 수 있는지 간략하게 알려 준다. 실력이 우수하고 점수가 높은 선수들에 대한 연구 사례도 인용해 보인다.

"보시면 아시겠지만, 이 제휴 관계는 유형 가치를 창출합니다. 비단 사회적 자본만 증가하는 게 아니죠."

왠지 나는 뒤로 밀려나는 분위기다. 하긴 딱 봐도 내가 아니라 엄마를 향해 이야기하고 있다.

이윽고 브랜드 모델 담당자들이 나선다. 이번에도 내가 누릴 혜택보다는 엄마에게 돌아갈 혜택에 관한 이야기가 더 많다. 그래도 애니카 씨는 내가 계약에 동의하면 트렌드세터즈의 신상을 받게 된다는 이야기를 할 때는 내 쪽을 본다.

"정말 좋겠구나, 키디."

엄마는 나를 보고 잠깐 환하게 웃고는 이내 애니카 씨에게 눈길을 준다.

"난 언제나 우리 아이에게 좋은 옷을 입히고 싶었어요. 옷값

마련하랴, 예금 잔액 맞추랴 여의치 않아서 그렇지."

나는 내 안에 숨어 있을 의식 조종 능력을 모아 애니카 씨에게 쏜다. 제발 내가 거기서 산 물건 이야기는 꺼내지 말아 주세요.

"그 마음 알고말고요."

애니카 씨가 엄마를 안심시키지만, 정말로 우리 엄마 마음을 안다고 하기는 어렵다. 엄마는 지금 인생 경험이라는 거대한 바다에서 허우적대고 있는데, 내가 잘못 생각하는지 몰라도, 애니카 씨는 머리칼에 물 한 방울 묻어 있지 않은 것 같으니까. 엄마가 이번 봄에 출시된 상품을 쭉 훑어보는 동안 애니카 씨는 내게 윙크를 할 뿐이다. 두 사람은 한데 몸을 굽히고 내가 입으면 '사랑스러울' 옷을 고른다.

"그동안 너에게 바로 이런 것들을 해 주고 싶었단다, 키디."

엄마는 미소를 짓고, 애니카 씨는 엄마 어깨에 손을 올린다.

"더는 걱정 안 해도 돼요, 클레어. 따님을 위해 정말 애 많이 썼잖아요. 이제 이런 건 우리가 책임질 일이에요."

그러면서 나를 바라본다.

"약속할게, 키드. 이젠 훨씬 편해질 거야. 너도, 어머니도."

엄마의 눈에 안도의 빛이 어린다.

"엄마, 그만 좀."

나는 부드럽게 말했지만, 목에 뭔가가 걸린 것만 같다. 엄마가 이렇게 행복해하는 모습은 한 번도 본 적이 없다.

엄마는 해리슨 씨가 마치 실황 중계 하듯이 프로텍트 사가 게임학교 전체에 무엇을 제공하고 또 후원하는 학생들에게는 따로 무엇을 제공하는지 설명하는 데도 감명을 받은 모양이다.

"일단 모든 선수에게 게임학교 안팎에서 위험 상황이 발생할 경우 당국에 경보를 발신하는 지피에스와 인터치 반응 시스템을 제공합니다. 우리의 젊은 요원들은 회사와의 긴밀한 협조 아래 새로운 보안 조치를 개발합니다. 브랜드 학생은 보안 서비스에 상당한 수준의 접속 권한을 가지며, 윤리적인 사안이나 보안 상황에 대처할 수 있도록 개인 지도를 받습니다."

그랜트 박사가 내 네트워크 현황에 생길 변화 및 종결자에 진입하면 받게 되는 실질적인 혜택에 대해서도 간략하게 설명한다. 그리고 우리가 유리 책상 사이로 훑어볼 수 있게 서면 동의서를 연다. 박사의 장황한 설명은 "질문 있으십니까?"로 끝난다.

"굉장한 기회 같네요. 그렇지, 키디?"

엄마는 너무 흥분한 상태다. 그런 엄마를 실망시키고 싶지 않지만, 이들이 뭔가 잘못 생각한 게 분명하다는 생각을 떨칠 수가 없다. 방 안에 있는 모든 사람에게 물어본다.

"그런데 왜 저예요? 학교에 있는 그 많은 아이 중에 왜 하필 저를 선택하셨는데요? 저에게 뭘 바라시는 건데요?"

애니카 씨가 웃음을 터뜨린다.

"그래, 정신을 못 차릴 법도 해. 하지만 걱정할 것 없어. 우리가 널 선택한 건 네가 앞서 가는 안목을 가졌기 때문이야. 정말

이지, 우리가 너에게 바라는 건, 네가 너답게 행동하는 것뿐이
야. 그리고 쓸 만한 게 있으면 너의 콘텐츠를 우리와 공유해 달
라는 거지. 네가 마음 불편할 일은 전혀 요구하지 않을 거란다."

"자네는 정규 과목 외의 투자에 특별한 재능을 보여 주었어."

해리슨 씨가 알쏭달쏭하게 말한다. 엄마 앞에서 정체불명이라
는 이름을 들먹이지 않으려고 그런 것 같다.

"그건 우리가 어떤 상황에서나 눈여겨보는 종류의 재능이지."

그의 입술이 무슨 경고를 감추고 있는 것처럼 씰룩거린다.

"어쨌든 우리 제러미 학생이 자네를 추천해서 무척 반가웠다.
함께 활동할 기회가 생기면 좋겠다고 큰 관심을 보이더군."

제러미가 그런 말을 했다고?

본드 선생님이 엄마 앞에 지문 스캔용 터치패드를 가져다 놓는
다. 엄마는 반사되어 번쩍번쩍하는 글을 읽으려고 눈에 힘을 주
고 있지만, 맨 끝 부분만 대충 훑는 게 분명하다.

해리슨 씨가 먼저, 다음으로 애니카 씨가 터치패드를 내 쪽 책
상으로 민다.

이 사람들이 앞으로 나에게 무엇을 요구하려고 이러는 건지 모
르겠다. 그게 뭔지는 몰라도, 이 계약으로 나에게 제공하는 혜택
이 전혀 아깝지 않을 무엇이겠지.

나는 쓱쓱 계약서를 읽는다.

그리고 오케이(OK)를 클릭한다.

18 은밀한 메시지

믿을 수가 없다. 아직 아리에게 말을 하지 않아서 실감이 나지 않는 것 같다. 나는 집에 도착하자마자 아리에게 쪽지를 보내려고 노트북을 연다. 쪽지함에 새 메시지가 들어와 있다. 메시지를 연다.

축하해. 너도 이제 팔려간 영혼 대열에 합류했군.
네가 치를 대가만큼 얻길 바란다. -이름 없음

이번엔 무섭기보다 화가 난다. 곧바로 '대체 너 누구냐?'라고 썼지만 보내기 버튼을 누르진 않았다.
'모르면 도망가자' 특강에서 귀가 닳도록 들었듯이 모르는 사람에게 반응을 보여서는 안 되는 법. 하지만 내가 손을 멈춘 건 그 때문이 아니다.
쪽지를 다시 읽어 본다. 다시 또 읽는다. 내가 브랜드가 되었다는 소식은 아직 공개되지 않았다. 제러미는 자기 스폰서한테 들었고. 참, 이제는 '우리' 스폰서로군. 그렇다면 이 인간은 내 기록 중에 운영진과 스폰서만이 볼 수 있는 부분에 접근했다는 말이다.

무엇보다 말투가 왠지 익숙하다.

그 말투다. 그 사람이다.

나는 이렇게 쓴다.

네가 누군지 알아. 네 목소리 기억나. -키드제로

쪽지를 보내고 나니 약간 어지럽다. 계속 숨을 참고 있어서 그런 것 같다. 뽕 소리와 함께 새 쪽지가 도착한다. 풍선 바람 빠지듯 내 몸의 공기가 마구 빠져나간다.

모르는 사람하고 이야기하지 말라고 배웠을 텐데.

내가 누구지? -이름 없음

이름은커녕 아무것도 모르지만, 이제 와서 그렇게 털어놓을 수는 없다. 계속 그와 이야기를 나누고 싶다. 나는 서둘러 이렇게 입력한다.

넌 정체불명이야. 정체불명은 거부하지, 주어진 배역을, 표적 마케팅을, 기

업의 꼭두각시가 되기를, 규정되기를. -키드제로

오래 기다릴 것도 없이 답장이 온다.

•—•

정체불명

"키디, 안에서 뭐 하니?"

"그냥 있어요."

나는 얼른 노트북을 닫으며 대답한다.

엄마가 방문을 연다. 얼굴에 환한 미소가 떠 있다.

"축하할 준비됐지? 길리 이모네 가서 저녁 먹자."

"아, 좋아요."

웃으면서 그렇게 말하는데 속이 좀 켕긴다.

방금 전 상황은 엄마가 가장 두려워하는 일이다. 내가 인터넷
인지 뭔지에서 모르는 사람하고 시시덕거리는 것.

지금 내 마음은 작은 비밀로 인해 흥분의 화학물질 도가니다.

그 녀석이 누군지 알아내야만 한다.

　다음 날 게임학교에 들어서자마자 내 온 신경은 라운지의 광고 화면 중 하나에 꽂혀 버린다. 인형 자살 영상이 나오고 있다. 그 것도 스폰서 화면에 떡하니.

　영상은 다시 손본 것으로, 롱 샷과 느린 음악 대신 순서가 뒤죽 박죽된 토막 화면들로 편집되어 있다. 마지막에 물감이 튀는 장면이 대여섯 번이나 연속 재생되고 있고, 사이사이 클로즈업된 풍선 얼굴이 나온다. "당신은 누구인가? 당신의 아이덴티티를 선택하라."라는 문구가 멋들어진 서체로 화면을 수놓고 이어 트렌드세터즈 로고가 등장한다.

　나는 충격 속에 화면을 응시한다.

　내가 오케이를 클릭한 게 트렌드세터즈에 저 영상을 리믹스해도 좋다고 허가하는 의미였던가? 저게 내 페이지에 링크되어 있다는 이유만으로?

　말도 안 돼. 난 저 영상에 대해 아무 권리가 없다.

정체불명 영상이 그 모든 불온한 구석을 탈탈 털어 내고 트렌드세터즈 옷을 선전하고 있다니. 이쯤 되면 분노에 찬 익명의 메시지가 여지없이 나를 기다리고 있을 것 같다. 아니, 정체불명이 벌써 복수 계획을 세우고 있는지도 모르겠다.

내 옆을 스쳐 가는 아이들이 저 광고에 대해 떠들고 있다.

"나 저거 찍는 것 봤어! 우리 게임학교가 전국 광고에 나오다니 대단하다."

"난 감독판으로 봤어. 그런데 리믹스가 훨씬 낫다."

"저기, 걔다."

누군지도 모르는 아이들이 나를 가리킨다.

저 대단한 광고가 내 마음을 불편하게 만들고 있다.

이제 와서 저 영상에 왜 그렇게들 관심을 보이는 거지?

이틀 전엔 그 누구도 눈 하나 깜짝 안 했잖아!

새 문자가 인터치를 붕붕 흔든다.

aira: 왜 나한테 말 안 했어? @KID

아, 안 돼, 아리야!

소식이 이렇게 빨리 퍼질 줄 몰랐다. 아리에게 전부 이야기해 줄 시간이 있을 줄 알았는데. 앞서 일이 커져 버리고 말았다.

아리의 네트워크 페이지에서 아리가 '나는 지금' 어디에 있는지 확인하고 서둘러 작업실로 간다.

아리가 제이 선생님과 함께 소파에 앉아 있는 게 보인다. 선생님 머리는 솜사탕 분홍색이고 속눈썹은 아리가 그려준 것 같다.

"뭐든 필요한 게 있으면 내 사무실로 오렴, 아리아."

선생님이 일어나면서 아리가 좋아하는 발음으로 아리의 이름을 불러 준다. 아리의 보랏빛 콘택트렌즈가 눈물에 반짝인다.

아리가 노트북을 내 쪽으로 돌려 화면을 보여 준다.

내 네트워크 페이지 맨 위에 트렌드세터스 사 로고와 프로텍트 사 이름이 들어간 배너가 떠 있다.

우리의 자랑 케이티 데이드와 함께하는 스폰서입니다.

"도대체, 어쩜, 이런 일이 있을 수 있니?"

아리가 목소리를 높인다.

"글쎄 모든 게 너무 순식간에 일어난 일이라서."

나는 우물우물 설명한다. 이번 일은 순전히 우연이었다고. 우리가 함께 찾은 그놈의 정체불명 영상이 내가 맨 처음 검색한 것으로 기록되고, 또 내가 그 뒤로도 계속 관심을 보였다는 사실을 가지고 운영진이 나한테 유행 탐지가 딱지를 붙였다고.

"미안해, 아리야. 절대 무슨 꿍꿍이가 있었던 게 아니야."

인터치가 붕붕거린다. 지금 우리는 극도로 민감한 사안에 대해 대화 중이므로 이야기가 끝날 때까지 기다려야 했건만, 나는 반사적으로 인터치를 확인하고 만다.

#종결자_서버: 브이아이피 라운지 만남의 자리에 초대합니다.

어서 오세요! @KID

"뭐야?"

"아무것도."

아리가 묻는 말에 나도 모르게 그렇게 대답한다.

"이제 비밀은 절대 용납 안 해."

아리가 손을 내밀며 인터치를 달라고 한다.

아리가 나에게 온 초대장을 읽는 걸 바라본다.

아리가 나직하게 말한다.

"가 봐야겠네."

"응. 우리 사이, 괜찮은 거지?"

나는 자리에서 일어서며 그렇게 말한다.

"그럼. 넌 유명해지고 싶어서 작정하고 친구들 물 먹이고 그러는 아이가 아니라는 거, 알아. 그렇지?"

아리가 아직도 훌쩍이는 목소리로 말한다.

"맞아."

나는 조심스럽게 대답한다.

마음이 놓이긴 했지만, 그래도 뭔가 공평하지 않은 것 같다. 브랜드 모델이 되려고 일 년 내내 꽁지가 빠져라 노력한 건 아리인데, 어쩌다 내가 브이아이피 라운지 같은 데를 가게 된 건지 모르겠다.

"미안해, 아리야."

우리는 AAA세대.

금속에 멋들어진 서체로 새겨진 표어가 벽에 걸려 있다.

종결자의 슬로건은 '표현, 논란, 친목'이다. 브이아이피 라운지는 유망주끼리 만나서 친목을 다지라고 제공된 장소다. 트리플에이세대는 엑스(X)세대, 와이(Y)세대, 제트(Z)세대 다음에 태어난 우리에게 배정된 마케팅 용어이기도 한다. 앞 세대가 한 시대의 끝이라면 우리는 시작이다. 우리의 유년기에 가장 소중한 추억을 선사해 준 기업들을 기억하겠다고 약속한 대가로 우리는 AAA라는 패기 넘치는 건전지 크기를 세대 명으로 선물 받은 것이다. 종결자로 선택된 아이들은 이 세대의 대변자로서 그 영광을 누린다.

브이아이피 라운지의 조명은 여느 곳과는 확실히 다르다. 그 아래에선 모두가 에어브러시 효과를 입은 듯 멋지다. 천창으로 들어오는 자연광보다도 훨씬 훌륭하다.

라운지 뒷벽 전체가 하나의 거울로, 이 공간이 꽉 들어찬 동시에 무한히 뻗어 나가는 느낌을 불러일으킨다. 언뜻 벽에 비친 내 모습을 보니, 포토샵으로 나를 합성해 넣은 것 같다. 이 예쁘장한 아이들과 내가 한패인 듯 보이게 하려는 조작 같다.

에바 블룸이 유명인 무리를 이끌고 하하 호호 쑥덕공론을 펼치고 있다. 팰머 필립스의 눈길을 끌려고 애를 쓰지만, 팰머는 애버크롬비 플레처와 포즈를 잡느라 바쁘다. 플레처로 말하자면 태어날 때부터 브랜드 모델인 아이다. 그런 쪽 아빠가 있어서 유전으로 물려받은 게 아닌가 싶다.

저 아이들과 관계를 트면 아이돌 밴드 대기실에 들어간다든가 하는 수확이 생기겠지만, 나에겐 이 모든 광경이 허황하기만 하다. 지금껏 이런 아이들과 친목을 다진 적이 한 번도 없거니와 이제 와서 무슨 이야기를 나누면 좋을지 감이 오지 않는다.

"안녕. 넌 이름이 뭐니?"

회사 로고가 박힌 티셔츠를 입고 '마시는 마법' 캔을 든 남자가 다가와 내 옆에 앉으며 묻는다. 우리 학교 학생이 아닌 게 분명하다. 게임학교 연령대에서 최소 다섯 살은 벗어난 것 같다.

"키드."

나는 팔짱을 낀 채 입속말로 대답한다.

"우와! 이름 끝내준다. 한 잔 줄까, 키드?"

그러면서 '마시는 마법' 캔을 들어 보인다.

"괜찮아요. 목 안 말라요."

"그래, 목 안 마르게 생겼네."

그렇게 말하고는 고에너지 무탄수화물 카페인 폭탄을 꿀꺽꿀꺽 마신다. 그의 심장이 발작하는 소리가 들릴 지경이다.

"너 스타일 마음에 든다, 키드."

내가 얼굴을 찡그리는 걸 그는 미소로 받아들인다.

"스타일을 무시한 스타일, 멋진걸. 그거, 신발 끈 장신구지?"

그가 캔을 들어 내 주머니를 가리킨다. 마치 내 '스타일'을 위해 건배라도 하듯.

"섬세해. 정말 멋져."

"실용주의예요."

남자가 놀란 표정이 되더니 노트북을 꺼낸다.

"그런 브랜드는 들어 본 적 없어. 이번에 새로 나온 거야?"

나는 예의 바르게 미소를 짓는다. '누가 와서 나 좀 구해 줘'라는 뜻의 미소다.

"여기 누구랑 왔니? 누가 너 잡았어? 엘란? 맞아?"

그러더니 패션 파시스트당 무리에 갇혀 있는 20대 초반의 잘생긴 남자를 노려본다. "저, 저, 약삭빠른 자식." 그렇게 투덜거리며 음료수를 마시고 나서 나를 보고 미소를 짓는다.

"내가 먼저 너를 브랜드로 데려갔으면 좋았을 텐데. 아쉽다. 널 발견한 순간 브랜드로 찍었을 거야."

헉, 느끼해. 이 윙크는 뭐지? 지금 나한테 수작 거는 거야?

"그게 아니고. 음, 날 초대한 사람은 애니카 씨일걸요?"

나는 달리 이야기를 나눌 사람이 없나 주변을 둘러본다. 놀랍게도 로켓이 혼자 있다. 작업실에서는 마치 태양처럼 공작당의 중심에서 빛나는 아이가 여기서는 평범 그 자체다.

"애니카 라스가?"

마시는 마약이 경건하기까지 한 태도로 말한다.

"우와. 그 사람, 작년에 폭탄 터진 후론 학교 애들한텐 전혀 관심을 안 보였어. 그 폭탄 이름이 뭐였더라. 아, 후추 루이스."

"케이엔 루이스 말이에요? 걔가 트렌드세터즈 소속이었어요?"

너무 게걸스럽게 달려든 것 같아 창피하지만 절대 놓칠 수 없는 이야기다. 그때 누군가가 내 어깨를 잡는다.

"미안. 실례해도 될까요? 내 친구 좀 잠깐 빌립시다."

"어쩔 수 없네. 인기 상품이시구나."

그가 그대로 몸을 돌려 반대편 아이에게 말을 건다.

몸을 돌리니 티코 윌리엄스가 내 앞에 서 있다. 이 애를 이렇게 가까이서 보다니. 내 얼굴에 대략 마흔 개 정도의 감정이 북적대고 있다. 아, 깜짝이야. 신기해라. 부끄럽고. 무섭고.

결국 내 표정은 두려움으로 정해진다.

"굿 게임. 링크한 영상 팔아서 연예인 자리를 꿰찼군."

티코의 말이 진심인지 비꼬는 건지 모르겠다. 그가 번쩍번쩍한 실내를 가리키며 말을 잇는다.

"그런 보람이 있지? 안 그래?"

나는 눈살을 찌푸린다. 내가 그걸 팔아넘겼다고 생각하는구나.

"내가 그 영상 써도 된다고 허가한 거 아니야."

나는 좀 크다 싶은 목소리로 말하다가 소리를 낮춘다.

"서명할 때 내 마음 불편할 일은 전혀 요구하지 않겠다고 하더니 말 그대로더라. 아예 나한테 묻지도 않았다고."

티코의 양미간에 주름 하나가 나타났다가 사라진다.

"늘 그런 식이지."

그렇게 투덜거리다가 경계하듯 주위를 살피며 말한다.

"영혼을 팔기 전엔 말이야, 네가 다 알고 있다고 생각하는 모든 것에 대해 비용 수익 분석을 해야 하는 거야."

"저기, 네 손엔 티끌 하나 안 묻었다는 식으로 굴지 마."

나는 변명하듯 말한다.

"너도 똑같은 짓을 해서 여기 들어왔잖아."

"그래, 한 손은 더러워. 그런데 그쪽 손은 네가 잘못 짚었어."

티코가 요즘 내가 몸에 지니고 다니는 풍선 팔찌를 가리킨다. 난 당황해서 그걸 숨기려다가 켕기는 마음에 확 뜯어 버린다.

"미안."

목 메인 내 말에 그가 웃음을 터뜨리자 이가 하얗게 빛난다.

"왜 나한테 사과를 해?"

"네가 내 말을 전해 줄 수 있지 않을까 해서. 다른 아이들한테도 내가 일부러 그런 게 아니라고 얘기 좀 해 줘. 모두에게. 소피아, 렉시, 엘리야…… 케이엔한테도."

순간 그의 얼굴에서 자신만만한 표정이 사라진다.

"그래, 그럴게. 내가 나서지 않아도 네가 그러고 있지만."

티코가 내 말이 끝나기도 전에 그렇게 대꾸한다.

"미안."

난 무심결에 또 사과를 했고, 말을 뱉고 나서야 이곳이 정체불명에 대해 논하기에 그리 좋은 장소가 아니라는 걸 눈치챈다.

"그래."

티코가 얼굴을 찡그리며 말한다.

"안녕, 키드. 둘이 무슨 이야기 중?

제러미가 내 어깨에 팔을 두르고 티코를 향해 고갯짓을 한다.

"음악 프로듀싱."

나는 재깍 대답한다. 그러고는 내가 그토록 티코와 이야기하고 싶었던 주제인 믹싱 기술에 대해 질문을 던진다. 티코는 한 박자도 어긋남 없이 대답해 준다.

"잘 좀 숨겨 봐."

그러고는 그가 다시 저 화려한 장면 속으로 섞여 들어간다.

"티코 윌리엄스라, 흐음?"

그가 떠난 뒤 제러미가 물어 온다.

"만남의 자리잖아. 그리고 티코 윌리엄스를 모르는 사람도 있어? 왜, 뭐가 이상해?"

제러미가 미소를 짓더니 내 어깨를 더 꼭 안는다.

"라이벌은 미리미리 확인해 둬야지."

뭐라고 대답해야 할지 모르겠다. 너무 비현실적이다. 티코 윌리엄스와 음악 이야기를 나누고 제러미 스위프트와 수작을 부리다니. 브이아이피 라운지를 두고 떠들어 대던 말이 다 사실이었단 말인가.

"여기, 소소한 발표가 하나 있어."

팰머가 무대 위로 훌쩍 올라서며 말한다. 모두 입을 다물고 팰머를 올려다본다. 라운지를 누비던 쿨헌터들도 한쪽으로 비켜서서 자신들이 뽑은 대변인을 감탄의 눈길로 바라본다.

"스폰서가 전하는 사항이 몇 가지 있어."

오늘 모임이 끝난 후 에바 블룸의 스폰서인 '훔치고 싶은 입술' 립스틱이 파크에서 키스 대회를 연다고 한다. 홍보 행사의 표어도 발표한다. "오래가는 립스틱을 훔쳐 내지 못하는 남자, 키스할 자격도 없다."

"내가 보장할게."

팰머가 모양낸 머리칼을 헝클어뜨리며 말한다.

"내가 직접 해 봐서 아는데, 이 행사, 놓치면 후회한다."

그러면서 앞줄에 앉아 있는 에바를 향해 윙크를 날린다.

에바는 체리 색으로 물든 입술을 혀로 핥고는, 잔뜩 안달을 내고 앉아 있는 팀플레이어들에게 어깨 너머로 시선을 던진다.

나도 모르게 로켓이 어떻게 대처하는지 슬쩍 살핀다.

역겹다. '훔치고 싶은 입술'은 소문으로 떠도는 에바의 평판에 올라타려는 거다. 여기 모인 남자애들이 모두 에바 위에 올라타고 싶어 하는 거나 마찬가지다. 내가 제러미를 두고 로켓을 위로하러 가려는 순간 팰머가 무대에서 뛰어내린다.

"이봐! 거기 신입!"

팰머가 애버크롬비를 장난스럽게 밀치며 내 쪽으로 다가온다.

"미안, 네가 어디 있나 찾는 데 정말 오래 걸렸다. 벌써 이곳에 어우러져서 말이야."

그러면서 고갯짓으로 내 어깨에 놓인 제러미의 팔을 가리킨다.

"신입이 종결자 생활에 적응하는 걸 돕는 건 보통 이 대변인의 중대한 임무인데 말이야."

당당하게 웃어 보이는 모습이, 얘가 어째서 1등 자리에서 내려오지 않는지 잘 말해 준다. 누가 봐도 매력적이다.

하지만 미소를 지을 때 보이는 송곳니가 너무 뾰족하게 번쩍인다. 나는 아직도 혼자 있는 로켓 쪽을 겸연쩍게 힐끔거린다. 팰머가 로켓하고 사귄 것도 대변인으로서의 의무에 불과했던 걸까? 지금 로켓은 나에게 말을 거는 팰머를 지켜보고 있다. 차인지 얼마 안 된 상처가 얼굴에 생생하게 남아 있다.

"어때, 여기 굉장하지?"

팰머가 두 팔을 쭉 뻗어 교태를 부리는 패션 파시스트당을 껴안으며 말한다. 꼴사나운 팀플레이어들, 하나같이 화보에서 오려 낸 것 같은 꼴이다.

나는 뭐라고 대답해야 좋을지 몰라 고개만 끄덕인다.

"그런데 이 세계에 샴페인사이다와 화려한 파티만 있는 건 아니야."

팰머가 고백하듯 말한다.

"그런 부류가 있어. 질투가 취미인 인간들. 인기인을 노리는 인간들. 요즘은 선을 넘었어. 이제 우리가 저격수까지 걱정해야 하나!"

"저격수라니?"

제러미가 재깍 관심을 보인다.

"있어. 누군가 애버크롬비 플레처를 파손했……."

"사람을 어떻게 파손해?"

내가 말을 끊는다.

"아, 그래. 정확히는 재킷을 파손했지. 하지만 에이브가 애지중지하던 옷이었거든. 어제 어떤 인간들이 에이브 옷에 침을 뱉고 뭘 막 던지는 거야. 알고 보니 옷 등에 누가 스텐실로 과녁이랑 '나를 표적 마케팅하라'라는 문구를 찍어 놨더라고."

"누구 짓인지 짚이는 데라도 있어?"

제러미가 관심을 보인다.

"응. 혹시 정체불명이라고 들어 본 적 있어?"

이름 없는 유랑단에 대해 묻듯, 팰머가 묻는다.

나는 그 자리에 얼어붙는다.

제러미가 나를 흘깃 보고는 고개를 끄덕인다.

"들어 본 적 있어. 정체가 뭐래?"

"지금 이 무자비한 반란파가 케네디 와이스의 싸구려 청바지 절도사건 이후로 최고 심각한 유명세를 얻고 있다는 거 아냐!"

"너 혹시 걔네를…… 괜찮은 애들이라고 생각하는 거야? 네 절친을 저격했다며?"

나는 그렇게 물으며 팰머의 진심이 뭔지 파악하려고 한다.

"아, 당연하지. 걔들은 빌어먹을 진짜 천재거든."

20 훔치고 싶은 입술

마이키는 파크에 있다. 땀범벅 얼굴을 하고 최종 레벨 급의 운동 불나방들과 옥신각신하고 있다. 테스토스테론이 넘쳐흐르는 아드레날린 중독자 둘이 마이키 때문에 뚜껑이 열리려는 참이다.

마이키가 둘에게 이렇게 이야기한다.

"중력 바이크 한 대 만져 보고 있어. 그것도 고물 창고에 있는 부품만 써서. 내리막에서 거의 저항 없이 자유낙하할 거야."

"여기 파크에선 절대 웬만큼도 속도 못 낼걸."

족제비처럼 생긴 녀석이 말을 끊는다.

"설마 네가 속도 무제한 지역에 들어갈 수 있다고 착각하는 건 아니지? 넉 달은 더 있어야 나갈 수 있는 애송이 주제에."

족제비가 제 옆의 냉장고만 한 덩치와 주먹을 맞부딪친다.

"내가 법까지 지켜가면서 학교 밖으로 트릭 하러 갈 줄 알아?"

마이키가 소리를 높인다.

194

"난 지금 뼈가 근질거리거든. 허가 날 때까지 얌전히 앉아서 내 치유 초능력을 탕진하진 않겠어."

"계속 지껄여 봐."

냉장고가 겁을 준다. 뒤미처 족제비가 깔보듯 말한다.

"그래, 애송아. 여기 앉아서 엉덩이에 곰팡이가 필 때까지 들어줄게."

나는 낮은 소리로 "마이키!"를 부르고 미친 사람처럼 '당장 이리 오라'는 신호를 보낸다.

마이키는 건성으로 손을 흔들고 내 신호를 무시한다. 죽고 싶어 환장했는지 저보다 나이 많은 선수를 둘이나 욕보이고 있다.

난 상품 전시관으로 뛰어 들어가서 마이키 팔을 붙잡는다.

"뭐 하는 거야?"

마이키가 나를 떨쳐 낸다.

"여기 계신 육질 분들과 담소 중."

엉덩이 곰팡이 어쩌고 했던, 족제비 살코기 같은 금발 녀석이 마이키를 찰싹 친다.

"나랑 얘기 좀 하자니까."

내가 다시 끼어든다.

"아, 넌 자살 라운지 그 애잖아."

족제비 금발이 나를 막 손가락질하며 말한다.

"안 그래도 우리 조만간 그 깜짝쇼를 재현할 생각 중인데. 이번엔 인형 대역 없이 말이야."

"그래. 가짜 피도 빼고. 완벽하면 필요 없지."

냉장고가 두 손을 으드득 꺾으며 말한다.

"진짜 제대로 실감나겠지?"

"그건 진짜 자살이잖아."

내가 그렇게 대꾸할 때 마이키가 밖으로 걸어 나간다.

"너, 걔네가 누군지 알아?"

냉장고 육질이 나에게 가까이 다가오며 묻는다.

"넌 알지? 정체불명이 누군지?"

"나, 나는……."

마이키 혼자 성큼성큼 파크를 빠져나가고 있다.

"난 가 볼게. 저기, 죽지는 마. 알았지?"

두 육질이 폭소를 터뜨리며 자축한다. 자살이야말로 자기들 모험에서 얻을 수 있는 가장 진실한 경험이라는 듯이.

해리슨 씨에게 두 육질을 눈여겨보라고 알려야 할 것 같다. 저 아드레날린 중독자들이 무슨 일을 저지를지 아무도 모르니까.

"마이키, 기다려. 대체 왜 그래?"

"너 언제부터 브랜드 인간들이랑 절절친이 됐냐?"

마이키가 빙그르 돌면서 묻는다.

"아리가 그러라대?"

"아냐. 아리가 그런 게 아니라……."

내가 브랜드가 된 것에 대해 아리가 화내는 이유는 알 것 같은데 마이키가 이렇게 성낼 줄은 몰랐다. 마이키가 놀려 댈 건 대비했지만 이건 예상도 못 한 상황이다.

"뭐가 마음에 안 드는 건데?"

"생각해 봐. 아리가 어떻게 됐는지는 네가 더 잘 알 거 아냐. 공작당 패거리에 꼈을 뿐인데도 그 정도였는데, 키드 넌 브랜드 패거리에 꼈지. 너, 그게 뭔지나 알고 낀 거냐?"

"그게…… 그게 뭐가 됐든 예전하고 다를 거 하나 없어."

나는 웃음을 터뜨린다.

"그 정도로 내가 변할 것 같아?"

"그래."

마이키가 자꾸 답답한 소리를 한다.

"제러미랑 브이아이피 라운지에 파티나 하러 다녀도 넌 변하지 않을 거야."

그러고는 저쪽으로 걸어가 버린다.

파크 바로 앞에서 둔중한 베이스 사운드의 리믹스 음악이 천둥소리처럼 터져 나온다. 스피커를 뒤흔드는 시끄러운 음악 사이로 환호성과 새된 휘파람 소리와 수컷들의 함성이 날카롭게 날아다닌다. 아까 팰머가 발표한 그놈의 '훔치고 싶은 입술' 홍보 대회가 막 시작되려는 참이다. 거대한 화면에 에바가 뾰로통한 입술에 제품을 바르고 있는 모습이 비친다. 벌써 아이들이 줄을 서고 있다.

난 인파 속에서 마이키를 찾는다.

인터치가 붕붕거린다.

swiftx: 오늘 밤에 방과후 가? @KID

난 얼음처럼 굳어서 화면에 뜬 메시지를 뚫어져라 본다.

지금 제러미가 나한테 데이트 신청한 거야?

'방과후 파티'는 금요일 게임학교 폐장 뒤에 열리는 특별 심야 이벤트다. 아리가 공작당에 들어간 뒤로 나에게도 함께 가자고 졸랐지만 한 번도 가 본 적 없다. 내가 그 시간까지 밖에 있는 걸 엄마가 싫어하기도 하고, 그 파티에서 단골로 연주하는 아이돌 밴드는 내 취향이 아니기 때문이다.

저 위 화면에서는 파크에 있다가 낚여 온 팀플레이어들과 에바가 입을 맞추고 있다. 좀 유명한 선수와는 침을 섞고, 평범한 부류는 입만 살짝 대고 밀어낸다. 에바 입술에 발린 립스틱은 믿을 수 없을 정도로 그대로다.

저 꼴을 더는 보고 싶지 않다.

인터치가 울린다. 아니, 울림보다는 떨림에 가깝다.

swiftx: 나랑 가자. @KID

kidzero: 그렇게. @SWIFT

나는 인파를 빠져나갈 길을 찾다가 아리가 로켓 및 다른 공작 당과 함께 뒤편에 서서 쇼를 구경하는 모습을 본다. 쟤네들도 구역질이 나는 모양이다.

암캐, 아리가 입 모양으로 그렇게 말한다. 에바를 돌아본다.
아리는 패션 파시스트당에 대해 한결같은 '무자비' 원칙을 지켜
왔다. 그렇더라도 자기를 못 잡아먹어 안달 난 여자애들에게 립
스틱을 팔려고 수컷들에게 입술을 내주고 있는 신세라니, 에바
도 불쌍하다.

답장이 온다. 제러미인 줄 알았는데, 마이키다.

mikes: 재미 봐. @KID

내가 제러미에게 함께 가겠다고 한 걸 벌써 본 걸까?
순간 배 속에서 뭔가 꿈틀댄다. 이 느낌이 뭔지 모르겠지만 굳
이 표현하자면 배 속에 뱀장어가 든 것 같다.

화면을 돌아보니, 마이키가 에바에게 몸을 기울이고 있다.

'훔치고 싶은 입술'이라는 대회를 문자 그대로 여기는지, 마이
키는 에바 입술에 묻은 제품을 빨아내려고 제대로 애를 쓰고 있
다.

군중 사이에서 폭소가 터지고 환호성이 나온다.

내 배 속의 뱀장어 같은 느낌이 전기를 내뿜어 내 심장을 마비
시켜 버린다.

21 요주의 인물

마이키가 저런 모습을 보이다니, 내 마음이 부서져 버렸다. 게임학교에 다니는 그렇고 그런 녀석들과 똑같이 멍청하고 무신경한 마이키라니…… 너무도 실망해서…… 난 상처 받은 채 인파 속을 빠져나온다.

내 이런 기분을 그대로 내보일 수도 없다. 모두가 나를 지켜보고 있으니까. 이제 나는 브랜드 몸이니까. 내 스트림에도 극성 구독자들이 붙었는지, 제러미와 내가 서로를 링크했다고 벌써부터 쑥덕거린다. 우리가 그렇고 그런 사이라고.

갑자기 쏟아지는 이 대단한 관심에 나는 속수무책이다.

#pro_harrison: 보안 절차 평가가 있을 예정. 14.20.
브이아이피 입구를 이용할 것 @KID

브이아이피 라운지의 누군가에게 스폰서를 만나려면 어디로 가야 하는지 물으니, 라운지 뒤편의 카드식 잠금장치가 있는 문을 알려 준다. 카드를 긋자 불빛이 녹색으로 바뀌고 문이 열리면서 전에 보았던 사무실 로비가 나타난다. 어디에나 출입할 수 있게 된 이 갑작스러운 변화는, 자유로워졌다는 기분이 아니라 어느 순간에라도 꼬리를 밟힐 것 같은 기분을 안겨 준다.

새 로고가 달린 문이 보인다. 프로젝트 사가 내 사진을 쓴 것이다. 정체불명이 감시카메라를 달콤오싹한 포옹 자세로 돌려놓은 걸 찍은 그 사진 말이다. 기업의 아이덴티티 디자이너들은 역설도 거리낌 없이 이용하는 게 분명하다.

문을 두드린다. 해리슨 씨가 앉아 있는 책상에는 화면 하나뿐이지만, 그 주변엔 각 층 작업실과 통로를 비추는 감시 화면이 빽빽이 들어차 있다. 해리슨 씨의 눈길은 '훔치고 싶은 입술' 대회에 가 있는 듯하다.

해리슨 씨는 나에게 앉을 자리를 내주더니 인사도 없이 보안 상황 회의에 들어간다.

"이건 자네가 당연히 알고 있어야 할 내용이다."

필요 이상으로 딱딱한 목소리로 말을 잇는다.

"운영진이 승인하지 않은 사이트에는 개인 정보를 넘기지 말 것. 노트북을 두고 자리를 비우지 말 것. 낚시꾼들에게 낚이지 말 것."

나는 고개를 끄덕인다.

"또한 어떤 경우에도, 그 누구에게도 비밀번호를 넘기지 말

것. 절친도, 남친도 예외가 아니다."

그가 잠깐 말을 멈추더니 어울리지도 않게 윙크를 한다.

"자네 경우엔 남친에게 넘겨도 문제없겠지. 제러미니까."

나는 당황해서 침을 꿀꺽 삼킨다. 이 할아버지 냄새 나는 해리슨 씨가 내 연애 소문을 믿는 것 같아서만이 아니다. 아리와 내가 옛날 옛적에 비밀번호를 교환했다는 사실을 들킬까 봐 두려워서다.

해리슨 씨는 강의를 계속한다.

"다시 한 번 말하지만, 이건 자네가 숙지하고 있어야 하는 안전 방책이다. 멋모르는 아가씨들은 미남이라면 노트북도 팽개쳐두고 얼씨구나 따라가는데, 그런 하찮은 실수로 인해 발생하는 해킹을 막느라 우리가 얼마나 힘을 빼는지 말로 다 못 하지."

'멋모르는 아가씨들'이라는 표현에 기분이 상하지만 나는 가만히 있다. 감시 화면 중 하나를 힐끗 본다. 인터치 메시지로 보이는 것들이 끝도 없이 화면을 타고 내려오고 있다. 프로텍트 사가 누구의 스트림을 받아 보는지 궁금하다. 메시지가 올라오는 양으로 보면 모든 학생의 스트림을 구독하는 것만 같다. 하지만 그 모든 소식을 실시간으로 살필 수 있다는 게 말이 되나. 안 되고 말고.

"자넨 이제 브랜드 모델이다. 그것도 가장 수준 높은 보안 경호 회사의 브랜드야. 한순간도 경계를 늦춰선 안 돼. 회사 이름에 먹칠하는 실수는 용납하지 못하니까."

그렇게 못 미더운 나를 왜 브랜드로 삼았는지 모를 일이다.

"그럼 이제 회사가 자네와 맺은 계약 사항으로 넘어가지. 우리는 자네가 자네만의 특별한 스킬로 우리의 실정 조사 미션을 수행해서 게임학교의 보안을 강화하는 데 일조하길 기대한다."

해리슨 씨가 책상 화면에 뜬 목록을 쭉 훑어보며 묻는다.

"자넨 얼마나 알고 있나?"

난 정체불명에 대해선 아무것도 모른다고 잡아뗄 생각이다.

"그 알리바이에 대해서 말이야."

"네?"

"인터치에 설치해서 가짜 지피에스 좌표를 입력할 수 있게 하는 프로그램이더군."

아, 아뿔싸. 테슬라와 엘르가 만든 프로그램 이야기다.

"그래, 자네가 보기에도 문제가 심각하지?"

그가 내 얼굴에 비친 당황한 기색을 잘못 짚고 말을 잇는다.

"선수들의 현재 위치에 대한 정확한 정보 없이는 우리도 자네들을 제대로 보호할 수가 없어."

"당연한 말씀이에요. 저도…… 그러니까 거기에 대해서 무슨 이야기가 있나 귀 기울여 볼게요."

내가 좀 더 그럴싸한 거짓말쟁이였으면 좋겠다.

"무허가 프로그램 문제는 결코 웃어넘길 사안이 아니야. 학생들은 별 문제 없는 추적 프로그램인 줄 알고 우리 눈을 피해 이 친구 저 친구에게 돌리는데, 그게 바로 기생충 같은 악성 프로그램을 퍼뜨리기에 딱 좋은 위장막이거든. 그 벌레들을 찾아내 박멸하는 것이 우리 프로텍트 사의 임무지."

내 노트북에서 고동치던 그 오싹한 눈동자 아이콘이 떠오른다. 그게 얼마나 순식간에 사라졌는지도 생각난다. 그때 나도 벌레 먹은 코드에 감염됐던 걸까? 해리슨 씨는 내가 그 어플을 내 페이지에 설치한 사실을 다 알고 있는 걸까?

"요 며칠 눈에 띄는 일은 없었나?"

해리슨 씨가 내 얼굴을 뜯어보며 묻는다.

눈에 띄는 일요? 그러니까 라운지에 물감 폭탄을 투하하고, 흑기술 강연에서 네트워크 보안을 피해 돌아가는 방법을 가르치고, 종결자의 옷을 파손해서 사격 연습용으로 만든 것으로 추정되는 인물 명단 같은 것 말씀이신가요? 그런 일 없어요!

"있어요."

나는 불쑥 입을 연다. 뭐라도 말하지 않으면 속내를 들킬까 봐 무서워서.

"오늘 파크에서 어떤 아이들이 인형 투척쇼를 실물로 재현하겠다는 이야기를 하더라고요."

해리슨 씨가 손뼉을 치며 총성 같은 소리를 낸다.

"그럴 줄 알았어! 그러게 내가 그놈의 영상을 더 노출시켰다간 일을 낼 거라고 그 유행 어쩌고 하는 자네 회사에 경고한 것 아냐! 불온한 요소는 자기네가 전부 제거할 거라고 하더니만."

이제 해리슨 씨는 방 안을 돌아다니며 말을 쏟아낸다.

"그 여잔 아이들이 쉽게 영향을 받는다는 걸 도통 몰라."

그러더니 두툼한 손가락으로 나를 가리킨다.

"누가 그런 이야기를 하던가?"

"누구라뇨?"

"파크에 있었다는 그 남학생들."

"아…… 죄송해요. 이름은 못 들었어요. 그냥……."

그가 내 의자를 잡더니 책상에 놓인 화면 앞으로 민다.

"이게 뭐예요?"

"프로파일 분석. 신체 특징을 기준으로 삼아서 더 상세하게 인구 조사를 할 수 있는 프로그램이지."

해리슨 씨가 퉁명스럽게 대답하고 나서 그 남자애들의 눈동자 색, 머리 모양, 키, 나이, 체형, 인종 등을 물어본다.

"17레벨이었어요. 확실해요."

그는 세부 항목을 입력한 다음 네트워크에서 조건에 맞는 인물과 이름을 찾아낸다. 그러고는 게임학교 증명사진을 화면에 띄우고 묻는다.

"이 녀석들인가?"

이 프로그램의 능력에 눈이 휘둥그레진 채 그것이 어떤 원리로 돌아가는지 궁금한 나머지 내가 지금 무슨 짓을 하고 있는지 깨닫지 못할 뻔했다. 그들이 정신 나간 깜짝쇼를 벌이겠다고 허풍을 떨었다는 이유만으로, 그것도 할지 안 할지 모르는 일을 두고 프로텍트 사에 그들의 신원을 넘기려 했던 것이다.

"글쎄요."

이제 와서 의심을 부추기지 않고 사태를 되돌릴 방법이 떠오르지 않는다. 나는 고개를 끄덕이고 만다.

"키모 카우베 군과 데렉 에니스 군이군."

해리슨 씨가 관리자로 접속해 그들의 페이지에 기록을 남긴다. 그들의 기록에 본인에게는 보이지 않는 흠집이 난 것이다.

"이제 우리가 자네들을 눈여겨보겠어."

나는 재빨리 숨을 들이마신다. 맨 처음 받은 쪽지, 정체불명 목소리가 한 말이 떠오른다. 나는 아무렇지 않은 척하며 묻는다.

"이 프로파일 분석, 아무나 쓸 수 있나요?

해리슨 씨가 나를 유심히 본다.

"그건 왜?"

이걸 이용해서 정체불명 목소리에 대해 더 알아볼 수 있을까 해서다. 나는 두 눈을 깜빡인 뒤 동그랗게 뜨고 있는 힘을 다해 켈리 흉내를 낸다.

"이런 프로그램 써 보고 싶다고 달려들 애들이 얼마나 많은데요. 시뮬레이션당에 맞먹는 추종자들이 생길걸요. 애인 찾기 기술의 판도를 확 뒤집어 놓겠어요."

해리슨 씨가 나를 빤히 쳐다보고 있다.

"이건 일반용이 아니야."

"아쉽다. 남친 찾기 프로그램으로 나오면 대박일 텐데……."

나는 머리칼을 꼬면서 켈리 흉내 내기에 박차를 가한다.

"멋모르는 아가씨들 같으니."

해리슨 씨가 투덜거린다.

"그러다 큰코다쳐요."

로비 쪽에서 뮤지컬음악 같은 목소리가 불쑥 들려온다. 몸을 돌리니, 애니카 씨가 묘한 웃음을 지으며 문간에 서 있다.

"아가씨들을 우습게 봤다간 매운맛을 볼 거예요. 키드, 그 아저씨랑 수다 다 끝나면 나한테 들러라. 알았지?"

애니카 씨는 손 인사를 하고 다시 로비로 걸어간다. 해리슨 씨 얼굴에 홍조가 비친다. 화난 건지 부끄러운 건지 나로서는 알 길이 없다. 그저 조심스럽게 물을 뿐이다.

"더 하실 말씀 있나요?"

해리슨 씨가 가라고 손짓하자 나는 얼른 그곳을 빠져나온다.

애니카 씨가 사무실에서 나를 맞이한다. 빨대로 파란색 음료를 홀짝이며 화면을 들여다보고 있다. 브이아이피 라운지로 난 창이다.

"브랜드 생활은 할 만하니, 키드?"

떠오르는 대답은 죄다 배은망덕한 소리뿐이다.

"특이하더라구요."

"네가 그렇잖아."

"제가 뭐요?"

"특이하다고."

애니카 씨가 안경을 책상에 내려놓고 자리에 앉는다.

"그건 아닌 것 같은데요."

"우리가 왜 널 브랜드 모델로 올렸는지 아니, 케이티?"

"훌륭한 스폰서의 헌신과 투자가 보장해 주는 기회를 저에게 제공하려고요."

나는 계약 조건에 있는 장황한 문구를 단조롭게 읊는다.

"넌 어머니랑 안 닮았구나."

칭찬이라기엔 기분이 상한다. 애니카 씨야말로 우리 엄마랑 이야기하던 그때와는 너무도 다르다.

"널 브랜드로 올린 건 네가 가진 통찰력에 기대를 품었기 때문이야. 우린 사업을 확장하길 원해. 우리 시장을 확장해서……."

그녀가 안경을 들어서 화면 저쪽의 브이아이피 라운지에서 누군가 자기들을 보고 있다는 사실도 모른 채 활기차게 웃고 있는 아이들을 가리킨다. 아니지, 누가 자신들을 지켜보고 있다는 사실을 너무 잘 알고 있는지도 모르겠다. 때론 그 둘을 구별하기가 쉽지 않다.

"지금까지 우리 방침은 이미 인기 정점에 도달한 아이들을 파트너로 세우는 것이었어. 마땅히 해야 할 일을 하고 마땅히 사야 할 걸 사서 인기를 얻은 아이들을. 그런데 그런 방식으로는 우리가 바라는 결과를 얻을 수 없었지."

아리 생각이 난다. 쿨헌터의 관심을 끌기 위해 모든 것을 일일이 계산해서 행동하는 아리.

"케이엔 루이스도 거기 속하나요?"

애니카 씨가 사레가 들린 듯 말을 뱉어 놓는다.

"그래, 맞아. 그건 악몽과도 같은 홍보 전략이었어. 숫자 상으로는 흠잡을 데 없는 아이였거든. 화면 상으로는 너무 멋졌다고. 정말 걔 때문에 얼굴을 들 수가 없었다."

그러면서 화면에 대고 손가락을 까딱거린다.

"그게 다 팰머 저 녀석 때문이었지. 천하의 나쁜 놈 같으니."

팰머가 라운지 한쪽에 앉아 에이브 플레처와 낄낄대면서 에바 블룸을 자기 무릎으로 끌어당기고 있다.

"저래선 안 돼. 고수들과 어울리는 게 재미는 있겠지만, 그건…… 이를테면 주주들에게 광고를 하는 격이야. 알겠니? 저래선 안 돼. 우린 만만치 않은 소비자들을 끌어들이길 원해. 발언권 없이도 반대 목소리를 내고 있는 너희 세대 아이들을 말이야."

"왜요?"

"반역자 스타일은 결코 유행을 벗어나지 않는 법이니까."

애니카 씨가 미소를 짓는다.

"그래서 말인데, 케이티, 혹시 나한테 더 들려줄 이야기 없니? 네 친구들인 정체불명에 대해서."

22 절친 사이

정체불명에 대해 아무것도 누설하지 않고 간신히 트렌드세터즈 사무실을 빠져나온다. 그 이유는 내가 정말로 정체불명에 대해 아는 게 없어서다. 애니카 씨는 내가 그들과 친하다고 생각하는데 실은 그게 아니라고 말하기가 두렵다. 진실이 드러난다면 단 하루 만에 브랜드 행세를 접어야 할 테고 그러면 엄마가 너무도 실망할 테니까.

아리를 만나러 작업실로 올라간다. 아리라면 아는 게 있을 거다. 스폰서들이 내가 예상보다 더 한심한 열등생이라는 이유로 나와의 계약을 엎어 버릴 수 있는지 어떤지에 대해 말이다.

"너도 아리네 가서 방과후 파티 준비하지?"

작업실에 들어서자 테슬라가 물어 온다. 방과후에 간다는 건 제러미와 인터치로 나눈 사적인 대화인데도 테슬라는 거리낌이 없다. 테슬라가 소파에 기대 비즈 구슬에 다이오드를 쑤셔 넣는 모습을 본다. 곱게 땋은 금발머리가 정수리에서 완벽한 피보나

210

치 나선을 이루고 있다.

"아, 다들 그러기로 한 거야?"

아리의 재봉틀 바늘이 잠잠해진다.

"그래, 다들 일곱 시쯤 오기로 했어."

아리가 대답한다.

"알았어. 잘됐다."

재봉틀 모터가 다시 휙휙 돌아가고 바늘이 천을 푹푹 찌른다.

"제러미 스위프트라. 대체 그런 일이 어떻게 일어난 거니?"

로켓이 발표하듯 그 애 이름을 말한다.

로켓이 아리와 눈빛을 교환한다. 나는 할 말이 없다.

"브이아이피 라운지에서 보니까 걔가 널 그냥 덮치더라?"

로켓이 자수 작품의 마무리 작업을 하면서 말한다. 자수엔 이런 문구를 수놓고 있다. '다른 여인을 돕지 않는 여인에겐 지옥에 특별한 자리가 마련되어 있도다.' 그 둘레를 불꽃 자수와 섹시한 마녀가 장식하고 있다.

"네가 자기 물건이라고 주장하는 모양새던데. 그렇게 소유욕 쩌는 애들은 조심하는 게 좋아. 내 말 잘 들어 두라구."

아, 지금 그 말, 이제는 브이아이피 라운지에서 널 쳐다보지도 않는 팰머 이야기니?

입 밖에 내지 않았다 해도 어쩜 그런 생각을 할 수 있는지. 나 자신이 형편없는 찌질이로 여겨진다. 그렇더라도 로켓이 제러미를 씹으면서까지 공작당 앞에서 허세를 부리려는 건 아니꼽다.

"에이, 난 두 사람 예뻐 보이던데. 제러미가 고기망치 소속이라 우리 콧대 높은 공주만세에게 좋은 소리는 못 듣겠지만, 그래도 그 정도면 최고 점수 뽑은 거야, 키드."

테슬라가 그렇게 말해 준다. 아리는 계속 바느질만 한다.

"난 네가 리틀턴하고 그렇고 그런 사이인 줄 알았는데."

에이버리가 이로 뜨개실을 끊으며 말한다.

"네가 자기 절친이랑 방과후 파티에 등장하면 리틀턴 가슴이 참말로 아리겠다. 안 그래?"

"뭐? 그런 거 아니야."

나도 모르게 큰 소리로 대꾸한다. '훔치고 싶은 입술' 대회에서 목격한 장면이 잠재의식으로 들어오는 신호처럼 깜빡거린다.

아리가 치렁한 앞머리를 흔들며 중얼거린다.

"제러미는 걔 절친 아니야. 내가 걔 절친이라구."

그러더니 "절친 좋아하시네." 하면서 재봉틀 고문에 시달리던 갈색 천을 획 빼낸다. 그러고는 바로 거울 앞으로 가서 새로 구상한 그 갈색 끈 드레스를 이리저리 몸에 대본다.

나는 방과후에 뭘 입고 가지?

"나 뭐 좀 가져오게 우리 집에 잠깐 들를 수 있어?"

아리가 거울에서 눈을 떼지 않고 대답한다.

"아, 오후에 해치워야 할 게 너무 많아. 못 들러."

그 끝에 가식적으로 입술을 쑥 내밀며 "미안." 한다.

"그래. 어쩔 수 없지."

셔틀을 타고 집에 갔다가 엄마한테 아리네 집까지 태워다 달라고 부탁해야겠다. 몇 주 지나면 나도 열여섯 살이 되지만, 생일 선물로 차를 운전할 권한을 받으리라고 착각할 나는 아니다.

"내가 데려다 줄 수 있어, 키드."

테슬라가 작품을 챙기며 말한다.

"고마워."

테슬라는 워낙 마음 씀씀이가 넓지만 그래도 오후 내내 내 기사 노릇을 해 주겠다고 자청하다니 뜻밖이다. 이것도 브랜드가 누리는 숨은 혜택인가 싶다.

테슬라가 계기판에 카드를 대자 모터가 부르릉 생기를 띤다.

"아무리 생각해도 대단해. 너희 부모님이 네 운전에 아무런 제한도 발동하지 않으셨다는 게."

"기술이 있다고 꼭 쓰라는 법은 없으니까."

테슬라가 자동차 백미러를 점검하며 말한다.

"그것도 있지만 우리 부모님은 지피에스로 미리 알아내는 것보다 내가 집에 와서 그날 일을 들려주는 걸 은근히 즐기시는 것 같아. 내 경로를 미리 설정해 버리면 내가 무슨 모험을 한들 즐겁게 들을 가치가 없어지지 않겠어?"

테슬라는 남이 듣든 말든 노래를 부르며 차를 몰아 광활한 주차장을 빠져나간다. 노랫소리가 말소리보다 허스키하다. 이런 것도 알게 되고 기분이 나쁘지 않다.

"그래, 브랜드 생활은 어떠신가?"

테슬라가 태연스레 묻는다.

짐작은 했지만 테슬라가 내 기록 상의 변화 때문에 친근하게 다가왔다는 사실이 확실해지자 좀 실망스럽다.

나는 어깨를 으쓱한다. 정말 뭐라고 대답해야 할지 모르겠다. 달라진 점도 많지만 내 기분은 그대로니까.

"그 사람들이 나도 브랜드로 올리고 싶어 했던 거, 알아?"

테슬라가 좌회전 신호를 넣으며 말한다.

"그것도 여러 번이나."

"누가?"

"이름을 발설하고 싶진 않아. 그게 중요한 것도 아니고."

"넌 왜 오케이 클릭 안 했어?"

"너 그놈의 계약 조건 읽어는 봤어?"

"대충?"

테슬라가 웃음을 터뜨린다.

"하긴, 그걸 누가 읽겠냐. 하지만 그렇게 좋은 조건 같지는 않더라구. 내 콘텐츠랑 발명품에 대한 권리를 넘겨주기 싫었어. 내가 왜? 그깟 공짜 허섭스레기 때문에? 브이아이피 라운지인지 뭔지 하는 데서 놀자고?"

"내가 티코 윌리엄스를 소개해 주면 생각이 달라질걸."

"젠장. 제발 좀 그래 주라."

테슬라가 경적을 빵빵빵 세 번 울려 강세를 넣는다.

"계약 조건에 브랜드 남학생들도 들어 있다고 알려만 줬어도 생각하고 자시고 할 것도 없었을 텐데."

당장 대꾸할 말이 없다. 내가 종결자에 들어가기로 마음먹기까지 제러미가 얼마나 큰 영향을 미쳤는지 아느냐고 털어놓을 순 없으니까.

테슬라의 말투가 진지해진다.

"게다가 나한테 거절당한 스폰서들이 내가 새로운 디자인을 내놓을 때마다 걸고넘어질 줄 미리 알았더라면……."

테슬라가 말끝에 절망에 빠진 동물 울음소리를 낸다.

"진짜 속 좁은 작자들이야."

"네 반전 고글을 가지고 괴롭히는 이유가 그거였어?"

"그렇다니까! 내가 그 회사 본부로 차를 몰고 가서 밤새 사무실 집기를 다 뒤집어엎으면 네가 내 알리바이 대 줄 거지?"

테슬라가 깔깔 웃는다. 나는 '알리바이'라는 말에 얼어붙고.

"테스야, 그 알리바이 말인데…… 혹시 그 프로그램 안에 음…… 오염된 코드라든가 뭐 그런 건 없는 거지?"

"무슨 소리야. 그 어플, 엘르 작품이잖아. 반짝반짝 멸균 제품이지. 소비자의 안전만 생각합니다, 라고."

나는 테슬라에게 프로텍트 사가 그 알리바이를 조사하고 있다는 이야기를 전한다.

"눈에 띄지 말라고 전해 줘. 뒤통수 조심하라고도 일러 주고."

"너야말로 조심해라."

"난 프로텍트 로고로 보호받는 몸이야. 걱정할 게 뭐 있어?"

나는 웃고 있는데 테슬라는 여전히 찜찜해하는 얼굴이다.

"요새 작업실이 좀 웅성웅성해."

"늘 웅성웅성하잖아."

나는 한숨을 쉬고, 테슬라는 주저하며 말한다.

"사람 뒤통수치는 뒷공론엔 끼고 싶진 않다만…… 아리랑 로 켓 말이야."

"응?"

"걔네가 요즘 쑥덕거리고 있어. 그러니까 조심하기나 해."

아리는 멋진 동네에 있는 멋진 집에 산다. 난 지난 몇 년간 이 멋진 집에 하도 많이 와 봐서 집 구석구석까지 훤히 안다.

앞뜰의 합성 씨앗이 꽃을 피우는 시기까지 알고 있다. 아리의 어머니 놀랜드 부인은 매년 이맘때면 잔디를 자줏빛으로 가꾼다. 그 이유는 그럴 능력이 되기 때문이다. 아리 어머니는 당신이 가꾼 조경 앞에서는 자연색을 띠는 이웃집 참나무들이 싸구려처럼 보인다며 뿌듯해한다. 그렇다고 그 뜰을 몸소 만끽하며 많은 시간을 보내는 건 아니다. 주방 창문의 터치스크린은 늘 '영국식 정원의 봄' 풍경으로 설정되어 있다.

아리 집은 모든 게 낯익지만 그 어느 것도 편하지 않다. 억지로 미소를 짓느라 늘 뺨이 얼얼해진다. 왜 아리가 드라마와 비극만 찾아다니는지 이해할 수 있을 것만 같다. 늘 훌륭하고 완벽해야 한다는 건 고통스러운 일이니까.

벨을 누르자 아리가 문을 연다. 얼굴에 떠올라 있던 함박웃음이 나를 보고 약간 오그라든다.

"어, 왔구나. 로켓인 줄 알았어. 안녕, 테슬라."

딱히 퉁명스러운 말투는 아니다.

"키드 왔니?"

놀랜드 부인이 주방에서 내 이름을 부른다.

"축하한다. 소식지에서 네 이름 봤다. 우리가 얼마나 놀랐게."

"아, 고맙습니다."

"화요일에 메릴리네 거실을 화려한 보랏빛으로 다시 장식할 계획이야. 인부들이 일곱 시까지 석조물을 배달하도록 알아서 처리해 줘."

"제가…… 어떻게……."

나는 말을 더듬는다.

"엄마가 너한테 말하는 거 아니야."

아리가 그렇게 말하며 성마르게 우리를 몰고 간다. 우리는 아리 아버지가 출장 때 사다 준 온갖 선물이 놓인 진열창을 지나 계단으로 간다.

"내 알 바 아니야. 그건 그 사람들이 알아서 해야지."

아리 어머니가 현관에 놓인 가짜 꽃에 대고 말한다.

아리를 따라 위층으로 올라간다.

아리의 방 벽은 포스터와 잡지로 도배되어 있다. 겹겹이 얼마나 두꺼운지 이 방을 완벽하게 방음할 것 같은데, 음악을 한껏 틀어 놓은 걸 보니 나름 쓸모가 있다. 아리는 오래된 포스터를 뜯어내는 법 없이 새로 떠오른 관심사로 덮어 버린다. 나무에 나이테가 있듯 저 벽에는 역사가 기록되어 있다.

지금 벽지는 아리의 네트워크 프로필 페이지와 너무도 닮았다. 아리가 좋아하는 아이돌 밴드, 일본의 온라인 친구가 보내온 만화, 수공예 패션 화보, 헤어스타일로 '논란'을 일으킨 부통령이 나온 〈타임스〉 표지까지.

나는 어느새 침대에 앉아 있고 아리가 맥없이 흐늘거리는 내 머리카락을 당기고 비튼다. 아리가 입술에 실핀을 문 채 먹힌 목소리를 낸다.

"이제 넌 도망칠 수 없어. 널 작품으로 만들어 주겠어!"

"그래, 키드 너도 얼마든지 예뻐질 수 있어."

카시가 눈을 활짝 뜨고 거울에 비친 자기 모습을 보며 말한다.

그 말이 내 귀에는 "너 지금은 하나도 안 예뻐."로 들린다.

"그거 시간 안에 끝낼 수 있겠어?"

내 머리카락을 잡아당기던 아리가 한눈을 팔며 테슬라에게 묻는다. 나는 테슬라가 뭘 하고 있는지 보려고 고개를 돌린다. 바닥에 앉아 전선 같은 걸 땜질하고 있다.

"움직이지 마."

에이버리가 내 눈앞을 막아서며 말한다. 한 손엔 시뻘건 립스틱을 들고 다른 손으로는 내 얼굴을 자기 쪽으로 들어 올린다.

본능대로라면 몸을 사려야 할 순간이건만, 아리가 두 손으로 내 머리칼을 바짝 당기고 있어서 나도 내 머리통을 어쩌지 못한다.

시체처럼 가만있다가 나중에 닦아 내야지 했는데, 알고 보니 에바가 호객질 하던 망할 놈의 '훔치고 싶은 입술' 제품이다. 마이키가 하던 짓이 떠오르고 배 속에서 뭔가가 꿈틀거린다.

내 머리카락을 당기고 비틀던 아리는 가까스로 꼰 머리 몇 가닥을 전략적으로 배치한 작품을 완성한다. 거울로 내 모습을 확인한다. 저번에 산 드레스와 레깅스를 입고 화장에 머리까지 한 내 모습은 무대의상을 차려입은 것도 같고 변장한 것도 같다.

"이야, 꽤 귀여운데?"

스키 마스크에 먹힌 소리가 나더니 에이버리가 내 뒤로 다가와서 그 우람한 팔로 내 어깨를 감싼다.

"에이버리, 놔줘!"

에이버리가 깔깔거리며 나를 풀어 준다. 에이버리는 빈티지 중에서도 빈티지 같은, 옷단에 인조 다이아몬드를 단 1920년대 여자 갱단 풍의 드레스를 입고 있다. 보석을 박아 넣은 스키 마스크를 쓰고 있어 위험한 분위기를 풍긴다.

"그 마스크 쓰고는 안에 못 들어갈걸. 경호원들이 에이브 널 동네 깡패로 볼 거야."

카시가 거울 속 자기에게 추파를 던지며 말한다.

에이버리는 어깨를 으쓱하더니 손으로 짠 반달족 풍의 족두리 입 구멍에 담배를 척 끼워 넣는다.

"아, 왜? 내가 어때서? 딱 봐도 거물급이구만."

"담배 피울 거면 창밖으로 피워."

아리가 자기 앞머리칼을 하나하나 매만지며 말한다.

에이버리는 창문 밖으로 몸을 내밀고 담배에 불을 붙인다.

"힙합 갱단 스타일은 한물갔어. 이제는 이탈리아 마피아가 완전 대세야."

"아, 그러셔? 10점 만점이라고 할 때, 폭력을 미화하는 이 새로운 스타일 점수는…… '뭐'야."

아리 말에 내가 묻는다.

"8점쯤 돼?"

"아니, 빵점. '저게 뭐야'라니까."

에이버리가 이탈리아어로 뭐라고 웅얼거리더니 방금 반짝이를 뿌린 아리의 광대뼈에 담배를 비벼 끄려고 한다.

아리가 킥복싱 자세를 취하고 낄낄 웃는다.

"덤벼, 이것아."

그때 로켓이 들어와 "얘들아, 좀." 하며 싸움을 중단시킨다.

공작당 모두가 꽤액 하고 소리를 지른다. 대단한 모습이다. 드레스는 단아하고 우아한 데다, 눈을 깜빡일 때마다 나비 날개처럼 파닥거리며 영롱한 빛을 발하는 가짜 속눈썹을 붙였다. 나는 눈에서 눈물이 날 때까지 그 모습에서 눈을 떼지 못한다.

"그래 바로 이거야. 우리 몇 점 나오나 보자!"

아리가 사진을 찍기 시작한다. 로켓은 두 눈을 크게 뜨고, 카시는 거울에 대고 장난스러운 포즈를 취하고, 에이버리는 침대에 무릎을 꿇고 카메라를 향해 권총을 조준하듯 두 손을 쥐어 보인다. 테슬라는 얼굴에 내려온 꼰 머리칼을 넘기며 성난 얼굴로 가운뎃손가락을 내민다. 나는 어떤 모습으로 찍혀야 좋을지 감이 잡히지 않는다. 너무 갑작스러워 포즈도 취하지 못한다.

아리가 나에게 인터치를 떠안긴다.

"자, 나 찍어 줘."

아리가 유혹하듯이 손가락을 깨문다. 내 눈엔 그게 이 사이에 낀 걸 빼내려는 모습 같다. 낄낄 웃음이 나온다.

"이제 우리가 얼마나 탐나는 물건인지 세상에 보여 주자구."

아리가 어딘가에 사진을 업로드한다.

"우리 사진 올린 곳 링크 보낸다."

"아, 끝났다. 심장 하나 새로 박으실 분?"

테슬라가 바닥에서 일어서면서 말한다.

테슬라의 새 발명품은 이를테면 최첨단 장신구로, 불투명한 상아색 비즈 구슬에 다이오드를 넣고 맥박의 주기적인 파동에 반응하는 전기 전도대를 심으로 댄 것이다. 기술에 관한 각종 세부사항을 다 알아듣진 못했어도, 어쨌든 이 맥박 장신구라는 거, 정말 굉장하다. 테슬라가 달빛 구슬 뭉치 하나를 팔에 찼더니, 테슬라의 심장 박동에 맞춰 구슬이 깜빡거리기 시작한다.

"어두운 조명 아래서 얼마나 근사할지 상상해 봐. 춤을 춘 다음엔 또 어떻고? 구슬이 금방이라도 터질 듯이 깜빡일걸."

테슬라가 목에 건 목걸이를 움켜잡자 작은 구슬에 금방 생기가 돈다. 테슬라가 방을 돌며 모두에게 보석을 하사한다.

에이버리가 암밴드 식으로 맨 팔뚝에 찬 구슬이 고동친다. 카시에게 허리띠로 둘러 준 구슬은 배꼽 바로 아래서 반딧불처럼 윙크를 보낸다. 로켓에겐 반지로 끼워 주고, 아리에게는 눈앞까지 내려오는 갈색 머리칼을 뒤로 넘겨 머리띠로 씌워 준다. 마치 여왕에게 왕관을 씌우는 것 같다.

나에겐 팔찌를 해 준다. 내 팔목에 끼워진 구슬이 나른하게 깜빡거린다.

아리와 로켓이 인터치로 사진을 휙휙 넘겨보며 속닥속닥 키득키득 하고 있다.

둘이서 무슨 이야기를 하고 있을지를 두고 나는 원치 않는 망상에 빠져든다.

테슬라가 차 안에서 했던 말이 떠오른다.

내 손목에 찬 구슬이 점점 빠른 속도로 반짝인다.

23 그들만의 파티

날이 저물었는데도 주차장이 영화 촬영장처럼 밝다. 게임학교 전면이 밝게 빛나며 스폰서 회사들 이름을 번쩍이고, 파랗고 노란 후광이 건물 주변을 물들이고 있다. 어둠은 번쩍이는 붉은빛에 밀려 저만치 물러나 있다.

건물 앞에 아이들이 삼삼오오 모여 담배를 피우기도 하고 라운지 인파를 피해 가을 밤공기를 쐬기도 한다. 노르스름한 외부 조명이 아스팔트 운모 조각에 튕겨 반짝이는 게 마치 작은 다이아몬드가 보도에 깔려 있는 듯하다. 아이들의 눈동자에도 작은 다이아몬드가 떠 있다. 코스모노바에서 본 자연 다큐멘터리가 떠오른다. 아프리카 사파리의 밤 풍경. 하이에나도 있고 떼 지어 사는 동물들도 있고. 모든 게 불빛으로 반짝이고 열기로 뜨겁다. 이것이 방과후 파티의 첫인상이다.

우리는 계단을 올라 유리문으로 된 입구로 간다. 언뜻 보기엔 문이 닫힌 것 같지만 안쪽에 반딧불이처럼 붕붕거리는 둥근 미러볼 불빛이 보인다. 아이디카드로 자동문을 열자 여느 때처럼 전동기가 쌕쌕 소리를 내며 돌아간다. 방과후 파티엔 경호가 더 두텁다. 프로텍트 사 경호원들이 문 앞에서 망막 검사를 하며 아이들이 동그랗게 뜬 눈 속에 속임수나 장난칠 기미가 없는지 살피고 있다.

"오늘 재미있겠네?"

경호원이 그렇게 물으며 조명으로 내 오른쪽 눈을 멀게 한다. 내 눈을 읽은 것으로도 확신이 안 서는지 나를 잠깐 멈춰 세운다. 내 아이디까지 스캔했으니 내 스폰서가 누군지 깨달을 수밖에 없다.

"오, 우리 신입. 숙제가 있어 오셨나?"

나는 고개를 끄덕이고 그는 나를 통과시킨다.

공작당 아이들이 들어오길 기다린다. 에이버리가 방금 그 경호원에게 윙크를 하고 수작을 거느라 줄이 막힌다.

에너지가 별로 들지 않을 것 같은 이 침침한 조명에 두 눈이 적응하기까지는 오래 걸리지 않는다. 방금 한 망막 검사 때문에 시야에 자줏빛이 동동 떠다니고 있지만. 눈을 깜빡여 잔상을 지워보려고 한다.

저쪽 대기 줄에서 케이엔 루이스가 자기 앞을 가로막는 경호원과 다투고 있는 게 보인다. 내가 왜 이러는지 모르겠지만 어쨌든 그들 쪽으로 간다.

"저기요, 그 애, 저랑 같이 왔거든요."

나는 스캔해 보라고 내 아이디카드를 들어 보인다.

경호원이 내 카드를 스캔한다.

"이번 망막 스캐너, 성능이 굉장한데요. 해리슨 씨가 알면 기뻐하시겠다."

나는 능청스럽게 이름까지 발설한다. 그러나 곧바로 내게 주어진 특권의 한도를 너무 과대평가한 게 아닌가 걱정된다.

경호원이 손을 들어 우리를 통과시키고 살짝 경례도 붙인다.

나는 우리가 벌인 작은 사기행각에 기분이 들떠 케이엔을 보고 미소를 짓는다. 그런데 케이엔은 딱 잘라 말한다.

"이런 걸로 나에게 은혜를 베풀었다고 생각하지 마."

그 애가 말하는 걸 처음 들은 데다 목소리가 하도 가냘파서 난 깜짝 놀란다.

"아, 그러시든가. 말썽이나 일으키지 마셔."

인파 속으로 사라지는 케이엔 등에 대고 나는 그렇게 말한다.

라운지는 기묘한 청록으로 빛나고 유리 천장에 내려앉은 밤하늘은 밀실 공포증을 자극한다. 작업실 입구마다 철창이 쳐 있고 다른 구역도 폐쇄된 상태라 아이들이 모두 라운지 한곳에 몸을 밀어 넣고 북적대고 있다. 평소 이 공간을 채우던 화이트노이즈 같은 재잘거림은 방글라데시에서 온 디제이(DJ) 딥 비트의 고동치는 음악에 밀려 어둠 속으로 후퇴한 뒤다.

나는 잠시 우리가 지금 이곳에 있는 사실부터가 불법이고 무리수가 아닌가 하는 느낌에 빠져든다. 90년대에 창고나 정육 공장에서 파티를 열었던 레이브 족, 버려진 쇼핑몰과 병원 건물을 찾아다니는 도시 탐험가들이 떠오른다. 그보다 바보 같은 생각도 없을 텐데. 스폰서들은 방과후 파티의 존재 의미를 잘 안다. 제기랄, 이건 바로 그들이 주최한 파티다. 대대적인 홍보 이벤트다. 기업들이 작정하고 열어 준 파티에 불과하다.

누군가 내 팔을 잡더니 손목밴드를 탁 쳐서 내 팔에 감고 단단히 조인다. 밴드에 흑백 바코드가 박혀 있다.

"이게 뭐야?"

나는 아리를 보고 소리를 지른다. 아리가 자기한테도 밴드를 해 달라고 손목을 들어 보인다. 한 여자애가 다가 와서 아리 손목에 밴드를 채운다.

"이게 뭐냐면…… 이걸 스캔하면 어떤 물건을 손에 넣을 수 있는지 알 수 있어. 부스에 가서."

"어느 부스?"

나는 라운지에 가득 들어찬 진열대를 둘러보며 묻는다.

"아무 부스나 다. 하나하나 들어가서 스캔해 봐."

나는 가까운 부스로 가서 스캐너의 그물 같은 붉은 불빛 밑에 팔을 집어넣는다. 메시지가 반짝인다.

"죄송합니다. 다시 시도해 주세요."

테슬라가 내 옆을 비집고 댄스 플로어에 난입하더니 신이 나서 새 장난감을 시험하며 디제이의 박자에 심박 수를 맞춘다.

아리는 로켓의 팔에 몸을 기대고 그 모습을 지켜본다. 아리 관자놀이의 달빛 구슬은 한결같은 속도로 깜빡인다. 심장 박동에 따라 빛이 들어와 얼굴이 보였다가 청록색 그림자로 숨기를 반복하고 있다.

"어어! 증정품 주는 시간이다!"

아리가 소리를 높이며 로켓의 팔을 잡아당긴다. 나도 두 사람을 따라간다.

아리와 로켓과 나는 여기저기 돌아다니면서 인파에 섞여 수많은 부스를 구경한다. 누가 뭘 팔고 있는지 알 수가 없다. 여기고 저기고 다 흥분과 광란의 도가니다.

아리가 한 부스에 자리를 잡는다. 치약 비스름한 걸 파는 곳이다. 어둠 속에서 발광하는 치약이다. 부스 담당자가 아이들에게 그걸로 이를 닦은 다음 빛을 내는 거품을 화면에 뱉으라고 안내한다. 그럼 튀기기 '아트' 작품이 완성된다는데 정말 역겹다.

돌아보니 아리가 벌써 입에 칫솔을 물고 있다.

"뭐 하는 거야?"

"으허? 이허 재미허."

아리의 입가에 야광 거품이 보글거리기 시작한다. 아리는 새침하게 거품을 뱉었지만 거의 다 제 턱에 흘린다. 그래도 관중은 박수를 쳐준다. 아리에게 휴지를 건네는 사람도 있다.

"이거 재밌네."

아리는 턱을 닦으며 같은 말을 반복한다. 그러더니 "이것 좀 봐." 하면서 내 얼굴 앞에 안내 책자를 불쑥 들이댄다. 휙휙 훑어는 보는데 한 글자도 눈에 들어오지 않는다.

"아이디어가 정말 근사하다. '까맣게 젖어 들 시간'이래. 이렇게 미소를 지으면 얼마나 하얗게 빛나는지 봐."

아리가 입을 활짝 벌리고 웃으면서 다시 로켓의 손을 잡는다. 내 눈엔 아리의 이가 푸르딩딩하게 보인다.

"멋지다."

난 그렇게 말하고 주위를 둘러본다. 어둠 속에서 웃고 떠드는 아이들의 푸르스름한 이가 기묘하게 빛난다. 아리는 아직도 미소를 머금고 있다. 그러다 갑자기 새된 소리를 지른다.

"엘란! 여기야 여기!"

아리가 내 뒤쪽의 누군가를 향해 열광적으로 손을 흔든다.

남자가 다가온다. 딱 봐도 우리보다 나이가 많다. 스물세 살쯤. 브이아이피 라운지에서 본 얼굴이다. 상품 카탈로그에 등장할 것 같은 매력남이다. 보조개에 헤어젤에 꾸밈새까지. 그가 다가와서 아리를 포옹하는데 좀 오래다 싶게 안고 있다. 아리는 전혀 싫어하지 않는다. 아리의 맥박 구슬이 강하게 번쩍인다. 아리가 그를 올려다보며 활짝 웃는다. 아리한테서 빛이 뿜어져 나온다. 실제로도 그렇고, 비유적으로도.

"이야, 아름다운 숙녀 분들."

그가 아리에게 팔을 두르고 우리 쪽으로 몸을 돌리며 말한다. 아니나 다를까, 그의 눈동자가 움직이기 시작해서 머리끝부터 발끝까지 우리 '스타일'을 스캔한다. 이 남자 역시 어둠 속에서 발광하는 미소를 띠고 있다. 쿨헌터 티가 팍팍 난다.

"여긴 내 친구들. 다 브랜드 모델이에요. 이 사람은 엘란."

아리가 그의 어깨에 머리를 기대며 말한다.

"안녕하세요, 앨란."

나는 손을 흔들어 인사한다.

"엘란이야."

그가 짜증스럽게 대꾸하더니 이내 멋쟁이 자세를 되찾는다.

"옛 프랑스어에서 온 이름이지. 박력과 생기, 독특한 스타일과 타고난 능력을 뜻해. 그게 엘란이야."

우엑. 박력남인지 뭔지 몰라도 마음에 안 드는 사람이다.

그가 다시 아리에게 돌아서서 아리 턱을 자기 쪽으로 들어 올린다. 간드러진 목소리로 뭐라고 이야기하면서 아리의 머리카락을 만진다. 아리는 킥킥 소리를 낸다. 이윽고 그가 고개를 들더니 인파 속에서 누군가를 발견한다. 아리의 이마에 입을 맞추고 "곧 돌아올게." 하며 가 버린다.

아리가 빙그르 돌아선다.

"봤지? 봤지? 브랜드 회사 사람이 나랑 시시덕거리다니 믿어져? 나 지금 어때?"

"믿어져. 내가 늘 말했잖아. 뭔가 이상한 속임수가 있지 않고서야 네가 아직도 브랜드가 아니라는 게 말이 되냐고."

로켓이 그렇게 말한다. 나는 이렇게 묻는다.

"어느 회사에서 나온 사람인데?"

"에어웨어 신발 회사 담당자야."

엘란이 떠나간 방향을 슬쩍 살펴보니, 에어웨어 신발이 추파를 던지는 숙녀가 아리 하나는 아닌 모양이다.

"왜 그래?"

아리가 나를 보고 묻는다.

"그냥. 기분이 좀…… 일이 돌아가는 게 너무 복잡해."

"이럴 때 너한테 딱 맞는 게 있지."

아리가 나더러 가만있으라 하고는 '소아중독학' 부스로 간다. 나는 로켓하고 둘이 어색하게 서서 디제이의 연주에 귀를 기울인다. 몸을 뒤흔드는 베이스와 난해한 비트 위로 중국 경극 음악, 그랜드 피아노 선율, 앰프로 증폭한 벌레 소리가 섞여 든다. 꽤 멋진 음악이다.

"아리가 마이키한테 들었다는데, 너 코스모노바에서 팰머가 에바하고 같이 있는 걸 봤다며? 왜 나한테 말 안 해 줬니?"

로켓이 뜬금없이 그렇게 묻고는 나를 빤히 바라본다. 무슨 말을 해야 할지 모르겠다. 무엇보다 마이키가 그 이야기를 아리에게 전했다는 데 너무 놀라서.

"무슨 이야기를 들었는지 모르지만, 그게 아니라……."

"두 사람이 같이 있는 거 봤지?"

로켓이 음악보다 더 크게 소리친다.

"둘이 같이 있긴 했는데…… 그게 그런 게 아닐 거야. 일 때문에 만난 거 아니었을까?"

"글쎄다. 내가 적한테 뒤통수를 맞은 건 사실이지만 내 절친이 나한테 거짓말할 까닭은 없지."

로켓이 뭐라고 더 말하는데 음악 소리에 묻혀 잘 들리지 않는다. '제러미 스위프트'라고 하는 것 같아서 그가 왔나 인파를 훑어보기도 하지만 로켓이 무슨 이야기를 하는지 거의 알아듣지 못한다.

잠시 후 아리가 발광하는 미소를 지으며 돌아온다.

"자, 눈 감고 손 내밀어."

나는 눈을 감고 손을 내민다.

아리가 내 손바닥에 작은 알약 하나를 놓는다.

"이게 뭐야?"

어두운 조명 아래에서 눈을 가늘게 뜨고 알약을 들여다본다. 조그맣게 '중독'이라고 쓰여 있다.

"긴장 푸는 효과가 있어. 집중력도 올라가고. 너한테 딱이야."

"그래. 그런데 이게 정확히 뭔데?"

"위험할까 봐 그래? 이거 하나도 안 위험해."

로켓이 짜증 난다는 듯이 말한다.

"운영진도 인정했잖아. 좋은 진정제는 아이들에게 사용 권한을 주는 편이 학교가 건전하게 굴러가는 데 도움이 된다고."

"난 괜찮아."

나는 아리에게 알약을 돌려준다.

"너 꼭 그렇게 부정적으로 굴래?"

"부정적인 거 아니야. 관심이 없을 뿐이지."

아리가 눈을 굴리더니 알약을 입에 던져 넣고 근처 부스에서 나눠 준 새로 나온 음료수를 마신다.

아리와 로켓은 부스를 더 둘러보고 싶어 한다. 나는 그쪽에 아무 미련이 없지만 일단 따라나선다.

아리는 목걸이와 장난감과 장신구와 휴대전화 케이스를 집어 들고 "어울려? 어울려?" 쉬지 않고 물어 온다.

아리는 말 그대로 모든 것에 흥미를 보이지만 아까만큼 열정적이진 않다. 아리의 맥박 구슬이 혼수상태에 빠진 듯 나른하게 깜빡이는 게 눈에 들어온다.

"이거 나랑 어울려?"

"아리야. 그건 주걱이잖아."

아리가 천천히 몸을 돌려 물건을 빤히 보더니 킥킥댄다.

"그러네. 그럼 나 이거 할까? 나랑 어울려?"

"글쎄."

우리는 길 저편에 북새통이 벌어진 곳이 있어 그쪽으로 향한다. 한 아이가 주식대전 게임을 공짜로 손에 넣은 모양이다. 거대한 플라스마 화면으로 그가 하는 게임이 나오고 있다. 아이들이 그 주변을 둘러싸고 그가 플레이하는 모습을 구경한다.

아리는 입을 약간 벌린 채 화면을 응시한다.

"저것 좀 봐. 완전 뜨는 건데."

아리가 느릿하고 단조로운 목소리로 말한다. 눈동자엔 생기가 없는데 이는 밝게 빛난다.

플레이를 구경하는데 제러미가 떠오른다. 오늘 여기에서 만나자더니……. 그 순간 배 속에서 뱀장어가 움직이는 것 같은 그 느낌이 시작된다. 어쩌면 나와는 가볍게 보는 사이라고 생각하는지도 모르는데. 어쩌면 애초에 나를 바람맞히려고 방과후 파티에 함께 가자고 온 학교에 광고한 건지도 모르는데.

이 두려운 생각을 아리에게 털어놓고 싶어 몸을 돌린다. 아리와 로켓이 사라지고 없다. 아무리 둘러봐도 보이지 않는다.

"음악 마음에 들어?"

어떤 남자가 나를 보고 큰 소리로 묻는다. 히트 리스트 사의 머독 웨스트 씨다. 그의 미소는 평범한 치아 색을 띠고 있다. 그것만이 이 사람에게서 인공적인 느낌이 나지 않는 부분이다.

"네 얘기 많이 들었다. 레비 선생님은 네가 물건이라더군."

"그래요?"

나는 빠져나갈 길을 찾으며 그렇게 대꾸한다. 오늘은 쿨헌터들과 이야기하기도 지친다.

"그럼."

그가 씩 웃으며 말을 잇는다.

"깜짝 놀랐다. 우리 통계 엔진엔 네 음악이 얼마나 많이 플레이되는지 잡히지 않아서 내 눈에 띄는 일도 없었지. 아티스트 명기준으로 통계를 내는데, 네가 이름을 너무 자주 바꿔서 말이다……."

우리가 왜 자꾸 예명을 바꾸는지, 그럴듯한 사연을 기대하는 거라면 헛수고하는 거예요.

"네가 연주하고 프로듀싱한 곡을 전부 합산해 보았더니 너희 밴드가 교내 다시 듣기 순위에서 상당히 높은 순위를 차지하더 구나."

"아, 흥미로운데요."

"그렇지? 그래서 말인데 우리 회사 이름을 걸고 연주하는 데는 흥미가 없니? 이런 방과후 파티 무대라든가……?"

그러면서 끈적끈적한 비트를 쏟아 내고 있는 무대를 가리킨 다.

"네?"

"네 사운드를 조금만 다듬으면 꽤 히트를 칠 거라고 믿는다. 물론 계약 조건 회의부터 잡아야겠지."

"전 이미 브랜드 모델인데요."

나는 어깨를 움츠리며 말을 잇는다.

"그래서 안타깝게도 도와 드릴 수가 없네요."

그가 더 활짝 웃으며 말한다.

"아, 그런 건 얼마든지 조정이 가능할……."

"뭐라고요?"

"그러니까 그런 일이라면 서로……."

"어쩌죠. 잘 안 들려요."

나는 할 수 없다는 듯 주변의 인파를 가리킨다.

"그럼 우리 혹시……."

"네, 만나서 반가웠어요!"

나는 거짓말을 남기고 인파 속으로 몸을 숨긴다.

인파 밖으로 나가서 멈춰 있는 에스컬레이터를 올라간다. 2층으로 올라가니 아이들이 여기저기에 삼삼오오 모여 있다. 그들 사이를 지나 외진 벤치에 주저앉는다.

지금 나오는 곡은 공 세 개가 각각 다른 표면에 각기 다른 리듬으로 통통 튀어 다니는 느낌이다. 거기에 일곱 살짜리 소녀가 귀여운 목소리로 어느 외국의 놀이노래를 흥얼거리는 듯한 사운드가 가미된 음악이다. 불가리아어나 라트비아어 같은 알 수 없는 언어다.

이곳의 음악은 주관적으로 괜찮다. 내 마음에 든다는 뜻이다. 하지만 히트 리스트 사 이름을 걸고 이곳에서 연주해 달라는 제안은 영 내키지 않는다. 이미 애니카 씨, 해리슨 씨와 상대해 본 지금은 이 일이 머독 씨가 말하는 것처럼 쉽게 돌아가지 않을 거라는 생각이 든다.

마이키가 그렇게 못나게 굴지만 않았어도 함께 이 일을 상의할 수 있었을 텐데. 나는 아리가 어디에 있나 둘러보면서 아리 귀에 머독 씨나 그가 한 제안에 관한 이야기가 들어가지 않길 바란다.

테슬라가 준 맥박 구슬이 깜빡깜빡하는 모습을 응시한다. 손목에 찬 달빛 구슬이 그 안에서 불나방이 날개를 치고 있는 것처럼 느릿느릿 리듬감 있게 반짝인다.

난 지금 여기서 뭘 하고 있는 걸까?

"야, 내가 널 얼마나 찾았는데."

놀랍게도 제러미다.

"그랬어?"

"그랬다니까. 내가 좀…… 으음. 그건 뭐야?"

제러미가 내 옆에 앉더니 손을 뻗어 내 손목을 잡는다. 그러고는 나른하게 고동치는 내 맥박 구슬을 들여다본다. 이 구슬이 어떤 원리로 깜빡이는지 테슬라가 알려 준 대로 설명해 보려고 하지만 무슨 기술이 어떻고 하는 내용이 하나도 기억나지 않는다. 겨우 이렇게 말한다.

"내 심장 박동에 맞춰 고동치는 거야."

"정말?"

제러미가 내 손을 더 꼭 쥐고 구슬의 불빛을 응시한다. 죽을 것 같다. 뭔가 은밀한 것, 봐서는 안 되는 것을 제러미가 보고 있다는 느낌이 내 안에서 슬금슬금 기어 나오려 한다. 그런 생각이 떠오르는 것과 동시에 구슬이 깜박거리는 속도가 점점 더 빨라진다. 아, 맙소사. 내 피를 펌프질하는 근육이 날 배신하려 들다니.

제러미는 내 옆에서 차분하게 구슬을 바라보고만 있다. 차분하게? 아니, 그건 내 생각이겠지. 이 애가 지금 차분한지 어떤지 내가 어떻게 알아? 속으로 느끼는 걸 있는 대로 다 보여 주는 불빛 신호는 나만 차고 있잖아.

그때 제러미가 나에게 입을 맞춰 온다. 아무 말도 없이 너무도 갑자기. 아, 이제 나에게 키스를 하려고 가까이 다가오는구나 따위의 낌새도 주지 않고, 으응? 나 지금 키스하는 거야? 하는 걸로 곧장 넘어간 것이다.

웃음이 나기 시작한다. 킥킥도 아니고 낄낄 소리가 난다. 나도 내가 왜 이러는지 모르겠다. 너무 긴장한 탓에 나온 반응인가? 아니면 그의 부드러운 입술이 너무 간지러워서? 그것도 아니면 마냥 행복해서?

어떤 이유로 터졌는지 모르겠지만 웃음이 그치질 않는다. 제러미가 자기가 뭔가 잘못한 줄 알까 봐 걱정이 된다.

"왜 그래?"

제러미가 소심한 목소리로 묻는다.

"아무것도 아니야."

겨우 대꾸를 했는데 웃음이 또 부글부글 올라온다. 아무것도 아니라는 걸 제러미에게 확실히 알리려고 내가 제러미에게 입을 맞춘다.

제러미 스위프트와 키스를 하고 있다니, 믿기지가 않는다.

게임학교의 그 모든 아이들 중에서 여기 앉아 그와 서로 입술을 문질러 대고 있는 게 바로 나라니.

그 순간, 무슨 빌어먹을 이유에서인지 내 입술에 발린 립스틱이 '훔치고 싶은 입술' 제품이라는 데로 생각이 미친다. 내 머릿속에서 '제러미는 오래가는 립스틱을 훔쳐낼 줄 아는 남자일까?'

하는 생각이 아우성치기 시작한다. 그리고 뭔지 모를 기묘한 느낌에 빠져든다. 사람들이 나를 관찰하고 있는 것만 같다. 여긴 키스 대회이고 나는 높은 점수를 받지 못할 것 같은 기분이 든다. 내가 녹음한 '마지막 웃음'이 생각난다. 마이키가 생각난다. 나는 입술을 뗀다. 제러미 스위프트와의 입맞춤은 내가 기대했던 느낌과 거리가 멀다.

"나하고 함께 파티에 가자는 말, 왜 인터치로 했어? 브이아이피 라운지에서 만났을 때, 그때 묻지 않고?"

"글쎄. 너랑 단 둘이 있을 기회가 없었잖아. 티코랑 있나 했더니 다음엔 팰머가 끼어들고. 그러더니 안 보이더군."

그 말에 반박하고 싶지만 입 밖으로 꺼내지는 않는다.

넌 내 인터치 스트림에 문자를 올렸어. 모두가 볼 수 있게. 그래 놓고 아무도 없는 데서 데이트 신청을 하고 싶었다고?

나는 난간에 가서 선다. 인파를 빠져나와 위로 올라오니 기분이 좋다. 여유가 생겼다고나 할까.

제러미가 내 옆에 와서 선다. 슬쩍 보니 제러미가 뭔가를 내려다보며 얼굴을 찌푸린 채 혼잣말을 한다.

"쟤가 여길 어떻게 들어왔지?"

화단에 몸을 기대고 있는 케이엔을 보고 하는 말이다.

"해리슨 씨에게 감시 명단에 올리라고 했는데."

"쟤를 왜?"

제러미가 곤란한 듯한 미소를 짓더니 내 관자놀이에 입술을 갖다 댄다.

"그게 말이야."

제러미가 나를 자기 팔로 감싸며 속삭인다.

"게임학교 재산에 뭔가 새기는 걸 내가 목격했거든. 근데 너도 쟤를 의심하고 있잖아? 내가 스폰서에게 네 이름을 언급한 데는 그런 이유도 있었는걸."

몸이 확 굳어 버린다. 계약 조건 회의 자리에서 해리슨 씨는 제러미가 나를 '추천'했다고 했지만, 지금 하는 말을 들으니 나도 케이엔처럼 감시 명단에 올랐다는 소리로 들린다.

그때 아래쪽에서 비명이 터진다. 라운지에서 나는 고함소리가 음악을 넘어 내 귀에까지 전해진다. 하얀 •＿• 가면을 쓴 열서너 명이 군중 사이를 누비며 춤추는 아이들에게 물풍선을 던지고 있다. 어떤 아이들은 물에 흠뻑 젖고도 춤을 멈추지 않는다.

저것도 정체불명 짓인가?

군중 주변을 훑어본다. 케이엔이 아까 그 자리에서 팔짱을 끼고 있는 모습이 보인다. 누군가 인파 속에서 파란 물감이 든 작은 풍선 하나를 던지고 그게 케이엔의 가슴에서 폭발한다.

케이엔은 즐거워하지 않는다.

24 미안하다는 말

아무리 찾아봐도 아리도, 공작당의 그 누구도 보이지 않는다. 인터치를 확인한다.

kidzero: 댄스 플로어에 네가 안 보여. 집에 갈 때 됐음?

나는 인파 밖으로 나가서 사람들을 살핀다. 아는 얼굴이 하나도 없다. 마냥 기다린다. 반응 없는 인터치를 손에 들고.

테슬라 자동차 옆에서 기다리려고 밖으로 나갔지만 주차장에 그 차가 없다.

아리도, 그 누구도 먼저 가겠다든가 하는 메시지 하나 남기지 않고 가 버린 것이다.

엄마에겐 아리네 집에서 논다고 해 두었는데 이미 그른 것 같다. 공작당하고 진실게임이나 할 기분이 아니다. 나를 빼놓고 자기들끼리 가 버리다니 아무리 생각해도 기분이 더럽다.

kidzero: 재미있네. 이제 집에는 어떻게 간담?

답장을 기대한 건 아니다. 그리고 내가 이런 취급을 당했다고 동네방네 소문을 내는 나 자신에게 화가 난다. 그런데 몇 분 후 테슬라의 답장이 도착한다.

toy321: ??? 아리가 넌 스위프트 차 타고 갈 거라더니. @KID

toy321: 미안. @KID

제러미는 한참 전에 떠났으니 자기가 나를 집에 데려다 준다고 했을 턱이 없다. 엄마가 난리 치게 생겼다. 엄마의 모성 지능이 '남자애 차를 타고 온 나' 대 '차가 없어 집에 못 온 나'의 비용 수익 비율을 어떻게 매길지 궁금하다.

나는 지금 차가 없어 집에 못 가는 신세다.

밖으로 나와 게임학교 현관 앞에 선다. 내 후드티는 얇은 편이라 몸이 점점 더 서늘해진다. 레깅스를 입긴 했지만 밤바람에 치마가 부풀어 오른다. 차들이 빠져나가면서 거대한 주차장이 점점 비어 간다. 꼬리등의 붉은 불빛들이 구불구불 움직이며 어둠 속으로 사라진다. 방금 지나가는 차에선 에버크롬비 플레처가 조수석 창문에 매달려 밤을 향해 늑대처럼 울부짖는다.

나는 나지막한 벽에 몸을 기대고 다른 아이들처럼 나를 태워

갈 차를 기다리는 척한다.

대체 누굴 속이려고 이러는 걸까? 나 자신이겠지. 친구인 줄 알았던 아이들이 나를 작정하고 내팽개쳤다는 사실을 도저히 인정할 수 없다. 아니, 대체, 뭐 때문에?

나는 끙 소리를 내면서 벽에서 몸을 떼고 걷기 시작한다.

차 한 대가 내 옆에 와 선다.

"태워 줄까?"

누구인지 보려고 몸을 숙인다. 케이엔이다. 웃음이 난다. 정말이지 오늘 밤은 단 한 순간도 재미가 없다.

"가고 싶은 곳을 말해. 데려다 줄 테니까."

케이엔이 성마르게 말을 잇는다.

"난 빚지고 사는 걸 못 참거든."

나는 차에 올라탄다. 웅얼웅얼 우리 집 가는 길을 설명하고 입을 꾹 다문다.

케이엔은 묵묵히 차를 몬다.

가로등 아래를 지날 때 케이엔 얼굴에 빛이 비추면서 귓바퀴에 건 금속 장신구와 귀여운 콧날이 보인다. 옷은 아까 물풍선 공격을 받아 젖어 있다. 언뜻 봐도 파란 얼룩이다.

케이엔은 도로에서 눈을 떼지 않는다. 그 정체불명 가면들이 왜 너한테 물 풍선을 던진 거냐고 묻고 싶다. 네가 태워 주지 않았으면 큰일 날 뻔했다고, 정말 고맙다고도 말하고 싶다. 하지만 나는 창밖으로 눈을 돌려 버린다.

"친구들한테 뒤통수 맞았니?"

케이엔이 뜬금없이 물어 온다.

"아니. 그러는 너야말로?"

케이엔이 설핏 웃는다.

"무슨. 걔들은 누구랑은 달리 호위를 받으며 보안을 통과하지 못했거든. 네 스폰서에게 보안이 철통같았다고 알려 주면 무척 기뻐할 거야."

"그럼 그 풍선은 뭐였……?"

"우리가 아냐."

케이엔이 딱 잘라 말하고 파란 풍선 쪼가리를 휙 던진다. 쪼가리에 '파란 파멸'이라고 인쇄되어 있다.

"그거 제법 괜찮은 신상 음료수야. 파란 세제 같은 색깔이 나는 순수한 물이지."

케이엔이 가식을 떨다가 성난 얼굴로 도로를 응시한다.

"너희 대장이 어떻게 반응할까?"

그 말을 입에 올리자 맥박 구슬이 약이 오른 것처럼 빠르게 깜빡이기 시작한다. 나는 셔츠 소매를 당겨 구슬을 감춘다.

"그 사람은 대장이 아니야."

케이엔이 코웃음을 친다.

"그 사람이 누군데?"

내가 인터치로 이 대화를 녹음하고 있다고 생각했는지 케이엔이 내 쪽으로 몸을 기울이고는 내 후드티 주머니에 대고 소리를 지른다.

"참 대단하셔, 프로젝트 인간들. 난 이름 같은 거 안 불어."

"녹음 같은 거 안 해⋯⋯. 난 그런 짓 안 해."

그렇게 더듬거리며 해명하는데, 제러미 생각이 난다. 그 애와 프로텍트 사 관계 때문에 일이 얼마나 복잡해졌는지 떠오르면서 뭐든 자신하면 안 되겠다는 생각이 든다.

"나 같으면 트렌드세터즈 쪽을 더 조심하겠다."

케이엔이 신경을 곤두세우는 게 느껴진다.

"그건 또 무슨 소리야?"

"애니카 씨가 자꾸 너에 대해 물어봐. 아, 너를 딱 꼬집어 묻는 게 아니고 너희 정체불명에 대해서 말이야."

말이 멈춰지지 않는다.

"참, 너에 관한 얘기도 듣긴 했다."

"뭐래?"

"팰머가 나쁜 녀석이어서 그랬다던가."

"그딴 거 말고!"

케이엔이 거의 고함을 친다.

"정체불명에 대해서 뭐라고 했냐고!"

"새 전략을 펼칠 거고 그래서 정체불명 같은 독특한 집단을 트렌드세터즈로 끌어들이고 싶대. 반역자 스타일은 유행을 벗어나지 않는 법이라면서."

"그 사람다운 소리네."

케이엔이 투덜거린다.

"있지, 난 정말 몰랐어. 그 사람들이 너희에게 접근하려고 나를 브렌드 모델로 올린 거."

"이용당하는 데 익숙해지셔야지."

케이엔이 나직하게 말한다.

"저기가 우리 집이야."

우리 집 진입로를 가리키며 말한다. 집에 불이 꺼져 있다.

케이엔이 진입로로 들어서서 차를 멈추고 말한다.

"내 말은…… 친구라고 생각한 이가 어떤 사람인지 알아 가는 건 꽤 힘든 일이라는 거야. 그러니까 기분 나쁘게 생각하지 마."

"뭘 기분 나쁘게 생각하지 마?"

"내가 다시 원래대로 널 투명인간 취급해도 말이야."

나는 농담인 줄 알고 낄낄 웃는데, 케이엔은 운전대를 부여잡고 앞만 노려보며 내가 내리길 기다린다.

"알겠어."

내가 차에서 내려 문을 쾅 닫았는데도 차는 그 자리에서 나직하게 윙윙거린다. 마치 뭔가 더 이야기를 하고 싶지만 그럴 일은 없다는 듯이.

현관 앞 계단을 오르다가, 우리 집 카드키가 아리 방의 옷 무더기 사이에 널브러져 있을 내 바지 허리띠에 달려 있다는 데로 생각이 미친다. 엄마가 이렇게 늦은 시간에 깨웠다고 화내지 않기를 바랄 뿐이다.

초인종을 울린다. 몇 번이나.

불을 밝히지 않은 채 키패드를 누르고 잠금장치를 푸는 소리가 들린다. 엄마가 문을 열자마자 말한다.

"안 들어온다더니? 아리네서 잔다며? 저 애는 누구니?"

엄마는 낯선 차가 진입로를 빠져나가는 모습을 지켜본다.

"학교 친구야. 오늘은 다른 데서 자기 싫어서. 쟤가 태워다 준다기에 타고 왔어."

엄마가 나를 쳐다본다. 집에 늦게 올 때 벌어질 수 있는 위험 상황에 대해서 일장연설을 하고 싶은데 당장 떠오르는 말이 없는 모양이다. 나는 엄마에게 굿나잇 키스를 하고 얼른 방으로 들어간다.

오늘의 배신에 대해 아리가 미안하다는 말을 남기지 않았나 싶어 인터치를 확인한다. 아리가 올린 마지막 메시지는 '별별 점수' 사이트 주소다. 그곳에 들어가 본다.

새 옷을 입은 내 모습이 찍힌 사진이 올라와 있다. 생뚱맞고 옹색해 보인다. 투표 결과에 따르면 나는 2.5점이다. '추잡한 약쟁이 같다'와 '제발 좀 씻고 다녀라'의 중간이다.

공작당 아이들은 대부분 6점으로 '진짜 귀엽다'를 받았고 에이 버리는 '누가 봐도 미녀'인 8점이다.

내 사진 밑에는 익명의 악성 댓글도 달려 있다. 나는 그걸 읽고 또 읽는다. 나를 알지도 못하는 사람들이 왜 나에 대해 함부로 말하는지 이해가 가지 않는다. 나는 결국 그 화면을 끈다.

내 네트웨크 페이지에 쪽지가 들어와 있다.

사과할게. -mikes

마이키는 웬만해선 "미안해"라는 말을 하지 않는 아이다. 나는 메시지를 응시하면서 케이엔이 한 말을 곱씹는다. 친구라고 생각한 이가 실은 어떤 사람인지 파악하기 어려울 때가 있는 법이라고 했다. 하지만 이렇게 쉬울 때도 있는 법이다.
　내 페이지가 내뿜는 빛을 받으며 마이키에게 쪽지를 보낸다.

너 자는 거야? 아니라고 말해. -kidzero

난 잠 같은 거 안 자. -mikes

낄낄 웃음이 나온다. 나는 불편하기 짝이 없는 곳에서도 잘만 졸고 있는 마이키를 익히 봐 왔다. 수학 공략 중에 책상에 엎드려서 자는 것도 봤고 버스 정류장 벤치에 널브러져서 자는 것도 봤으며 우리 집 럼프를 껴안고 자는 것도 봤다. 그런데도 언제나 자기는 잠 같은 거 안 잔다고 우기는 마이키다.
　내 손가락이 키보드 위를 서성인다. 오늘 밤 몇 번이나 마이키와 이야기를 나누고 싶었는지 모른다. 그런데 막상 부딪치고 보니 무슨 말을 해야 할지 모르겠다.

왠지 두렵다. 마이키가 무슨 말을 할지 겁이 난다.

말 좀 해. -kidzero

무슨 말? -mikes

우리 사이 문제없다든가? -kidzero

우리 사이 문제없음. -mikes

나는 마이키의 말을 한참 들여다본다. 진심인지 느껴 보려고.
진심이다. 마이키의 말이 또 올라온다.

오늘 밤 어땠는지 물어봐야겠지. 근데 난 전혀 전혀 전혀 알고 싶지
않아. -mikes

방과후. 꺼져. -kidzero

그래도 음악은 어땠어? -mikes

음악은 짱 짱 짱 짱 짱이었음. 근데 히트 리스트 사 아저씨가 날
급습했어. 그 사람들, 우리 음악을 추적했더라구. -kidzero

그 아저씨가 뭐래? -mikes

방과후에서 연주하고 싶지 않느냐고. -kidzero

정말? 그런데 우리 거기서 연주하고 싶은 거야? -mikes

곰곰 생각해 본다. 내가 진짜로 원하는 게 뭘까?

연주하는 거야 별일 아니지. 하지만 방과후 파티는 내키지 않아.
히트 리스트 사를 위해서 하는 것도. -kidzero

아리는 뭐래? -mikes

아리가 내 뒤통수를 쳤다는 사실을 털어놓고 싶진 않다. 상대
가 마이키라고 해도. 아니 어쩌면 마이키에게는 더더욱.

야, 너 코스모노바에서 있었던 일, 언제 아리한테 말한 거야?
로켓이 그 일에 대해서 캐묻더라. -kidzero

거참, 사람 난처하게. 일단 내가 말한 게 아니야. 아리가 먼저 엉뚱한
소리를 지껄이면서 드라마를 쓰더라고. "대박! 그 이야기 들었어?
팰머 로켓 에바 삼각관계. 대박!" 이러면서. 그래서 내가 아는 일이

라고 말했지. 우리가 하도 재수가 없어서 그 거북한 인간들 냄새나는 꽁무니를 맨 처음 목격했다고 말이야. -mikes

아, 그랬구나. 네 말 그대로다. 대략 난감. 그리고 거북한 인간들 이야기가 나와서 말인데…… 에바 블룸하고 왜 그랬어?

그 말을 그대로 보내지 않고 지운다. 삭제, 삭제, 삭제. 난 그 이유를 알고 싶은 동시에 전혀 알고 싶지 않다. 그래서 이렇게 보낸다.

아, 그랬구나. 네 말 그대로다. 대략 난감. -kidzero

나는 방과후 파티에서 들은 디제이의 음악 이야기를 늘어놓고 그곳에서 있었던 우스꽝스러운 일들에 대해 시시콜콜 농담을 던지는 것으로 고통스러운 진실을 덮어 버린다.
제러미 이야기는 하지 않는다.
케이엔에 대한 이야기도.

일요일에 뭐 게임 갈 거야? 난 가서 공주만세 응원해야지. 150%. -mikes

네 스위프트는 어쩌고. -kidzero

스위프트는 네 거 아니었어? -mikes

무슨 그런 소릴. 공주만세 0원하라! -kidzero

예이! 스위프트는 저격수의 총알을 사타구니로 받을지어다. -mikes

워워. 그건 너무 생생하잖아. -kidzero

우리는 끝도 없이 이러쿵저러쿵 이야기를 나눈다.
마이키 덕분에 홀로 남겨졌을 때의 헛헛한 아픔을 잊는다.
내가 브랜드 모델이 된 이후로 내 정신을 쏙 빼놓았던 온갖 얽히고설킨 일들을 하나하나 풀어내도록 마이키가 도와주고 있다.
옆에 있는 게 아닌데도 마이키가 무척 가깝게 느껴진다.

25 좌표

다음 날 나는 실컷 늦잠을 자고 거실에 나와 택배 상자를 발견한다. 어제 아리네 집에서 옷을 차려입을 즈음 도착한 게 분명한 트렌드세터즈 상자다. 열어 보니 옷 몇 벌과 애니카 씨의 쪽지가 들어 있다.

우리 신상품 잘 입어 주길 바란다. A. 라스

'나는 표적 시장이다'라고 쓰인 티셔츠가 한가득이다. 정체불명의 상징인 •＿• 얼굴을 실크스크린으로 박은 치마에, 자잘한 느낌표 패턴의 드레스도 있다. 이 옷 더미의 가장 끔찍한 문제는 내가 결국은 이것들을 입게 되어 있다는 것이다. 만약 내가 이 상품에 얽힌 불순한 탄생 비화를 몰랐다면 내 돈을 주고 사 입었을 테니까.

이 상자가 내 양심을 찌르는 것 같아 그 자리에 버려두고 아침을 먹으러 주방으로 간다. 내가 밥을 먹는 동안 엄마는 내가 있겠다고 말한 그 장소에 있어야 한다는 내용의 단조로운 독백을 펼친다. 중간 중간 높은 소리로 "지금 내 말 듣고 있니?" 확인해 가면서.

"그리고 인터치는 반드시 늘 켜 두고."

"폐장 뒤엔 꺼 놓으라면서요. 로밍 요금 나온다고."

"엄마가 그러라면 그런 줄 알아!"

엄마는 이성을 잃고 고함을 지르고, 나는 자리에서 일어나 탁하고 인터치를 켠 뒤 "됐죠!" 하고 고함을 지른다.

"난 내 방에 갈 테니까 내가 어디에 있는지 잘 확인하세요."

"네 방에나 가 있어!"

엄마가 또 고함을 쳤지만, 내가 방문을 쾅 닫고 잠가 버린 뒤다. 침대에 몸을 던지고 노트북을 연다. 어젯밤 마이키와 나눈 대화 내용을 쭉 살핀다. 우리 대화에 비밀번호를 걸어 놓았으니 망정이지……. 논리적이기를 포기한 엄마의 발작에 대해 한참 격정적인 비평문을 작성하고 있는데 새로운 쪽지가 들어온다.

39.954276N 75.165651W

15:30

• _ • - 이름 없음

지도 프로그램을 클릭하고 좌표를 확인한다. 시내 한가운데 있는 공원이다.

내가 망설였다고 말할 수 있으면 좋으련만. 프로텍트 사가 언급한 그 모든 충고가 떠올랐다고, 불법에 가까운 특별활동을 벌이는 것으로 알고 있는 어떤 사람들을 만나러 지금 당장 몰래 집을 빠져나가는 행위의 장단점에 대해 심사숙고했다고 말할 수 있으면 좋으련만. 그런 일은 없었다.

나는 엘르의 알리바이가 내 비밀을 지켜 주리라 믿으며 노트북에 내 방 좌표를 때려 넣고 인터치를 지도 프로그램에 동기화한다.

엄마는 곧 길리 이모네로 출근할 것이다. 음악을 틀고 다시 한 번 문을 확인한다. 그간 난 혼자 내 방에서 쉬지도 않고 음악을 들으며 셀 수 없이 많은 시간을 보냈으니 이 정도면 간단하게 알리바이가 성립될 거다. '배후의 소리들'을 틀자 스피커에서 파리가 유리창에 부딪히며 윙윙거리는 소리가 흘러나온다.

나는 창문을 열어젖힌다.

엄마는 내가 자전거를 타는 게 안전하지 않다고 생각하지만 시내로 가려면 이 방법밖에 없다. 알고 보면 이게 다 엄마 때문이다. 좀 더 이성적으로 판단해서 내가 전철을 탈 수 있게 게임학교 카드에 서명만 해 줬어도 이렇게 과감한 행동까지 취할 필요는 없었을 거다.

인터치가 내 비밀을 지켜 주고 있다. 나는 빠른 속도로 달리고 있고 아무도 내 궤적을 모른다. 이게 바로 마이키가 '바람'이라고 부르던 그건가 싶다. 단순히 속도를 가리키는 줄 알았는데 이제 보니 마이키가 그 표현을 쓰는 건 이 자유의 감각 때문이었다.

나는 바람을 만끽하며 시내로 달린다.

공원에 거의 다 와서야 문득, 내가 지금 무슨 짓을 하는 건가 하는 의구심이 든다. 지금 이건 엄마가 가장 두려워하는 악몽 그 자체다.

좌표에 도착해서 자전거를 묶으려고 몸을 굽히는데 누군가 자전거 거치대를 짚고 풀쩍 뛰어넘어 내 옆에 착지한다. 나는 겁을 먹고 주춤주춤 뒤로 물러난다.

"인터넷 같은 데서 알게 된 사람을 실제로 만나다니, 괜히 왔다 싶지 않아?"

반유행파다운 까만 옷에 도시 등반당 장비를 걸치고 있는 그가 씩 웃으며 말한다.

"가자."

몸을 돌리더니 한 번에 두 계단씩을 오르고 키 작은 분리대 위에 올라서는 그를 따라가면서도, 이런 나 자신이 믿기지 않는다.

그는 능숙하면서도 거친 동작으로 높이가 1미터가 넘는 분리대 위를 껑충껑충 내려간다.

"어젯밤에 케이엔이 보안을 통과하게 도와주었다며."

나는 그의 뒤를 따라 미끄러져 내려가다가 공원 벤치에 발을 대고 조심조심 분리대에서 내려온다.

"대충 그랬지."

"왜?"

나는 어깨를 움츠린다. 마땅한 대답이, 아니, 대답할 게 없다.

"방과후 파티에 공격이 있었어. 정체불명 표 깜짝쇼처럼 꾸몄더라."

"그래, 들었어. 다음번엔 그런 일 없게 단속 잘해야겠어."

그가 벤치에 자리를 잡으며 나를 향해 눈을 가늘게 뜬다.

나는 그 옆에 앉아 벤치에 새겨진 •__• 표정을 만지작거린다.

"이거, 무슨 뜻이야?"

"우린 그들이 하는 이야기에 관심 없다는 상징. 우린 그런 데 감동하지 않는다는 뜻이지."

"그렇군. 그런데 그들이 이 상징을 이용한 물건을 만들어서 무심한 사람들, 그러니까 평소라면 이런 데 감동받지 않을 사람들한테까지 그걸 팔기 시작하면 그 뜻이 어떻게 변할까?"

"이건 행동이야. 가짜가 아닌 진짜 움직임이라고."

나는 다시금 불안한 기분에 싸인다.

"다른 애들은 어디 있어? 케이엔이랑 티코랑 다른 애들."

그가 웃음을 터뜨린다.

"소피아한테 들었어. 너, 네트워크의 친구 목록을 이용해서 그 애들을 추적했다며. 그게 바로 그들의 시스템에 내재된 본질적인 결함이야. 아이들의 인간관계를 이용해서 그 아이들을 사회라는 거미줄에 가둬 놓고 있지. 하지만 그들의 통제로부터 자유로워지는 방법은 분명히 있어."

그는 미소를 짓고 있지만 난 여전히 불안하다.

"그 애들은 안 오는 거야?"

"안 와. 우리가 만나러 갈 거야. 여기서 얼쩡거리다가 들키고 싶은 건 아니겠지?"

맞는 말이다. 이런 공공장소에 눌러앉아 있다간 당국과 마찰을 빚을 수도 있다.

"어서 가자."

"안 되겠어."

"왜? 내가 두려운 거야? 아닐 텐데?"

"난 네가 누군지도 몰라."

난 자리에서 일어선다. 인정하기 싫지만 지금 내가 느끼는 이 기분은 공포일 것이다.

"너, 누구니?"

그도 자리에서 일어선다.

"그런 질문엔 어떻게 대답해야 하지? 내 이름이 궁금해? 내가 좋아하는 것들과 싫어하는 것들을 말해 주면 돼? 내 조상의 인종을 따져봐야 하나? 이런 걸 다 알려 주면 네 질문에 답이 되겠어? 모든 질문에 반드시 답이 있는 건 아냐. 가장 간단한 질문이 가장 어려운 질문이지."

그가 가까이 다가오며 말한다.

"그러는 너는 누구니?"

대답을 하려고 입을 벌렸지만 아무 말도 나오지 않는다.

"혼자 있을 때 넌 어떤 사람이야? 아무도 지켜보고 있지 않을 때의 넌? 그땐 뭐가 남지?"

아무것도 생각나지 않는다. 진짜 나라고 느껴지는 게 단 한 가지도 떠오르지 않는다.

그가 입술을 움직여 말하는 모습을 지켜본다.

"네가 바로 정체불명이네."

돌이킬 수 없는 결정을 내리고 문이 스르륵 닫힌다. 그와 함께 가기로 한다. 어느새 내가 낯선 남자의 밴 안에 앉아 있다. 왜 이름을 알려 주지 않느냐고 묻자 '안 돼'라고만 대답한 그의 차 안이다.

그가 내 자전거를 뒤에 싣고 나서 운전석에 올라탄다. 카드를 들고 시동을 승인할 즈음 벌써 내 행동이 후회되기 시작한다. 모터가 목청을 가다듬더니 이윽고 소리 없이 움직이기 시작한다.

차가 천천히 도로변을 나와 달려 나간다.

그가 나를 설득하는 데는 별 노력이 필요 없었다. 약속을 하나 했을 뿐이다. 정체불명이 모이는 장소가 있다고 했다. 몇 시간이고 눌러앉아 있어도 당국의 간섭을 받지 않는 곳이라고 했다. 인터치 신호가 잡히지 않는 곳이고, 함께 나누는 이야기가 새어 나갈 위험이 없는 곳이라고 했다.

그가 약속한 것은 자유다.

자유라고 하는 것이 실은 너의 선택을 제한한다.

그 말 그대로였다. 선택지는 두 가지뿐이었다. 함께 가거나 가지 않거나. 나는 가는 편을 택했다.

그런데 혹시 내가 지금 자살을 선택한 건 아닐까?

낄낄 웃음이 난다.

"왜?"

"아무것도 아니야."

나는 그렇게 말하고 우주 공간에 육박하는 어색한 침묵 상태로 돌아온다. 도로 표지판을 눈여겨보고 보도를 걷는 사람들을 바라보고 그들과 나 사이의 간극을 느낀다. 낯선 사람이 모는 이 밴의 조수석에서 비명을 질러 봤자 아무도 듣지 못한다. 긴장한 탓에 또 낄낄 웃음을 흘리고 만다.

"너 괜찮아?"

"이건 내가 좀……."

"여기야."

멀리 오지도 않았다. 시내를 몇 블록 가로질렀을 뿐이다. 후회한 시간도 겨우 5분.

"여기야?"

우리가 멈춘 곳은 감옥 앞이다. 수십 년 동안 쓰이지 않았지만 아직도 시내 한복판에 그대로 서 있는 옛 감옥.

나는 갓돌로 폴짝 뛰어내린다. 밴에서 빠져나와 마음이 놓인 건 잠시, 이제 감옥에 몰래 들어갈 차례라는 게 탐탁지 않다.

"여길 어떻게 들어가?"

그가 손짓으로 나를 부른다.

"여기로 쭉 가면 수감자들이 만든 미완성 탈옥 터널이 하나 나오지."

그는 보도 한중간에 있는 빗물 배수관의 쇠살대를 열어놓고 그 자리에 서 있다. 눈부신 오후 햇살 아래 아무 거리낌 없이.

"이런 걸 어떻게 발견했어?"

"내가 사람들이 만든 방어책의 약점을 찾아내는 데 능하다고만 해 두지. 자, 먼저 들어가."

그가 손을 뻗어 내 손을 잡는다.

선택은 늘 둘 중 하나다. 덤비느냐, 마느냐.

내가 들어가자 그가 쇠살대를 내리고 씩 웃는다. 눅눅한 통로로 조심조심 걸음을 내딛고 쭈그려 걷기로 지하를 건너는 동안 그가 속삭이는 소리로 유명한 탈옥 사건에 대해 들려준다.

"우리에게 기억되는 죄수는 탈옥한 죄수들이지."

"정확히 말하면 탈옥을 시도한 죄수들 이야기지. 탈옥에 성공한 죄수들이 아니고."

"흠, 좋아. 네가 이겼어."

터널은 수감 구역으로 이어져 있다. 빗장을 두른 문들은 모두 열린 채고 경첩은 녹슬어 있다. 밝은 햇살이 내리비춰 우리가 내딛는 발밑에서 피어오르는 먼지구름이 도드라지고 바위틈의 명암도 깊어진다.

"여기가 정말 버려진 곳이야? 아무도 여기 안 와?"

나는 곳곳에 난 채광창을 올려다보며 물어본다.

"우리가 오지."

그가 기다란 복도로 나를 안내하며 말한다.

"돌벽이 인터치 추적 신호를 막아 줘서 우리에겐 안성맞춤이거든. 어때?"

"어떠냐니…… 뭐가?"

"버려진 쇼핑몰이 게임학교라는 교육기관으로 전용되었지. 우리는 교도소를 전용해서 저항 본부로 쓰고 있어."

그가 손으로 벽을 훑자 돌조각이 바닥으로 우수수 떨어진다.

"그들은 감옥을 선택했어야 했어. 안 그래? 게임학교를 처음 제안했을 때 말이야. 이왕 기존 건물을 인수하기로 한 거, 감옥만 한 데가 없잖아?"

"게임학교는 감옥이 아니야."

나는 벽에서 떨어진 잔해로 돌무더기를 쌓으며 반박한다.

"게임학교는 우리가 뭔가를 실제로 해낼 수 있는 유일한 곳이야. 우리가 뭔가가 될 수 있는 유일한 곳이고."

"수감자들이 자길 가두어 줘서 고맙다고 하게 만드는 시스템이지."

그러면서 그가 자기 몸의 무게를 실어 문을 연다.

"후후. 이번엔 내가 이겼지."

"넌 늘 그렇게 점수를 매겨?"

그가 돌아서서 나에게 걸어오더니 몸을 숙이고 속삭인다.

"반드시 매기지."

그를 따라 뜰로 나간다.

"감시탑이야."

그가 가운데 우뚝 서 있는 구조물을 가리키며 말한다.

"여긴 격리실. 이건 교도소장실."

그러면서 교도소 운영 건물의 계단을 한 번에 두 개씩 오른다.

"게임학교는 우리를 외부 세계와 격리시켜. 그런 게 어떻게 감옥이 아니지?"

그가 작은 사무실로 들어가는 문을 연다. 그곳에서 나는 적의 어린 눈길들과 정통으로 맞닥뜨린다.

"저 애가 여긴 웬일이야?"

소피아가 묻는다.

"파티를 열기로 했잖아. 초대하면 안 되는 사람이 있었나?"

그가 그들 속으로 합류하며 대답한다.

케이엔은 아무 말 없이 눈길을 거두고 다시 노트북을 들여다본다. 티코와 렉시는 소파에 앉아서 나를 관찰하는 분위기다.

나는 난처하게 서 있다. 이들이 바로 정체불명이고, 나는 정체불명의 불청객이다.

내가 지금 여기서 뭘 하고 있는 거지?

엘리야가 소피아에게 뭐라고 속삭이더니 이윽고 나에게 다가와 인사를 건넨다.

"마이키는 잘 있어?"

"잘 있는 것 같아."

"안부 전해 줘."

"아, 그래."

나는 영원과도 같은 몇 초를 참았다가 결국 묻는다.

"파티 계획 짜고 있었다며?"

"그래, 사실이야."

정체불명의 그 목소리로 그가 선언한다. 그는 창문턱에 걸터앉아 감옥 마당을 내려다보고 있다.

저편에 있는 케이엔의 신경이 더 팽팽해지는 게 느껴진다.

"유행병처럼 번질 거야. 운영자들은 결코 우리의 불만스러운 힘을 막을 수 없다고 선언하는 이벤트지. 한번 말이 나오면 걷잡을 수 없다는 걸 보여 주는 거야."

"항의 파티 같은 건가?"

내가 끼어든다.

"요새 뉴스 못 봤어? 그런 걸로는 아무 소용 없어."

렉시가 눈을 굴리며 티코에게 뭐라고 불평한다.

이래서야 잘도 친구를 사귀고 사람들에게 영향력을 행사할 수 있겠다, 키드야.

"그럴 수도 있겠지."

그가 창턱에서 뛰어내리며 말한다.

"하지만 항의 자체보다도 항의에 함께한다는 사실에 훨씬 큰 힘이 실릴 거야."

"쟤한테 그렇게 일일이 다 설명해 줘야 해?"

케이엔이 날 쳐다보지도 않고 잘라 말한다.

"모두가 너처럼 비밀을 잘 지킬 수 있는 게 아니거든, 케이엔."

그가 케이엔을 보고 씩 웃더니 다시 내 쪽을 향한다.

"전하려는 뜻이 메시지 안에 들어 있지 않으면 어떨 것 같아? 메시지는 더 비밀스러운 생각을 전달하기 위한 수단에 불과하다면? 이를테면 유통의 도구랄까?"

그가 무슨 이야기를 하는지 하나도 못 알아듣겠다.

"무슨 짓이야?"

티코가 큰 소리로 말한다.

"쟤 스폰서가 누군지 몰라서 그래?"

"떠돌이 바이러스."

그가 나에게 바싹 다가와서 그렇게 속삭인다.

렉시와 소피아가 찡그린 표정으로 서로 눈빛을 교환하는 게 보인다.

"네트워크 사의 시스템만 감염시키는 고약한 바이러스지. 사

264

용자가 비밀번호를 걸어 놓은 비밀들이 그 사람의 인맥 전원에게 공개되는 거야."

그가 내 어깨에 팔을 두른다.

"이 사태를 막는 유일한 방법은 공격 단계 전에 자신의 인맥을 전부 삭제하는 거야. 시스템 전체에 걸쳐 현황이 얼마나 변할까? 각자가, 우리 모두가 시스템에서 빠져나온다면? 하나로 뭉쳐 하나같이 취향을 선택하던 이들이 이제 무엇으로 하나가 되지?"

케이엔이 자리에서 벌떡 일어나더니 그를 밀쳐 내며 방을 나간다. 그는 케이엔의 뒷모습을 지켜본다.

"네가 지금 무슨 짓을 하고 있는지 잘 알고 있길 바란다."

티코가 불만을 토한다.

"이 애가 뭘 어쩔 것 같아서? 자기 스폰서한테 가서 고자질이라도 할까 봐?"

그가 나를 보고 미소 지으면 말한다.

"누굴 믿어야 할지는 내가 잘 알아."

26 워 게임

다음 날 게임학교 입구 앞에서 나는 마이키에게 교도소에 잠입
한 이야기를 털어놓는다.

"너 미쳤어?"

마이키가 정신없이 고함을 지른다.

"너 그러다…… 그러다…… 무슨 일을 당할 줄 알기나 해?"

"예, 잘못했다니까요, 엄마. 너의 그 애틋한 걱정을 사려는 건
아니었어. 참, 엘리야가 안부 전해 달래."

"뭐?"

나는 그냥 어깨를 움츠린다.

"그건 그렇고, 어째 넌 평생 무모한 짓 한 번 안 했다는 투다?"

마이키에겐 진짜 전과가 있다. 운전면허를 딴 뒤 어느 날 밤
에 자기 아빠 차를 "빌렸"다. 차의 시동 승인 장치를 해킹해야 하
는 난관이 있었지만, 어쨌든 마이키는 차를 움직이는 데 성공했
다. 그리고 마이키 아빠가 경찰에 아들자식을 신고할 때까지 신

나게 놀았다. 아무리 허락 없이 차를 가지고 나갔어도 그건 너무 파격적인 처벌이었다. 마이키가 권총으로 아빠를 구타하고 도주한 것도 아니었는데. 하지만 마이키가 속인 대상이 기술이었던 탓에 판사는 '아이들은 따라 하지 마시오.' 하는 경고를 주겠다며 이 사건을 크게 키웠다. 결국 마이키는 면허정지 처분과 함께 성년이 될 때까지 집−학교 경로 외의 공공장소 출입이 제한되는 벌을 받았다.

"아, 이거랑 그거랑은 다르지."

마이키가 얼굴을 찡그리며 말을 잇는다.

"그래서, 그 사람이 뭐래?"

"그 사람이 뭐랬냐면……."

이유는 모르겠지만, 마이키에게 바이러스 이야기는 하지 말아야겠다는 생각이 든다. 정체불명에게 나도 너희의 비밀을 지킬 수 있다고 증명하고 싶어서겠지.

"나를 그 애들에게 소개해 주고 싶었대."

그가 날 거기로 데려간 이유가 그거였나? 어쨌든 그는 앞으로의 계획에 내가 함께하길 원했다. 대충은.

"오 구글님, 교주 나셨네."

마이키가 폭탄 폭발에서 나를 보호하려는 듯 양팔로 나를 감싸 안는다.

"걔네가 널 세뇌시키게 가만 놔두지 않겠어."

"이제 들어가는 게 어때? 좋은 자리를 잡아야지."

마이키는 알았다고 하면서도 나를 놔주지 않는다.

"야, 마이키!"

내가 웃다가 말고 고함을 치자 그제야 웃으며 나를 놔준다.

안에선 워 게임 결정전에 앞서 벌써 분위기가 뜨겁게 달아오르고 있다. 정비 요원들이 라운지의 화면들을 조정해서 비디오 대전 플레이가 펼쳐질 거대한 통 화면을 준비해 두었다. 두 팀 선수들이 각자 모니터를 앞에 두고 앉게 될 복잡한 무대도 이미 설치가 끝났다. 한 인부는 아직 제어반의 전선을 풀고 있다.

"이건 진지하게 묻는 말이야."

마이키가 내 옆에 자리를 잡으며 말한다.

"그 남자, 대체 누구야? 너 걔한테 말려들 생각은 아니지?"

"글쎄다."

마이키가 자바 초콜릿 한 줌을 입에 던져 넣으며 말한다.

"이미 완전 유행이로구만."

그러면서 마이키가 이 사람 저 사람을 가리키는데, 다들 '나는 표적 시장이다'라고 쓰인 티셔츠를 입고 있다.

엄청난 속도로군.

"너 아리랑 연락돼? 방과후에서 사라진 뒤로 연락이 없어."

"그새 정체불명에 합류해 버렸나 보지."

나는 마이키를 밀치고 주변을 살핀다.

다들 게임에 대한 기대로 잔뜩 흥분해서 열기를 내뿜고 있다. 스포츠 방송국에서도 나와서 이 공개 이벤트를 취재하고 있다.

오늘은 가족과 친구들도 입장할 수 있는 날이라 다들 자기 팀 응원 복장으로 나와 있다. 라운지는 팀 응원 색을 흔들며 소리를 지르는 팬들로 만원이다. 고기망치 팀은 붉은 포도주색과 검은색, 공주만세 팀은 은색과 흰색이다. 마이키가 내 옆에서 폭소와 야유를 번갈아 던진다.

p_phillips: 그렇게 아래 있으면 제대로 보이긴 해? @KID

북새통을 스캔했더니, 브이아이피 석에 종결자들과 함께 앉아 있는 팰머 필립스가 눈에 들어온다. 그가 손을 흔든다.
나도 쭈뼛쭈뼛 손을 흔들어 보이지만 그가 왜 나에게 메시지를 보냈는지 이해가 가지 않는다.

p_phillips: 스위프트가 네 자리 맡아 달라고 부탁했어. @KID

p_phillips: 네 남친께서 네가 자기 얼굴 터지는 꼴을 제대로 봐 주었으면 하더라고 @KID

kidzero: 고마워. 그런데 난 친구들이랑 같이 보기로 해서. @PALMER

나는 얼른 답장을 달고 인터치를 치운다. 마이키가 자기 인터치로 내 스트림을 확인하는 걸 못 본 척한다.

제발 내 친구들만큼은 누가 내 스트림에 대고 지껄이는 꼴을 못 보면 좋으련만.

다행히 스피커에서 주제가가 터져 나온다. 혹시 마이키가 내 새로운 친구 팰머에 대해 농담을 던지지 않고는 못 배기더라도, 저 음악과 관중의 포효에 묻혀 들리지 않게 됐다.

선수들이 등장하기에 앞서, 전방의 거대한 화면에 각 선수의 역대 기록을 소개하는 영상이 쏟아져 나온다. 시즌별 득점, 주무기 종류, 선수의 플레이를 후원하는 브랜드가 모두의 눈앞에 화려하게 펼쳐진다.

맨 먼저 고기망치 팀의 주장, 선수 명 kill0ne이 끝판왕으로 완전군장하고 등장한다. 그가 무대를 호령하고 공중에 대고 주먹질을 하자 사람들이 환호성과 야유를 터뜨린다. 화면에 뜬 특대형 사진 속의 그가 성난 얼굴로 관중을 노려본다.

다음으로 제러미가 등장한다. 선수명 swiftx가 자기 사진이 떠 있는 화면 아래에 불쑥 나타나자, 화면이 수배범 사진처럼 느껴진다. 가늘게 뜬 눈이 까만 머리칼에 덮여 있는 모양새가 인기 절정의 범죄자 같다.

무대를 이어받은 Junkmonkey는 팔짝팔짝 뛰면서 사람들을 향해 팔을 마구 흔들어 댄다. 그런데 화면에 뜬 사진은 Aggro8이다. 그가 무대로 올라와 Junkmonkey를 끌어내린다. 사람들은 껄껄거리는데 Aggro8은 엄숙하게 경례를 하고 자리에 앉는다.

화면에 Junkmonkey의 사진이 뜬다. 사진 찍을 때 몸을 움직인 것처럼 초점이 안 맞는 사진이다. 다들 웃음을 터뜨리며 그가 언제 무대에 올라오나 목을 쭉 빼고 살피는데도 아직 무대 뒤편에 있다. 이윽고 그가 달려 나오더니 옆으로 재주넘기를 시도한다. 보기 좋게 실패했고 관중은 응원의 함성을 보낸다.

Kill0ne과 Aggro8은 못마땅한 눈길로 Junkmonkey의 익살을 지켜보고 있지만 제러미는 아예 눈길조차 주지 않는다. 군중을 스캔하느라.

공주만세가 무대에 오를 때 나는 분출하는 열기에 휩싸여 소녀 팬처럼 꽥꽥 소리를 질러 댄다. 사진 속 선수들은 모두 카메라를 정면으로 응시한, 무표정하고도 자신감 가득한 얼굴이다.

엘르(선수 명 Elle)가 맨 처음 등장한다. 위아래 온통 하얀 운동복 차림이다. 무대 조명을 받은 머리칼이 은빛으로 빛나고 두 눈은 핑크빛이 도는 안경에 가려져 있다. 무대 한쪽에 서서 나머지 선수들을 기다린다.

카시 모힌드라(선수 명 Mo)가 엘르 뒤를 잇는다. 큰 무대에 서니 조그맣게 보이는 카시의 유니폼 소매에는 이번 시즌에 카시가 해치운 목숨 수가 수놓여 있다. 어깨부터 손목까지 팔 전체에 다채로운 색깔의 해골이 점점이 박혀 있고 등에도 같은 무늬가 이어져 있다. 카시는 까만 머리 한 가닥을 귀 뒤로 넘기고 관중을 향해 손을 흔든 다음 엘르 쪽으로 가서 그 옆에 선다.

다음으로 테슬라(toy321)가 등장한다. 간소한 훈련복 차림에 자기가 만든 반전 고글을 쓰고 있다. 두 눈이 어항처럼 툭 불거져 보이고, 눈을 감으면 속눈썹이 위로 올라간다. 초현실적인 도마뱀 같은 모습이다.

"말도 안 돼! 쟤 지금 저런 반전 상태로 플레이를 하겠다는 거야?"

마이키가 웃음을 터뜨린다.

"이거 정말 고도의 심리전인걸."

테슬라는 고기망치들에게 자기 실력은 이 정도라고, 위아래가 뒤집힌 상태에서도 플레이를 할 수 있다고 보여 주고 있는 거다. 하지만 운영진이 금지한 물건을 저런 식으로 과시한다면 그들이 가만있지 않을 것 같아 걱정된다. 테슬라는 고기망치 선수들을 향해 브이(V) 자를 내밀고 Mo 옆에 선다.

렉시 필립스, 일명 Widow9가 마지막으로 무대에 등장한다. 행운을 비는 좀비 토끼 부적, 가시철조망 팔찌 등등 구석구석 자기 취향을 넣어 개조한 훈련복 차림이다. 초보가 리그 팀에 주전으로 나오는 건 드문 일이다. 혹시 정체불명이 저 애를 응원하러 이곳에 오지 않았을까 궁금해진다.

공주만세는 한 줄로 정렬한 다음 일제히 몸을 돌리더니 엄숙하고도 능숙한 자세로 행진해서 모니터 앞에 가서 앉는다. 꽤 위협적인 모습이다.

워 게임은 두 팀이 3회전에 걸쳐 메이저리그 게임 규약에 따라

맞서 싸운다. 1회전은 '깃발 뺏기'다. 빠른 시간 안에 지도를 공략해서 상대 진영에 있는 깃발을 뽑아 들고 자기 진영으로 가져오는 게임으로, 돌아오는 도중에 수류탄이나 플라스마 폭탄에 발목이 잡히면 안 된다. 먼저 세 차례 깃발을 뺏는 데 성공하는 팀에게 1회전 승리가 돌아간다.

게임의 주제 영상이 흘러나오자 관중이 발을 구르며 흥분을 고조시킨다. 고함과 웃음소리 때문에 시작 신호가 들리지도 않는다. 나는 마이키의 손을 꼭 쥔 채, 여덟 선수가 화면에 출현하자 그들의 아바타가 즉각 형체를 갖추고 전장으로 나서는 모습을 지켜본다.

선수들의 전략과 팀플레이 계획을 관중이 들을 수 있도록 모든 선수들이 마이크를 장착하고 있다. 그런데 군중에게 들리는 소리는 그것만이 아니다. 선수들의 도발적인 설전이 라운지 전체에 울려 퍼지고 있다.

"Kill-one, 이 수준 미달아! 넌 재미도 못 볼 텐데 이걸 왜 하니?"

Mo가 비웃음을 날린다.

"좋아, 좋아. 막 태어나려고 하는데 저격이라. 천박하게도 들이치는군."

Junkmonkey는 좀처럼 게임에 들어가지 못하고 있다. 그가 한 걸음 내딛기도 전에 Widow9가 총으로 그를 제거해 버린다.

깃발 뺏기는 공주만세가 훨씬 우세하다. 대단한 집중력으로 긴밀하게 움직인다. Elle가 깃발을 잡아채서 던지면 toy321이 나와서 기다리고 있다. toy321이 깃발을 받는 동안 Mo가 그 앞에 화약을 설치한다.

"이야! 얼굴에 직격으로 플라스마 폭탄이 터졌네. 많이 아프냐, 이 얼간이 고기망치들아?"

이건 물론 엘르의 대사다.

toy321은 자기 진영으로 진입하자마자 제거당하고 말지만, 고기망치들이 다가오기도 전에 미리 기다리고 있던 Widow9가 떨어진 깃발을 주워든다. 과연, 렉시는 듣던 대로다.

1 대 0, 공주만세가 앞선다. 관중이 고함을 지르며 자기 팀을 응원한다. 나도 하도 소리를 질러서 목이 쉰 것 같다. 내 목소리가 어떤지 내 귀에 들리지도 않지만 말이다.

고기망치는 실력이 막돼먹었지만 공주만세는 입이 막돼먹었다. 공주님들이 온갖 험한 욕을 능수능란하게 퍼부어 대며 이 테스토스테론 넘치는 괴팍한 괴짜들이 얼굴을 붉히게 만든다. 고기망치는 말 그대로 조종기를 손에서 놓았고, 공주만세는 3 대 1로 1회전을 쉽게 가져온다.

공주만세의 승리에 관중이 폭발한다. 나도 방방 뛰면서 마이키를 껴안는다. 마이키도 나를 힘껏 안는다.

"너 그래도 속으로는 고기망치 응원하는 줄 알았어!"

마이키의 귀에 대고 소리를 지른다.

마이키가 뭐라고 하는데 입이 내 귀 바로 옆에 있는데도 주변

이 어찌나 시끄러운지 알아들을 수가 없다.

우리는 서로의 몸을 놔준다. 마이키가 잠시 나를 보더니 다시 화면으로 눈을 돌린다. 이제 '단체 대학살'이 시작된다. 목숨을 50개 먼저 죽인 팀이 승리하는 게임이다. 고기망치가 초반에 기세를 잡고 있다.

양 팀 모두 죽어라 상대를 죽이고 다닌다. 특히 고기망치 하나 —Aggro8이지 싶다—가 제 목숨을 아끼지 않고 기가 막힌 플레이를 해내고 엄호에 나서는 등 눈에 띄는 활약으로 목숨 수를 쌓아올린다. 그래도 두 팀의 점수는 막상막하다. 공주만세가 목숨이 딱 두 개가 모자란 채로 눈앞에서 승리를 놓친다.

이제 군중의 열기는 광기에 이른다. 그때 내 귀에 2층에서 폭죽 터지는 것 같은 소리가 들려온다. 서라운드 스피커에서 폭발음이 쏟아져 나오고 있는 그 와중에 뭔가 터지고 갈라지는 섬뜩한 소리가 들린 것이다.

누군가 구호를 외치기 시작한다. 바로 옆 사람들의 말소리도 들리지 않는 상태에서 함성이 한목소리를 이루어 간다. 폭죽 터지는 소리는 계속 이어지고 있고 그때 활활 타오르는 꼬리를 단 작은 로켓이 전속력으로 무대 위로 날아간다. 나는 마이키의 손을 놓지 않은 채 다른 사람들과 마찬가지로 숨을 죽인다. 급기야 무대 위의 선수 몇 명도 화면에서 눈을 떼고 허공을 가르는 물체를 바라본다.

로켓이 내뿜는 냄새가 공기를 가득 메운다. 톡 쏘는 화약 냄새에 코가 아린다. 사람들은 아직도 웃고 노래하고 있지만, 뭔가 문제가 생긴 게 틀림없다.

마이키와 나는 의자를 밟고 올라가서 주변을 살핀다. 얼굴 없는 살색 플라스틱 가면을 쓴 사람 몇 명이 군중 속을 누비는 모습이 눈에 들어온다. 피 묻은 붕대를 친친 감아 섬뜩한 전쟁 상처를 표현하고 있다.

그때 2층에서 인형 부품들이 비처럼 쏟아져 내린다. 빨간 물감에 흠뻑 젖은 것들이.

"그들이야!"

마이키의 귀에 대고 고함을 친다. 난 어느새 마이키 팔을 꼭 붙잡고 있다.

정체불명, 그들이 아닐 수 없다. 가짜 피, 난폭한 충격. 이건 스폰서가 만든 장면이 아니다. 진짜다.

군중의 함성이 점점 더 강한 리듬을 타더니 마침내 그 우레 같은 소리가 노랫말을 이룬다. 사람들이 합창을 한다.

"전쟁! 우엑! 그게 뭐가 좋아?"

그런데 "어디에도 좋지 않아." 할 부분에서 사람들이 이렇게 소리 지른다. "마구 죽이니까 좋아."

뭐? 이거 큰일 났군!

이제 워 게임에 신경 쓰는 사람은 거의 없다. 연기며 폭죽이며 여기저기로 떨어지는 절단된 인형 사지에 취해 사람들이 광란 상태에 빠져들고 있다. 서로 몸을 밀쳐 대기 시작한다. 그러다가 인파가 갑자기 뒤로 휘청거리며 나를 덮쳤고 나는 그대로 의자에서 뚝 떨어지고 만다.

마이키가 나를 소리쳐 부른다.

나는 타일 바닥에 고통스럽게 착륙했다.

엉덩이, 어깨, 머리 세 부위가 딱딱한 바닥에 부딪혀 욱신거린다. 그 와중에 사람들이 나를 밟지 못하게 두 손을 올려 머리통을 감싼다. 내가 쓰러지는 걸 본 몇몇 사람이 날 일으켜 세우려고 하지만, 내가 아래에 깔려 있는 걸 모르는 사람들이 계속 날 밟아 뭉개고 있다.

고개를 드니 마이키가 의자에서 뛰어 내려와 나를 구하려고 사람들을 밀쳐 내고 있다.

누군가의 손이 내 쓰라린 어깨를 붙잡고 두 발로 일어서게 해 준다. 몸을 돌려 고맙다고 하려는데, 얼굴 없는 가면 하나가 나를 돌아본다. 말문이 탁 막힌다. 으스스한 비인간적인 가면 사이로 언뜻 보이는 두 눈도 무척 위험해 보인다.

마이키가 구경꾼들을 헤치고 나타나 가면과 나 사이에 선다. 그러고는 내 팔을 잡은 가면의 손을 떼어 놓으려고 한다. "얘 건드리지 마." 하면서 마이키가 두 손으로 가면의 가슴팍을 힘껏 떠밀어 버린다.

가면이 비틀거리며 몇 걸음 뒤로 물러날 때 뒤집어쓰고 있던 스웨터 후드가 뒤로 떨어지며 드레드 머리가 드러난다. 정체불명 대장의 표식 같은 머리다.

마이키가 나에게 몸을 돌려 괜찮으냐고 묻는다. 나는 마이키 뒤쪽에서 가면이 불쑥 떠오르는 걸 본다. 표정 없는 플라스틱 얼굴에 어울리지도 않게 눈웃음을 짓나 하는데, 뒤미처 가면이 마이키의 뒤통수를 주먹으로 내지른다.

마이키가 의자 쪽으로 고꾸라져 무릎을 꿇는다.

나는 얼굴 아닌 얼굴을 향해 소리를 지른다.

"왜 이러는 거야?"

그리고 마이키를 부축한다. 마이키가 정말 화가 난 게 느껴진다. 마이키가 몸을 돌려 나를 쳐다본다.

"누구였……?"

난데없는 방향에서 또다시 가면이 나타나 마이키를 사람들 쪽으로 거칠게 밀어붙인다. 그리고 파도가 일듯이 인파가 되밀려와 마이키가 가면 쪽으로 내팽개쳐진다.

이번에는 마이키도 호락호락하지 않다. 가면이 주먹을 휘둘렀지만 마이키가 피한다. 두 사람이 서로 엉겨 붙어 바닥을 구르는가 싶더니 주먹이 난무하는 싸움이 시작된다. 군중이 하나의 생물체인 양 스르르 형태를 바꿔 두 사람이 싸울 공간을 내준다. 화면에서 벌어지는 싸움보다 두 사람의 싸움에 더 많은 시선이 쏠려 있다. 아니, 이런 마당에 그 누가 화면 속 싸움 따위를 구경할까.

내 귀엔 "마이키!" 하고 소리치는 내 목소리만 들린다. 다른 소리는 아무것도 들리지 않는다. 마치 물속에 들어온 것 같다. 중간 중간 장면을 들어낸 영화를 보는 것도 같다. 무슨 일이 벌어지고 있는 건지 종잡을 수가 없다. 마이키는 바닥을 뒹굴며 몸을 빼내려고 버둥대고, 가면은 계속 마이키를 때리고 있다. 왜 다들 가만히 있는 거야?

마이키가 벌렁 드러누워 마구 뒹굴다가 용케 팔꿈치로 가면의 얼굴을 가격한다.

쩍.

소름 끼치는 소리가 난다.

코 부분은 딱딱한 플라스틱이니까 절대 깨지지 않겠지만, 그 안에 숨은 코는 사정이 다르다. 가면 아래로 피가 흘러나온다.

마이키가 비틀비틀 의자를 몇 개 쓰러뜨리면서 몸의 균형을 되찾으려고 한다. 자기가 상대를 얼마나 다치게 했는지도 깨닫지 못한 상태다.

마침내 돼지고기 색깔의 폴리에스터 상의를 입고 장난감 같은 무전기를 든 프로텍트 사의 건물 경비대가 군중을 장악한다.

보안 감독인 해리슨 씨가 마이키를 붙잡는다.

경호원이 가면 뒤에 숨은 남자를 잡으려고 몸을 날린다.

가면은 폭동의 기운을 띠어가는 군중 속으로 재빨리 후퇴한다.

이제 가면은 어디에도 보이지 않는다.

27 최악의 사태

텔레비전 뉴스에 게임학교의 운영진이 나와서 학교를 일반인에게 개방한 결과 외부 세계의 문제가 학교 안에까지 침투하는 '개탄스러운' 사태가 발생했다고 말하고 있다. 이 비극을 구실 삼아 게임학교를 전보다 더 꽁꽁 폐쇄하고 보안 절차를 강화할 셈인 것 같다.

화면에 본드 선생님의 발언이 흘러나온다.

"우리 사업 모델에 있어 논쟁이 되는 단 하나의 사안은, 우리가 아이들에게 권력을, 소비자의 힘을 부여한다는 사실입니다. 우리가 무엇을 제공하는가의 기준은 오롯이 아이들의 취향과 관심사에 달려 있습니다. 우리의 맞춤형 교육은 학생들, 곧 소비자들이 원하는 것을 제공합니다. 이번 폭력 사태를 일으킨 사람들은 우리의 이러한 방식을 교란시키길 원하지만, 우리 운영진은 절대 좌시하지 않을 것입니다."

배경으로는 폭죽 연기로 희뿌옇게 흐려진 공기 속에서 사람들이 몇 명씩 무리 지어 다니면서 기물을 파손하는 모습을 내보내고 있다. 아이들이 의자 위를 뛰어다니면서 거칠게 서로를 밀쳐내는 영상이 뒤이어지고, 학부형들이 자식들을 껴안고 정신없이 출구를 찾는 모습도 보인다.

마이키에 대한 이야기는 전혀 없다. 내가 알고 싶은 소식은 그것뿐인데. 뒤이어 교란 행위가 있기 전까지의 점수를 어떻게 처리해야 하는지, 점수를 어떻게 계산해서 우승을 가려야 하는지 따위를 놓고 사람들이 토론을 벌이고 있다.

정체불명에 대한 언급도 전혀 없다. 스폰서들 이름은 여럿 발설되고 있다. 그건 방송을 타는 데서 오는 무료 홍보 효과 때문에 그런 거다.

급기야 본드 선생님은 프로젝트 사가 금요일 밤마다 개최되는 행사에서 실력을 입증했으며 앞으로도 그 행사가 게임학교 아이들에게 유익한 사회화 경험을 제공할 것이라고 학부형을 안심시키며 방과후 파티까지 홍보한다.

"이제 공개 입장 행사에는 가지 마라."

엄마는 그렇게 말한다.

사고 소식을 보고 엄마는 삐딱한 쾌감을 느끼는 것 같다. 평소 엄마의 세계관이 사실로 확인되었으니 기분이 나쁘지만은 않겠지만, 내 입장에선……

내 인터치는 밤이 다 가도록 으스스한 고요 속에 빠져 있다. 제러미와 테슬라가 몇 가지 소식을 올리긴 했다. 테슬라는 결승전 규칙에 쓰여 있는 비상시 점수 계산 방식을 확인해서 올렸고 제러미는 분노를 터뜨렸다.

swiftx: 워 게임을 망치다니…….

swiftx: ……당신들이 벌인 난장판, 당신들이 치워야 할 거야.

누가 뭐라고 했든 다 내 관심 밖이다.

나는 마이키가 무슨 말이라도 올리길 바라며 인터치를 들고 있다. 그 애가 인터치를 반납하지 않았다는 증거, 게임학교에서 쫓겨나지 않았다는 증거가 올라오길 기다리고 있는 것이다.

28 반항을 팔다

다음 날, 게임학교에 마이키는 없다. 그 애의 네트워크 페이지
는 닫혀 있고 나는 달리 마이키와 연락할 방법을 모른다.

마이키는 내가 인터치로 보낸 문자에 답장 하나 보내지 않았
다. 마이키가 문자 자체를 아예 못 받게 된 게 아닌지 걱정된다.

묵묵부답인 인터치를 뚫어져라 보면서 마이키가 괜찮은지 알
아낼 방법을 궁리한다.

혹시 윈터슨 선생님이라면 알지 않을까?

라운지를 가로지르는데 팰머가 길을 막는다.

"야! 어디 가? 우리 라운지에서 회의 있어."

"아. 나는 못……."

"넌 무조건 와야지! 그때 너 딱 거기에 있었잖아. 그런 일이 일
어날 줄 미리 알고 있었던 거야? 아무리 유행 탐지 전문가라지만
어떻게 맨날 특종이냐? 너만 아는 비결이라도 있는 거야?"

"무슨 얘길 하는 거야?"

"워 게임 폭동 말이야!"

팰머가 나를 끌고 브이아이피 라운지로 간다. 종결자들이 끼리끼리 모여 어수선하게 떠들고 있다. 티코 윌리엄스가 한구석에 서서 내 눈길을 피하는 게 보인다.

"야, 워 게임 때 넌 안 보이더라."

나는 턱을 당겨 미심쩍다는 미소를 지어 보인다.

티코가 나를 힐끗 보고 입을 연다.

"응. 나…… 난 여동생을 돌봐야 했거든."

"오, 그럴싸한 알리바이네."

티코가 다시 뭐라고 말하려는데 팰머가 앞으로 나선다.

"자, 그럼 오늘의 주요 사건으로 들어가 볼까? 이번 건은 진짜 배기 소문 폭동이야. 우리 특기를 발휘할 때지. 동향을 무마하고 흐름을 지배하고 개념 있게 파문을 일으킬 때라구. 다들 귀는 열고 다닐 테니, 이게 워 게임 소요 사태 얘기라는 건 알지?"

말끝에 팰머가 씩 웃자 송곳니가 번쩍인다.

"폭력에 대한 스폰서들의 입장은 다들 알 거야. 피만 안 흘린다면 무슨 짓을 해도 좋다. 그럼 이제 들어 보자. 다들 유행 제조가로서 무슨 생각을 하는지."

"난 뭐랄까, 아름다웠달까?"

에코 피터슨이 색색거리는 듯한 높은 음조로 발언한다.

"어쩜 그 많은 사람들이 한목소리로 구호를 외칠 수 있지?"

"그래 맞아. 누가 먼저랄 것도 없이 말이야."

에이브 플레처가 거든다.

"너무도 자연스러웠어. 그런 분위기에서라면 자기가 무슨 말을 하는지도 모르면서 구호를 외쳤을 거야. 모두가 하나라는, 전체가 되었다는 기분이 들었을 테니까. 마치 바이러스보다도…… 뭐랄까, 더……."

"돌발적?"

팰머가 끼어든다.

여러 아이들이 흥분에 겨워 한마디씩 한다.

"그럼 내 생각을 말한다면?"

베리티 클라크가 나선다. 말끝을 올리는 버릇 때문에 말끝마다 물음표 같은 게 찍힌다.

"현실 생활에서는 진짜 피를 볼 일이 그리 많지 않지? 영화나 텔레비전으로는 날마다 봐도? 하지만 진짜 피에는 정말로 강력한 뭔가가 있지 않니?"

물음표로도 모자라 경건한 어조로 이렇게 덧붙인다.

"우리 활동에 피를 더 많이 써 보면 어떨까? '응급 반창고' 같은 데라면 감각적으로 활용할 수 있지 않겠어?"

급기야 '내 인생의 황금기'라는 10대용 탐폰을 대변하는 여학생이 홍보 활동에 피를 더 많이 이용하자고 주장하기에 이른 것이다. 나는 손발이 오글거리건만, 이곳에 모인 비대칭 송곳니를 지닌 흡혈귀들은 피 이야기가 마음에 드는 모양이다. 항의 시위에 대한 포커스 그룹 조사에 앉아 있자니 기분이 참 묘하다.

나는 티코를 쿡 찌르고 낮은 소리로 으른다.

"정체불명이 이쪽 아이들에게 이렇게 인기를 끌 줄은 몰랐겠다. 이렇게 많은 팬이 생긴 걸 알면 너희 대장 참 뿌듯하겠어. 혹시 그 사람 목적이 이거였니? 관심 끄는 거?"

티코가 쉿 하며 말한다.

"이런 종류의 관심은 아니야."

"그럼 뭘 원하는 건데?"

티코는 몸을 돌리고 에이브 플레처가 마이키의 공격을 실황 중계하듯 재연하는 모습을 본다.

나는 아이들을 비집고 나간다. 브이아이피 라운지에서 로그아웃하는데 팰머의 말이 내 귀에 들어와 박힌다.

"내 감에 따르면 키드는 우리가 모르는 걸 알고 있어. 정체불명의 비밀스러운 사정을 아는 게 분명해. 누구 뭐 들은 이야기 없어? 지금은 사소한 거라도 중요한 상황이야."

아리를 만나러 가고 싶지만 윈터슨 선생님과의 면담에 빠지고 싶지는 않다. 정체불명 인형이 라운지에 떨어진 날로부터 일주일밖에 지나지 않았다는 사실이 믿기지 않는다.

윈터슨 선생님은 나를 보고 안심한다. 선생님이 일어나서 사무실 문을 닫더니 나더러 벽 가까운 자리에 앉으라고 권한다. 이유를 몰랐다가 자리에 앉고 보니, 선생님 자리의 컴퓨터 화면이 나와 감시카메라 사이를 막고 있다는 걸 알아챈다.

"잘 지냈니?"

"네. 점수는 형편없어요. 요즘 다른 일 때문에 정신이 없어서 제가……."

"점수는 아무 문제 없어. 그 어느 때보다 높아."

난 노트북을 열어 내 페이지를 확인한다. 브랜드 모델이 된 뒤로 제출한 허섭스레기 같은 과제에 평소보다 두 배 높은 점수가 매겨져 있다. 게다가 브이아이피 라운지에서 보낸 시간은 다른 작업실에 접속한 시간보다 열 배나 높은 스킬 지수가 책정되어 있다.

"뭔가 오류가 있나 봐요."

그러면서 나는 만약 이 속도로 계속 간다면 게임학교 플레이를 마칠 즈음엔 점수가 얼마나 많이 쌓일지 계산해 본다.

"이 사람들은 자기들이 평가하는 대로 점수를 주는 거야."

윈터슨 선생님이 간단하게 말한다.

"하지만 이건 옳지 않아요. 공평하지가 않잖아요."

"공평하지 않다니, 누구에게 말이니?"

"단 한 사람에게라도 공평하지 않으면 불공평한 거죠."

선생님이 웃음을 터뜨린다.

"그래. 그건 반칙이지. 하지만 이 동네에선 반칙이 규칙이야."

"네?"

"아, 유명한 도박꾼이자 사기꾼이 한 말이란다. 농담이야."

선생님이 내 얼굴에 떠오른 표정을 보며 말을 잇는다.

"내가 그 정도로 비관적이라면 여기서 일하지도 않겠지."

나는 노트북을 닫는다.

"마이키에게 무슨 일이 있는지 선생님 아세요? 왜 마이키가……."

나는 침을 꿀꺽 삼키고 말을 잇는다.

"그 애가 게임 오버 당하는 일은 없겠죠? 그렇죠?"

선생님이 화면을 확인한다.

"운영진이 프로젝트 사가 조사하는 동안 마이키의 게임을 일시정지로 해 놨구나. 그 애의 활동 기록에서 범죄 연루 사실을 발견하지 못하면 곧 게임학교로 돌아오게 될 거야."

마음이 놓이면 좋으련만. 혹시라도 범죄와 관련된 무언가가 발견된다면? 마이키는 미성년자다. 미성년자 어쩌고 하는 온갖 방지법은 아주 사소한 일을 가지고도 마이키를 범죄자로 만들 수 있을 것이다.

"스폰서들은 잘 대해 주니?"

"네. 안 그럴 이유가 뭐가 있겠어요?"

"내 말은 상의할 사람이 필요하면 언제든 날 찾아오라는 거야. 그 사람들의 가장 큰 관심은 너에게……."

누군가 거침없이 문을 두드리다가 선생님이 대답할 틈도 주지 않고 문을 연다.

"키드! 여기 있었구나!"

애니카 씨가 요정 같은 미소를 띠고 말하고는 뒤늦게 윈터슨 선생님을 향한다.

"우리 선수에게 이렇게 관심을 가지다니, 정말 친절도 하시네요, 캐럴. 정작 담당할 선수들 상담 일정은 한참 밀려 있는데도 말이죠."

두 분이 맞서고 있는 모습을 지켜보자니 손발이 오그라든다.

"내가 케이티와 알고 지내는 기회를 가진 게 얼마나 감사한 일인지 다시 한 번 알려 주고 있었을 뿐이에요. 얼마나 훌륭하고 성실한 학생인지요."

선생님이 나를 바라본다.

"생각이 깊은 아이예요."

애니카 씨가 중간에 끼어든다.

"고마워요, 캐럴. 하지만 우리가 알아서 잘 보살피고 있어요. 이제 케이티가 선생님의 일반 상담을 받을 일은 없답니다."

애니카 씨가 나를 보고 손짓한다.

"자, 어서 가자. 너에게 소개할 분이 있어."

나는 노트북을 가방에 집어넣고 소지품을 챙겨 든다.

"고맙습니다, 윈터슨 선생님."

나는 나직한 소리로 인사를 하고 애니카 씨와 함께 사무실을 나온다.

29 다가오는 제3자

"뭐 좀 마실래?"

애니카 씨가 편안하지 않은 가죽 안락의자 끄트머리에 걸터앉는 나를 보고 그렇게 물어 온다.

"아니요. 괜찮아요."

"그런데 만약 목이 마르다면 넌 뭘 고르겠니? 순전히 학문적인 호기심에서 묻는 거야."

그녀가 공중에 대고 의미를 알 수 없는 동작을 하면서 묻는다.

"음, 물?"

그녀가 너무도 실망스럽다는 표정을 짓는다.

"죄송해요."

"아, 죄송할 거 없어. 네가 좋아하는 걸 원하고 가지고 싶은 걸 원하는 게 당연하지. 안 그래?"

애니카 씨가 또 이상할 정도로 친근하게 굴고 그 때문에 난 돌아 버릴 지경이다.

내 뒤쪽에서 누군가 가쁘게 문을 두드린다.

"오셨다!"

애니카 씨가 자리에서 일어나며 말한다. 고개를 돌리니, 애니카 씨가 머독 웨스트 씨와 키스 인사를 쪽쪽 나누고 그를 사무실로 맞이한다. 나는 의자에 몸을 묻어 버린다.

"너도 알지? 내 친구, 히트 리스트 사의 머독 씨."

"우리, 방과후 파티에서 이야기도 나눈 사이지."

머독 씨가 눈가에 주름이 자글자글하게 미소를 지어 보인다.

"있지, 우린 아침 내내 네 얘기를 했어."

애니카 씨가 어찌나 활짝 웃는지 내 뺨이 다 얼얼하다.

"아니, 정확히는 모두가 네 얘기를 했지."

머독 씨가 고쳐 말한다.

"우리가 조사한 바에 따르면 오늘 게임학교 개장 이후 이루어진 대화의 78퍼센트가 바로 네 얘기였단다, 키드."

나는 충격을 받는다. 정확히 어떤 점이 가장 충격적인지는 모르겠다. 이 사람들에게 무작위로 이루어지는 대화를 실시간으로 통계 조사할 능력이 있다는 것? 아니면 무작위로 이루어지는 대화 중 내 얘기가 그렇게 많았다는 것?

"자기가 그 정도로 인기가 높은지 몰랐다는 얼굴이네."

애니카 씨가 윙크를 해 보인다.

"아, 그게 인기 문제가 아닌 것 같아서요."

나는 웅얼거리는 소리로 대꾸한다.

"뭔들 어떠니, 키드. 넌 지금 바람을 몰고 다니고 있어. 이게 얼마나 특별한 현상인지 넌 잘 실감 못 할 테지."

머독 씨가 미소를 지으며 말한다.

"그런 것 같네요."

나는 나직하게 대답한다. 입안이 바짝 말라서 뭐라도 마시고 싶은데 머리가 멍하고 부탁할 기운도 없다.

"그래서 우리가 네 콘텐츠를 검토했지. 키드 너, 유행만 앞서 가는 줄 알았더니 음악도 만들더라!"

애니카 씨가 말하면서 내 볼을 꼬집는 시늉을 한다.

"이 아가씨 정말 사람을 깜짝 놀라게 만드는 비밀투성이야."

"네가 쓴 곡들 말이다. 곡들이 정말……."

머독 씨는 말이 이어지지 않자 열에 들뜬 몸짓을 해 보인다.

"어떤 곡이요?"

나는 뺨을 문지르며 물어본다.

"난 '마지막 웃음'이 너무 마음에 들어."

애니카 씨가 끼어든다.

"딱 감이 오더라. 트렌드세터즈 광고로 재미있고 귀여운 사진 들을 몽타주하고 거기에 그 곡을 입히면 완벽할 거야."

"하지만 그 곡들은…… 그게…… 그 곡들은 공개한 게 아닌데 요. 전 그걸 음감 라이브러리에 올린 적이 없어요."

애니카 씨가 정색하고 말한다.

"스폰서들에게는 게임학교 안에서 창작된 모든 작품이 홍보

용도로 공개되게 돼 있어."

"기분 나쁘라고 하는 말이 아니라요."

나는 히트 리스트 사 담당자를 보고 말한다.

"전 그쪽과 계약한 적 없어요."

"오, 그래 맞아."

대답은 애니카 씨가 한다.

"하지만 우리에겐 신뢰할 수 있는 제3자 회사와 네 정보를 공유할 권리가 있단다. 우리 계약에 그렇게 돼 있지."

머독 씨가 내 쪽으로 몸을 기울여 온다.

"왜 우리에게 네 실력을 감추려는 건지 모르겠구나. 우리는 전국 광고에 네 작품을 쓰고 싶단다. 그럼 네 이름이 대대적으로 알려질 거야. 그건 모두가 바라는 일 아니니?"

"밴드 아이들과 의논해 봐야 해요. 저 혼자 결정할 일이 아니에요."

"물론 그래야겠지. 중요한 구매 결정을 내리기 전에 친구들과 상의하는 습관은 우리도 적극 권장한단다."

애니카 씨가 그렇게 말하며 머독 씨를 향해 미소 짓는다.

30 네 친구를 알라

브이아이피 라운지에서 로그아웃하고 나오다가 입구 근처에 잠복해 있던 테슬라를 발견한다.

"야."

테슬라가 가방을 내밀며 말한다.

"방과후 때 일 꼬인 거 미안. 난 그런 줄도 모르고⋯⋯."

테슬라가 말꼬리를 흐린다.

"이거, 아리 집에 두고 간 네 물건들이야."

"아, 고마워. 아리는 어디 있는데?"

나는 스폰서들의 메시지를 쭉쭉 넘기며 내가 지난 주말 내내 보낸 문자에 아리가 답장을 했나 찾아본다.

#spons: '감각 연구'에서 헬륨, 육불화황, 질소20의 기체 밀도 실험이 있습니다.

#spons: 배가 고프다고요? '자판기 코너'에 들러 보세요.

#spons: 아케이드에 안구 마우스 기술 테스트 장이 설치되었
습니다. 뇌의 힘을 모아 점수를 올리세요!

아리에게선 아무것도 오지 않았다. 무슨 일이 있기에 아리가
아침이 다 지나도록 스트림에 소식 하나 올리지 않았을까? 아리
에게 아무 일 없기만 바랄 뿐이다.

"아리한테 할 이야기가 있어서."

테슬라가 뭔가 걸리는 게 있는 것처럼 군다.

"참, 결정 났어? 중간에 끊긴 워 게임 점수 어떻게 계산할지 말
이야."

"지금 그게 문제가 아니야. 혹시 마이키 소식 들었니?"

"아니. 게임을 일시정지 당했다는 이야기만 들었어. 그래서
학교 끝나고 마이키를 만나러 가고 싶은데 아리가 차 좀 태워 줄
수 있나 물어보러 가는 거야."

"그거라면 내가 태워 줄게. 그러니까 아리가…… 안 된다고 하
면."

"그래 좋아."

테슬라는 뭔가 다른 할 이야기가 있는 기색이다. 그런데 "그럼
문자 보내." 하고 만다. 그러고는 에스컬레이터로 향하다가 이렇
게 소리친다.

"정말 미안했어."

"괜찮아. 신경 쓰지 마."

방과후 파티 때 있었던 오해를 가지고 계속 화낼 이유는 없다.

버거라도 하나 먹을까 해서 문화 쇼크에 가서 줄을 선다. 꼭 버거를 먹고 싶어서가 아니라 기운이 떨어져서 그것 말고는 주문할 수가 없어서다.

"감자튀김, 시부플레?"

이 말이 통하길 바라며 주문을 한다.

"감자튀김은 폼 프리트야. 하지만 감자튀김이 프랑스 음식은 아니잖니? 자 여기 나왔어."

주문을 받는 여자 분이 빙그레 웃으며 말해 준다.

나는 쟁반을 받아 들고 앉을 자리가 있나 둘러본다.

아리가 눈에 들어온다.

공작당 무리와 함께 저쪽 끝에 앉아 있다. 정체불명 로고가 박힌 티셔츠를 입고 일본식 스프를 홀짝이며 인터치를 들여다보고 있다. 나는 포크 콜라를 흘리지 않게 조심하면서 탁자 사이를 누벼 그쪽으로 간다.

난 아리를 부르고 몇 자리 떨어진 곳에 앉아 말을 잇는다.

"난 너 죽은 줄 알았다. 인터치를 잃어버렸든가 무슨 일이 있는 줄 알았다구. 마이키 소식 들었어?"

아리는 아무 대답도 하지 않는다. 젓가락으로 초밥을 찔러 대더니 나에게서 몸을 돌려 로켓에게 뭐라고 말한다.

손목에 •＿• 표정을 그려 넣은 게 보인다.

두 사람은 대화에 심취해 있고 나는 튀김 하나를 갉아 먹는다. 다른 공작당 아이들을 살펴본다. 나를 없는 사람 취급하며 자기들끼리 재잘거린다. 이건 평소와 다름없는 모습이다. 이 아이들은 나한테 신경도 쓰지 않으니까. 그래도 뭔가 어색하다. 오늘의 이 무관심한 태도에는 어쩐지 억지스러운 데가 있다. 그 누구도 나를 쳐다보지 않지만 그 어느 때보다도 강하게 나를 의식하고 있다.

나는 아리를 빤히 쳐다본다. 계속 쳐다보고 있으면 나를 봐 줄까 싶어서. 제발 날 좀 봐.

"나를 보라구!"

나는 버럭 소리를 지르고 만다. 다른 자리에 있던 아이들이 내 쪽을 힐끔거리며 코웃음을 친다. 그런데도 공작당 아이들은 열심히 접시나 들여다보고 내 머리 위의 허공만 바라본다. 그리고 아리는…… 롤 초밥을 간장에 찍어서 입에 던져 넣는다. 아리의 보랏빛 눈동자는 단 한 번도 내 눈과 마주치지 않는다.

이 암호 같은 행동을 해석하는 건 그리 어렵지 않다.

날 내친 것이다.

그래, 아리 너, 그 유치한 계집애들 놀이를 하고 싶은 거야? 친구라는 이름을 내놓고 전쟁을 벌이겠다고? 대체 내가 너한테 뭘 어쨌다고 나를 네 그 '무자비' 대상에 넣은 거니?

"거지 같다, 아리야."

나는 자리에서 일어나 그곳을 걸어 나온다.

4층의 스튜디오로 걸음을 옮긴다. 뭐라도 들어야 한다. 친구라고 생각한 아이들이 내게 안겨 준, 이 귀가 먹어 버릴 듯한 침묵을 지워 버려야 한다. 아리와 공작당 아이들이 자기네 스트림에서 나를 차단해 버린 거다. 그래서 내 인터치가 그렇게 죽은 듯 고요했던 거다.

스튜디오에 들어가서도 기분은 풀리지 않는다. '마지막 웃음'을 작업해 보려고 하지만, 애니카 씨와 머독 씨가 내 음악을 엿들으며 이걸 어떻게 써먹을까 궁리하고 있을 거란 생각을 떨칠 수가 없다.

마이키의 웃음소리를 따놓은 녹음을 연다. 처음엔 마이키가 장난칠 때 내곤 하는 가짜 웃음소리가 들린다. 플레이를 멈추지 않고 우리의 대화를 들었더니 내 웃음소리가 나온다. 내 진짜 웃음이다. 지금 내 기분과는 너무도 다른 기분이 전해져 온다.

아리는 왜 나와 이야기하지 않으려는 걸까?

음악을 끄고 다른 노래를 불러온다. 마이키가 드럼으로 새의 날갯짓 비트를 연주한 녹음이다. 키보드로 간단한 멜로디를 만든다. 그리고 마이크에 대고 이렇게 속삭인다.

매일 집에 가는 길에
너의 뜰에 민들레 솜털을 불어.
날 잊지 말라고.

마이키가 없는 스튜디오는 게임학교에서 가장 쓸쓸한 장소다. 나는 〈작은 새가 말해 주었어〉의 바뀐 내용을 저장하고 다시 울음을 터뜨리기 전에 로그아웃하려고 짐을 싼다.

인터치가 붕붕거린다. 아리의 메시지이길 바라는 나 자신이 싫지만 그랬으면 좋겠다.

아리가 아니다.

#pro_harrison: 내 사무실로 오게, 데이드 학생. @KID

"야."

제러미가 큰 소리로 나를 부른다.

"해리슨 씨가 너 찾아. 우리가 찾아내지 못할 줄 알았어?"

"무슨 말이야. 메시지가 방금 왔는데."

나는 인터치를 꼭 붙든다.

"왜 그러는 건데?"

"프로텍트 사가 네 새로운 친구에 대해 알고 싶어 해."

그러면서 자기 인터치 화면을 내게 내보인다. 화면에 저해상도 사진이 하나 떠 있다. 그게 뭔지 쉽게 알 수 있다.

지난 토요일 공원에서 만난 정체불명의 온라인 친구와 보기 거북할 정도로 친밀하게 서 있는 내 모습이다.

31 비밀번호를 걸다

"그거 어디서 난 거야?"

스위프트와 본부 안쪽 로비로 향하면서 속삭이는 소리로 물어본다.

"나를 미행하고 다녔어?"

"내가 그런 건 아니야."

그러면서 스위프트가 내 팔을 잡는다. 친구나 연인 같은 느낌이 아니라 나를 취조하러 어디론가 호송하는 느낌이다.

"네가 나를 두고 부정 행각을 하는 것 같아 우려된다며 누가 나한테 보내온 거야."

그날 내가 시내에 갔던 사실은 아무도 모른다. 엘르의 알리바이가 내 좌표를 숨겨 줬고 문제의 좌표는 쪽지함에 들어 있다. 내 비밀번호 없이는 아무도 내 쪽지를 볼 수 없는데…….

"네 친구 아리아 말이야, 사려가 참 깊은 아이더라."

가만, 그럼 아리가 그런 짓을 했다는 거야? 내 비밀번호를 써서 내 쪽지를 읽고, 내가 누굴 만나는지 확인하러 그 좌표에 왔 었다고?

아리가 그럴 리 없는데, 그런 짓을 한 것이다. 사진까지 찍어 서 제러미에게 보낸 거고.

사무실에 들어가자 해리슨 씨가 돌처럼 굳은 얼굴로 나직하게 말한다.

"비밀번호 단속하라고 했나 안 했나, 데이드 학생? 다른 사람 도 아니고 우리 회사 요원의 네트워크 페이지가 위험에 노출된 다면 꼴이 어떻겠나?"

해리슨 씨 목에 불거진 정맥을 보니 제러미의 주식대전 게임에 있던 스트레스 측정기가 떠오른다. 정맥이 자주색으로 고동치고 있다.

"아리아 놀랜드 라는 학생이 최근 워 게임 분쟁에 비추어 자네 네트워크 페이지에서 의심스러운 행동을 감지하고 자기가 가만 있어선 안 되겠다고 판단했다며 우리에게 소식을 보내왔다. 그 학생 자네 친구인 것 같은데, 내가 잘못 안 건가?"

눈이 아려온다. 불개미가 내 뺨을 타고 내리는 것 같다. 아프 고도 난감하다. 나는 아리를 철석같이 믿었다. 그래서 비밀번호 도 공유한 것이다. 할 수 있다면 지금 당장 계정 설정을 바꿔서 사실을 숨기고 싶다. 내가 이처럼 바보 같고 허점투성이라는 기 분을 지워 버리고 싶다.

"이 사람이 누군가?"

해리슨 씨가 사진을 가리킨다.

"글쎄요."

"이 자는 자네와 쪽지를 주고받던 익명의 인물이다. 자네가 제 발로 가서 만난 사람이고. 이름이 뭔가?"

"이름은 들은 적 없어요."

그렇게 말하고 보니, 그가 왜 자기 이름을 알려 주지 않았는지 알 것 같다. 그는 내가 비밀을 지킬 수 있을 거라고 생각지 않았 던 거다.

해리슨 씨가 마음 깊이 절망하는 소리를 내며 프로파일을 연다. 그리고 그 화질 나쁜 사진으로 알아볼 수 있는 모든 신체적 특징을 입력한다. 머리칼은 밝은 갈색. 눈동자는 어두운 갈색. 운동선수 체격. 최종 레벨 소속. 인종 확인 불가. 다른 설정들을 조금씩 수정해 보지만 검색 결과는 수백 명 이하로 줄어들지 않는다. 그리고 그중에 그는 없다.

"여긴 없네요."

내가 말한다. 나야말로 궁금해서 못 참겠다.

제러미가 자기가 해 봐도 되겠냐고 묻고 검색에 들어간다.

프로텍트 사가 그를 영입한 데는 그럴만한 이유가 있다. 하긴 그들이 아무 이득도 없는데 크랙당 애송이를 데려왔을 리 없겠 지만. 제러미는 검색 요건을 다시 설정하고 선택지를 좁혔다 넓 혔다 하면서 이렇게 저렇게 검색 결과를 끌어낸다.

'나이: 최종 레벨'을 '나이: 게임 완료'로 바꾸자 화면에 눈에 익은 얼굴이 떠오른다. 나도 모르게 숨을 죽인다. 해리슨 씨는 그 순간을 놓치지 않는다.

"들어가 봐."

그가 고함을 치고 제러미가 상세 정보를 연다.

사진 속 인물은 그와 영 달라 보인다. 어리고 순진해 보인다. 헤어스타일도 드레드로 땋은 머리가 아니라 삭발이다. 하지만 활짝 웃는 그 얼굴만은 그가 분명하다. 저놈의 보조개는 트레이드마크로 등록해도 되겠다.

"이 녀석 맞지?"

제러미가 워 게임 현장의 싸움 장면이 재생되고 있는 감시카메라를 가리키며 묻는다.

"이 자가 워 게임을 망친 그 인간이지?"

나는 대답 없이 그날의 싸움 영상을 바라본다. 음향이 없으니까 섬뜩한 안무로 이루어진 춤 같다. 이렇게 떨어져서 보니까 너무 비현실적이다.

"브렌틴 칸트. 2년 전에 게임학교를 고득점으로 졸업. 현재 나이 열아홉. 시내 거주. 제로넷 소속."

해리슨 씨가 소리 내어 그의 기록을 읽는다.

"글쎄요."

나는 우물거린다.

"너 왜 저 녀석을 감싸고도는 거야?"

스위프트가 성을 내며 묻는다.

"마이키에게 그런 짓을 하는 걸 보고도 그래?"

해리슨 씨가 제러미 어깨에 손을 올리고 나를 보며 부드러운 목소리로 말한다.

"그래, 자네들 친구 마이키 군이 이번 일로 인해 상당히 곤란해질 수 있어. 그 학생, 기록이 깨끗하지 않더군. 아니, 꽤 심각한 기록이야. 게다가 수상한 행동이 얼마나 많이 발견됐는지, 누군가 우리가 파악하지 못한 정보를 입수한다면 유죄를 만들고도 남을 상황이야."

해리슨 씨가 나를 다시 화면으로 돌려세운다.

"이 브렌턴 칸트라는 자는 아주 위험한 인물이야. 나는 연령 제한 보안을 우회하는 자를 포식자로 간주하지. 자네, 그가 무서운 건가?"

"글쎄요."

나는 같은 말만 반복한다. 대체 이런 일이 왜 일어난 건지, 누구 말을 믿어야 할지 종잡을 수가 없다.

"하지만 마이키는 말씀하신 것과는 아무 상관이 없어요. 내가 잘 알아요."

"데이드 학생, 안타깝지만, 자네가 알고 있는 게 그뿐이라면 우린 자네 친구를 도울 수 없어."

다시 한 번 프로파일에 뜬 브렌턴 칸트를 바라본다.

마이키는 왜 끌어들인 걸까?

대체 무슨 일을 꾸미려고?

그들을 배신하려거나 브랜드로서의 임무에 충실하고 싶어서
가 아니라 그저…… 마이키에게 해를 입히는 인간을 두둔해야
할 이유가 전혀 없다고 느낀다.

"저 사람, 뭔가를 계획하고 있어요."

나는 화면에 떠 있는 브렌턴 칸트의 말쑥한 증명사진을 응시하
며 말한다.

"떠돌이 바이러스라고 불렀어요."

해리슨 씨와 제러미가 당장 행동에 들어간다.

"당장 시스템을 스캔해야 해."

해리슨 씨가 말한다.

"운영진에게 네트워크 주식회사와의 계약을 재조정해야 된다
고 알리고, 이 사태를 막으려면 재원을 확충해야만……."

32 미행

테슬라를 찾으러 조립창고에 간다.

"아까 한 말, 아직 유효해? 나 차 태워 줄 수 있어?"

"그럼, 물론이지."

테슬라가 작품을 정리하면서 대답한다.

"그게 다 그 맥박 구슬이야?"

작업 공간 한쪽에 상자 한가득 전자 장치가 담겨 있다.

"아, 응. 스트레스를 받을 땐 마음이 멍해지는 일을 붙잡는 편이라. 저렇게 손이 많이 가는 일로 시간을 때워야 정신을 잡아둘수 있거든."

함께 출구로 향하는 도중에 테슬라가 물어 온다.

"그래…… 아리랑은 이야기했어?"

"나야 했지. 걔는 아무 대꾸도 안 했지만."

"이상하네. 금요일 밤엔 순 네 얘기만 하던 애가."

테슬라가 비꼬듯이 말한다.

아리와 로켓과 다른 공작당 아이들이 지난 금요일 밤에 진실게 임을 하는 모습을 상상해 본다. '별별 점수' 인가 뭔가에 올린 내 사진에 험악한 댓글을 달았겠지. 내 네트워크 페이지에 로그인 해서 마이키와 내가 나눈 대화를 읽었을 테고. 브렌턴 칸트가 보 낸 좌표 쪽지를 보고 거기 가서 날 기다렸다가 염탐했겠지.

끊임없이 깔깔대면서 그랬겠지. 이거야말로 '마지막 웃음'이 로군.

차에 올라 장소가 안전해지자 나는 이렇게 말한다.

"그 앤 프로텍트 사에도 할 말이 많았던 모양이더라구."

"뭐?"

나는 테슬라에게 아리가 프로텍트 사에 내 비밀을 알린 일을 전한다.

"떠돌이 바이러스라고 들어본 적 있어?"

"처음 들어. 무슨 피해를 주는 거래?"

"사람들이 몰래 나눈 이런저런 이야기를 그 사람 인맥에 있는 사람들에게 전송하는 바이러스래. 비밀로 남아야 할 이야기까지 몽땅 다. 아리랑 똑같은 짓을 하는 바이러스랄까."

테슬라가 얼굴을 찡그린다.

"그런 게 가능한 파괴 프로그램이 있다니, 처음 들어. 그런 식 으로 시스템을 파괴하려면 굉장히 정교한 코드가 있어야 할 텐 데. 스위프트도 그런 코드는 못 만들걸. 어디서 들은 이야기야?"

"소문으로."

나는 대답을 얼버무린다. 프로젝트 사의 정보를 유출하자니 떳떳하지 않을 뿐 아니라, 이제라도 정체불명이 그 출처라는 사실을 함구해야겠다는 생각이 든다.

"음, 놀라지 말고 들어."

테슬라가 백미러를 확인하며 말한다.

"누가 우릴 따라오고 있어."

뒤를 보니 누군가가 우리 뒤쪽의 주택가로 들어가고 있다.

"농담 아니지?"

"학교 주차장에 있던 차야. 그런데 지금은 저기 있네."

벌써 마이키 집에 다 온 참이다.

"차 계속 몰아 봐."

"정말? 난 수상한 사람이 내 꽁무니를 따라오면 길가에 차를 대고 보닛에 유혹적으로 드러눕는데."

테슬라가 좀 정신없이 말한다.

나는 뒤쪽을 더 자세히 보려고 자리에서 몸을 비튼다. 눈에 익은 차다. 방과후 파티에서 뒤통수 맞은 나를 우리 집까지 태워다 준 차다.

"누군지 알아."

테슬라가 운전대를 잡고 있는 손에서 힘을 뺀다.

"네 친구야?"

"친구는 아니고. 내가 방금 전에 쟤 남친 정체를 프로젝트에 폭로했거든. 그러니 친구는 아니겠지."

우리는 마이키네 진입로로 들어가고 케이엔은 길 건너편에 멈춘다. 케이엔이 밖으로 나와서 우리 쪽을 쳐다본다.

"왜 날 미행하고 그래?"

내가 소리친다.

"왜 이래. 이젠 익숙한 일일 텐데."

하긴, 이번이 처음은 아니다. 프로텍트 사도, 엄마도, 아리도 날 미행했으니까. 학교 아이들이 내 스트림을 지켜보고, 스폰서들이 나를 가만두지 않으니까. 그런다고 이런 게 익숙해지는 건 아니다.

"뭘 원하는데?"

"무슨 일이야?"

테슬라도 나서서 묻는다.

케이엔이 테슬라를 흘깃하고는 나를 보고 말한다.

"얘기할 게 있어. 개인적인 문제야."

케이엔이 나한테 무슨 할 이야기가 있다는 건지 모르겠다. 교도소장실에서 봤을 때는 내 쪽으로 눈길도 안 주던 아이가.

"무슨 얘기? 날 투명인간 취급하겠다고 할 땐 언제고."

내가 쏘아붙인다.

"그거라면 네 친구들이 벌써 너한테 해 주고 있다고 들었어. 요즘엔 그게 유행인가 본데, 난 늘 반대로 가잖아. 안녕하니?"

"그래, 한참 유행 중이지."

나는 차 문을 쾅 닫는다.

"그래도 어디 네 친구들만 하겠니?"

나는 돌아서서 마이키 집으로 향한다.

"미안한데, 나 너희 티셔츠까지는 안 샀지만 내 친구 얼굴에 주먹을 날리는 조직은 지지하고 싶지 않아."

"잠깐만."

케이엔이 급하게 말을 잇는다.

"너 말고 이야기할 사람이 없어서 그래."

나는 걸음을 멈추고 테슬라를 보고 말한다.

"먼저 들어가서 마이키에게 나도 금방 갈 거라고 전해 줄래?"

테슬라가 어깨를 으쓱하고 걸음을 옮긴다.

"무슨 이야기인데?"

"우리도 몰랐어."

케이엔이 마이키 집으로 향하는 테슬라를 지켜보며 말한다.

"싸움을 벌일 거라곤 안 했어. 왜 그랬는지 설명도 않고."

"브렌턴 칸트 말이지?"

케이엔이 움찔한다.

"기분 나쁘라고 하는 말은 아닌데, 난 칸트가 왜 너한테 그렇게 관심을 보이는지 이해가 안 가."

"그 사람이…… 어쩐다고?"

"왜냐고 물어봐도 대답을 안 해. 그 사람, 우리도 모르는 비밀을 갖고 있어."

나는 케이엔을 쳐다본다. 가까이서 보니 무척 예쁘다.

"너희 둘, 서로 링크된 사이 아니었어? 그러니까 그 사람은 네 남친 아니냐고?"

케이엔의 양 눈썹이 치올라간다.

"지금 그런 얘기가 아니잖아!"

"그럼 이게 무슨 얘기인데?"

케이엔이 소리를 지른다.

"그걸 내가 어떻게 알아! 없던 걸로 해."

케이엔이 돌아서서 자기 차 문을 열고 안으로 들어가 버린다. 하지만 문을 쾅 닫아 버리지 못하고 머뭇거린다.

"난 사람을 믿었다가 그 때문에 나락으로 떨어진 적이 있어."

케이엔이 아스팔트에 눈길을 두고 말한다.

"이게 무슨 말인지는 너도 잘 알 거야."

아리 생각이 난다. 칼로 찌르는 듯한 아픔이 느껴진다.

케이엔이 나를 쳐다본다.

"나도 이렇게 친구들을 의심하긴 싫어. 하지만 그 사람의 계획이 뭔지 알 수 없다는 게 더 끔찍해. 혹시 네가 아는 게 있으면 나에게 알려 주면 좋겠어."

"왜 내가 널 믿어야 하지?"

"믿으면 안 되지."

33 범죄 활동

"얼굴 얻어맞는 거, 앞으론 더 자주 해야겠다."

마이키가 내 포옹을 받느라 먹힌 목소리로 말한다.

"입술이 부어터지니까 여자들이 날 가만두지 않아."

"닥치시지."

마이키의 목에 대고 웅얼거린다. 갈비뼈가 아직 부어 있는 데다 우리 둘만 있는 게 아니라는 걸 깨닫고 그만 놔준다.

테슬라는 부품이 어지럽게 널린 마이키 책상에 기댄 채 본능적으로 나사를 종류별로 분류하고 연장을 차곡차곡 쌓고 있다. 마이키 방은 고물 창고의 유감스러운 면만 쏙 빼닮았다.

"걔가 뭐래?"

테슬라가 묻는 말에 나는 마이키 옆 자리를 치우며 대답한다.

"그 칸트라는 자가 워 게임에서 마이키한테 달려든 이유를 아무한테도 설명하지 않는대. 나한테 그 이유를 알려 달래."

"너무 가상현실화 돼서 그랬던 거 아닐까?"

마이키는 그렇게 말한 다음 게임 조종기를 집어 들고 그게 자기 할머니를 욕하기라도 한 것처럼 버튼을 때려 댄다.

"그렇게 단순한 일이 아니라고 생각하는 것 같았어."

나는 마이키가 좀비 폭도들을 쏴 죽이는 걸 보며 말한다.

"네 게임, 얼마나 더 일시정지로 놔두겠다든지 하는 말 없었어?"

"날 게임 오버 시킬 만한 증거를 찾을 때까지, 아니겠어?"

"그런 말 하지 마."

마이키가 어깨를 으쓱하고 이렇게 주장한다.

"우린 미성년이잖아. 그 사람들, 무슨 꼬투리라도 잡아서 우리의 도덕적 해이를 보여 주는 증거라고 들이대면 그만이야."

"맞는 말이야. 길에서 돌아다니는 것도 범죄인 마당에, 엇? 너도 범죄자래? 엇? 나도 범죄자래."

테슬라가 그렇게 거든다. 그러더니 얼굴을 찌푸린다.

"지금 나오는 거, 무슨 음악이야?"

우리가 전에 만든 새 날갯짓 녹음을 마이키가 틀어 놓은 것 같다. 내가 오늘 편집한 최신 버전은 못 받았을 테니까.

"어떤 노래의 뼈대야. 척추에 해당하는 비트지."

"아니. 내 말은, 네 노트북은 반납했을 거 아니야. 그럼 네트워크로 이걸 들을 수 없을 텐데?"

마이키가 좀비 죽이기 게임에 집중하면서 테슬라의 질문을 못 들은 척한다. 뭔가 찔릴 때 하는 행동이다.

"마이키 너, 무슨 짓을 한 거야?"

마이키가 나를 흘끔 곁눈질한다.

"그냥 한번 실험해 본 거야."

"뭘?"

"그때 흑기술 강연 때, 너 나가고 나서 맹점에 대해 설명했거든. 신경 접합부처럼 네트워크 연결에도 간격이 있다고. 정보들이 그 간격을 건너뛰기 때문에 그 부분이 시스템에 잡히지 않는 거래. 하지만 이론적으로는 거기에 데이터를 구겨 넣을 수 있어. 맹점에 자료를 은닉하는 거지 ."

마이키가 무슨 말을 하는지 나는 이해가 가지 않는데 테슬라는 무척 관심이 가는 모양이다.

"그래서?"

테슬라가 재촉한다.

"그래서 장난삼아 그 이론을 실행에 옮겨 봤거든. 우리 노래를 시스템 틈에다 몰래 넣었지. 일부러 찾지 않는 이상 보이지 않는 반면 그게 어디에 있는지만 알면 아무나 이용할 수 있어."

"보여 줘 봐."

테슬라가 마이키에게 자기 노트북을 선뜻 안긴다.

나는 화가 난다. 바로 이런 것이 프로젝트 사와 학교 운영진이 마이키를 게임 오버 시키려고 찾고 있는 구실이니 말이다.

프로젝트 사가 모든 통신수단에 대해 떠돌이 바이러스 주의보를 발령했다. 아카이브에서 검색 하나만 해도 경고 화면이 뜬다. 인터치로 쏟아져 들어오는 공지사항은 특히나 짜증을 유발한다.

#spons: 무허가 프로그램의 위험이 그 어느 때보다 높습니다.
감염을 피하고 프로텍트로 만전을 기하세요.

소문 폭동에 부채질을 하는 종결자들 덕분에 집단 히스테리가 금세 위험 수위까지 솟아올랐다.

"이미 다들 감염됐다더라. 그게 다 프로텍트가 바이러스를 감지하지 못해서야."

팰머가 에이브에게 하는 말이다.

"넌 확실히 감염됐던데."

에이브가 톡 쏘아붙인다.

"이건 뭐 집단 성병 같잖아. 넌 헤픈 창녀 같고."

팰머가 주먹으로 에이브의 팔을 친다. 그것이 팀플레이어들이 대화의 마침표를 찍는 방식이다.

"나, 엘란하고 주고받은 이야기가 공개되면 무슨 일이 벌어질지 상상도 안 가."

에코 피터슨이 자신의 브랜드 담당자가 브이아이피 라운지 저편에서 윙크를 날리는 걸 보면서 불만을 토로한다. 그러고도 안절부절못하다가 목소리를 낮춰 에바에게 속삭인다.

"네가 언제 한번 켈리 손봐주겠다고 한 건 또 어떡하고?"

에바가 에코를 매섭게 쏘아본다.

"그거 지웠다면서?"

패션 파시스트당 입에서 나오는 소리가 다 그렇듯 사소하고도 우스운 이야기지만, 최근 친구로 인해 개인적인 콘텐츠를 전부 누출당한 나로서는 그 사소하고 우스운 소리에도 마음이 쓰리다.

티코는 저쪽에 홀로 앉아서 광기가 광기를 낳는 모습을 지켜보고 있다. 이 불안한 사태에 원인을 제공한 장본인은 지금 어떤 기분일지 궁금하다.

인터치가 자길 봐 달라고 콧소리를 낸다. 아리는 나를 무시하고 있고 마이키는 아직도 일시정지 상태라 나한테 오는 메시지는 스폰서들 공지뿐이지만 그래도 확인해 본다.

toy321: 뭔가 찾았음…… 의심이 감. @KID

인터치를 치우다가 티코가 나를 지켜보는 걸 알아챘다. 티코가 나를 보고 입 모양으로 '고마워' 한다.

브이아이피 라운지에서 로그아웃한다. 내가 티코에게 고맙다는 말을 들을 만한 일이 뭔지 모르겠다.

테슬라는 아케이드에서 엘르와 속닥이고 있다.

"안녕. 무슨 일인데?"

나는 그렇게 말하며 기술 지원 창구로 다가간다. 엘르 눈에 눈물이 그렁그렁하다. 엘르가 얼른 안경을 벗고 눈물을 훔친다. 테슬라가 소리를 낮춰 말한다.

"알리바이 탓이라는 말이 나오고 있어. 그게 떠돌이 바이러스를 전염시킨대나 어쩐대나. 무슨 일이 이렇게 순식간에 확대되는지 모르겠다."

"이번 사태를 빌미로 무허가 프로그램을 탄압하려 드는 게 놀랄 일은 아니야. 이런 식으로 교묘하게 게임학교 학칙을 휘두르는 게 그 사람들 특기니까. 하지만 내가 하지도 않은 일 때문에 점수를 빼앗기긴 싫다구."

불쌍한 엘르.

"그래도 알리바이가 네 작품인 것까지 추적하진 못했지?"

내가 묻는다.

"아직은. 하지만 프로젝트가 자기네를 위협하는 존재를 색출하려고 재원을 늘렸어. 바이러스 예방은 돈이 되는 사업이니까. 그 사람들, 눈에 띄는 결과를 내려고 아주 눈에 불을 켰어."

테슬라가 엘르에게 팔을 두르고 위로한다.

"이건 너무 가상현실적이야. 떠돌이 바이러스라니. 키드 네가 언급하기 전까진 이름 한 번 들어 본 적 없다구."

다들 그렇게 얘기하고 있다. 이름 한 번 들어 보지 못했는데 어느 순간 갑자기 사방에 그 떠돌이 바이러스 경고가 떴다고.

나는 노트북을 열고 아카이브에서 빠른 검색으로 떠돌이 바이러스를 찾아본다.

셀 수 없이 많은 결과가 뜬다. 전부 다 이번 위기에 대한 최신 반응이다. 맨 처음 그 이름을 언급한 떠돌이 바이러스 예방에 관한 글은 조회 수도 가장 높다. 바로 제로넷의 글이다.

떠돌이 바이러스는 네트워크 사 시스템의 본질적인 취약성을 극대화합니다. 인맥 목록의 투명성 그리고 접속성 위주의 시스템이 떠돌이 바이러스가 위협하는 기밀 누출 위험을 부르는 것입니다.

시중의 시스템 파괴 프로그램 탐지기로는 대부분 탐지되지 않기 때문에 해당 네트워크 계정이 감염되었는지 판단하는 진단 시스템은 현재 존재하지 않습니다.

문제의 바이러스는 비밀번호로 보호된 모든 파일과 키워드 검색 내용을 소리 없이 목록화한 다음 민감한 내용의 콘텐츠를 계정의 인맥 목록에 등록된 가장 부적합한 수신자에게 전송합니다.

무엇이 그와 같은 공격 단계를 촉발하는지는 아직 아무도 확인하지 못했습니다.

현재 시점에서 예방책으로 알려진 유일한 방법은 정확한 기한은 알 수 없으나 바이러스가 소멸될 때까지 모든 인맥을 삭제하는 것입니다.

물론 언제까지고 접속 불가능한 상태를 유지할 수 있는 사람은 많지 않습니다. 문제없는 서비스를 원하신다면 제로넷으로 옮기십시오.

보다 강력한 프라이버시 관리로 접속 서비스를 제공합니다.

제로넷. 누구에게나 감추고 싶은 비밀이 있습니다.

나는 혐오감에 싸여 노트북을 닫는다.

스위프트가 구석 자리에서 플레이하는 게 눈에 들어온다. 요즘 어딜 가나 광고가 보이는 신기술 안구 마우스를 쓰고 있다. 구조는 테슬라의 반전 고글과 비슷한데, 눈알이 위아래 거꾸로 확대되어 보이는 대신 두 눈이 짙은 바탕의 얇은 녹색 망상 그리드 안에 들어가 있어서 보이지 않는다.

스위프트가 주식대전을 하고 있는 자리로 간다. 월스트리트의 거래장에서 스트레스를 잔뜩 받은 공격적인 거래인들의 주먹질을 피하느라 스위프트가 머리통을 좌우로 휙휙 움직이고 있다.

이 신기술에는 안구 운동을 추적하고 눈 깜빡임으로 클릭을 대신하는 인터페이스가 내장되어 있다. 스위프트의 눈은 짙은 음영에 가려 보이지 않지만, 저렇게 의자에 기대 앉아 할 일 없는 손으로 책상 모서리를 잡고 화면 앞에서 꿈틀대고 있는 모습은 참 기묘하다.

신기술을 착용하고도 제러미는 가차 없고 능숙하다.

"프로젝트 사가 떠돌이 바이러스의 징후를 탐지할 수는 있는 거야?"

"아직은 없어. 하지만 곧 그렇게 될 거야. 네트워크 주식회사가 전 재원을 동원해서 바이러스를 막아 내고 보안 공백을 보완하고 있으니까."

난 제러미가 하고 있는 게임을 들여다본다. 제러미는 지금 억만장자다. 민감한 내용의 서류를 갈기갈기 찢으려면 버튼을 두들기는 게 아니라 두 눈을 빠른 속도로 바르르 깜빡여야 다음 레벨로 넘어갈 수 있다. 스트레스 측정기는 붉은색 공황 상태로 깜빡이고 있다.

"왜 마이키는 아직도 게임학교에 돌아오지 않는 거니? 그놈의 워 게임 폭동, 마이키가 일으키지 않았다는 건 너도 잘 알잖아. 누구 짓인지 내가 알려 줬잖아."

스위프트는 대답하지 않는다.

"나 좀 봐."

"못 봐. 지금 여기서 눈을 떼면 안 돼. 연방정부가 개입하려고 한단 말이야. 제대로 플레이하지 않으면 규제를 발동할 거라구."

"지금 게임이 문제야?"

나는 제러미의 고글형 조종기를 벗겨 버린다.

화면에서 스위프트의 사업가 아바타가 푹 고꾸라진다. 심장마비다. 압박감이 지나쳤던 거다. 스위프트가 욕설 폭탄을 마구 터뜨리더니 몸을 돌려 게슴츠레하고 분노에 찬 눈으로 나를 노려보다가 자리에서 벌떡 일어나서 내 얼굴에 대고 소리친다.

"네가 내 게임을 망쳤어! 내 목숨이 하나 날아갔다고!"

"너 지금 가상현실화 상태야."

나는 한 발 뒤로 물러서며 말한다. 제러미는 어디부터 어디까지가 비디오 게임인지 구분하지 못하고 있다. 그가 내 영역을 침범할 정도로 가까이 다가온다. 입을 맞출 수 있을 만큼 가깝지만 지금 이 짧은 거리는 친밀함과는 거리가 멀 뿐더러 위협적이다.

"프로텍트 사가 아직 조사를 끝내지 않았어."

스위프트가 낮은 소리로 말을 잇는다.

"그 누구의 비밀도 안전하지 않다고."

게임학교에서 로그아웃하고 주차장을 가로질러 셔틀버스 승차장으로 향한다. 그때 아리가 자기 차 보닛에 앉아 있는 모습이 보인다. 놀랍게도 나를 보더니 차에서 뛰어내려 내 쪽으로 걸어온다.

"너 나 미워하지?"

우리가 싸울 때면 늘 그랬던 것처럼 아리가 묻는다.

그래.

내 머리는 이 질문이 어렵지 않다는 걸 알지만 나는 무슨 말을 해야 할지 모르겠다.

네 생각 많이 했어. 하지만 그러는 나 자신이 정말 싫었어.

아리가 마치 아무 일도 없었다는 듯이 이렇게 나를 향해 다가오다니 믿을 수가 없다.

"다들 네 이야기를 하더라."

내가 대답하지 않자 아리가 그렇게 말한다.

그래, 그게 뭣 때문이겠니, 아리야.

도저히 안 되겠다. 아리와 대화를 나누다간 뚜껑이 열려 버릴 것만 같다.

"아리야, 뭘 알고 싶은 거니?"

"그냥. 우리가 지금도 친구인지 알고 싶은 것뿐이야."

입을 열고 말을 하려다, 충격을 받은 나머지 사레가 들려 기침이 먼저 난다.

"어떻게 하면 우리가 아직도 친구라고 생각할 수 있니? 나를 내친 건 너야. 생각나? 네가 프로텍트 사에 내 비밀번호를 알렸고 네가 나를 배신했지 난 아무 짓도 하지 않았어."

"그래 맞아. 넌 아무 짓도 하지 않았어. 넌 내가 검색해서 알아낸 결과를 네 것이라고 가져갔을 뿐이야. 브이아이피 라운지에서 로켓을 무시하고 팰머랑 에바 사이를 보고도 로켓에게 알려주지 않았을 뿐이야. 내가 히트 리스트 사의 브랜드 모델이 되지 못하게 방해했을 뿐이야. 그리고 내가 좋아하는 줄 다 알면서 제러미 스위프트를 빼앗아 갔을 뿐이야."

아리가 제러미를 좋아하는 줄은 몰랐다. 아리는 모든 브랜드 남학생을 그런 식으로 대했으니까. 그러니 나에게 잘못이 있다면 아리의 열병을 진지하게 받아들이지 않은 거겠지. 제러미라면 어서 빨리 데려가 줬으면 좋겠다. 그 야망에 찌든 뒤통수 가격 전문가라면 아리와 참 잘 어울리는 커플이 될 것 같다.

"아니, 넌 오히려…… 나한테 고마워해야 할걸?"

아리가 말을 잇는다.

"내가 아니었다면 누가 네 이름 같은 걸 알아주기나 했을 것 같아?"·

그 말이 맞는 것 같다. 아리가 내 비밀번호를 프로텍트 사에 넘기지 않았다면 내가 그 사람들에게 떠돌이 바이러스 이야기를 할 일도 없었을 테니까. 그럼 사람들이 내 이야기를 하는 일도 없었을 테고.

아리를 쳐다본다. 앞머리에 가려 반밖에 안 보이는 얼굴을.

이 아이의 잔인한 배신도 결국 게임학교 생활의 일부라는 생각이 든다.

35 친구 8명

누군가와 이야기를 나누고 싶다.

이 외로움을 내 방에서 우리 집 강아지와 느끼기는 싫다. 하지만 지금은 금요일 밤이고 마이키의 페이지는 아직도 정지 상태다. 아리가 지금 이 순간 방과후 파티에서 두꺼운 얼굴로 쿨헌터들과 시시덕거리느라 바쁘지 않다 해도 그 애에게 내 이야기를 털어놓는 일은 없을 거다.

인터치를 붙들고 있지만 누구 하나 들어줄 사람이 없다.

네트워크의 인기 순위를 확인해 본다. 화면에 이름이 수백 개나 떠 있지만, 다들 아무도 없는 텅 빈 인맥의 끈을 늘어뜨리고 있다. 전국적으로 아이들이 떠돌이 바이러스 공포 때문에 네트워크 사에서 떨어져 나가고 있다.

이 떠들썩한 공격은 그들과 맞서 싸우는 혁명적인 행동이 아니었다. 영리하게 위장한 제로넷의 조직적인 홍보였다. 고작 경쟁사의 시장 지분을 갉아먹으려는 계획에 불과했다. 모두가 앞다

투어 꼴찌를 향하는 동안 제로넷은 당당히 맨 윗자리를 점령해 갔다.

이렇게 많은 0을 합치면 뭔가가 생기지 않을까?

불과 몇 주 전, 바로 이 순위 페이지를 이용해서 정체불명 구성 원들을 찾아냈던 일이 떠오른다. 그 아이들의 정체마저 제로넷 사태에 묻히고 말았다. 그때 했던 검색을 지금 똑같이 해도 결코 그들을 찾아낼 수 없다. 엘리야 카마이클, 소피아 카발로, 케이 엔 루이스 들도 이제는 수많은 0의 일부에 지나지 않으니까.

그 애들도 자기들이 제로넷의 사업 전략에 연루되어 있었다는 걸 아는지 궁금하다. 나는 침대에서 일어나 앉는다.

정체불명은 알고 있을까?

케이엔이 나를 만나러 마이키네까지 온 것은 칸트가 자기들에 게 비밀을 두고 있다고 생각해서였다. 어쩌면 지금 내 기분을 이 해할 수 있는 사람은 케이엔뿐인지도 모른다. 이용당했다는 기 분. 속았다는 기분.

그 애와 이야기를 나눌 수 있다면 좋겠는데 방법을 모르겠다.

나는 이번 바이러스 소동에도 내 인맥 목록을 지우지 않았다.

그런데도 케이티 데이드는 친구가 0명이다.

36 사상 초유

그곳에 그 아이들이 있을지 없을지 모르겠지만 내가 가 볼 수 있는 곳은 거기밖에 없다.

알리바이 프로그램을 이용해 내 인터치를 동기화시킨다. 그런 다음 토요일 새벽의 고요 속으로 나선다.

그곳은 시내 한복판에 있다. 거대한 석조 건물이지만 거의 눈에 띄지 않는다. 사람들은 그 건물이 있는 줄도 모른다. 모두가 각자의 삶을 사는 동안 배경을 이루고 있을 뿐이다.

칸트가 열었던 쇠살대를 찾아낸다. 그가 들어가는 길을 안내했었다. 아니, 이건 내 생각일 뿐인지 모른다. 그때의 내 기분을 떠올리고 지금 내가 알고 있는 사실과 비교하려니 머리가 복잡해진다.

터널 안에 떨어져 있는 돌멩이가 발을 내디딜 때마다 나직나직 속삭인다.

혹시 그가 저쪽에서 기다리고 있으면 어떡하지? 그의 비밀을 알게 된 지금도 그가 괜찮은 사람으로 느껴질까?

나는 지하에 엉거주춤 선다.

앞으로 가야 하나 돌아서야 하나?

돌아가고 싶진 않다. 교도소 뜰로 들어서서 그를 뒤따라갔던 길을 되짚는다. 운영 건물의 문을 밀어젖히려는 순간, 뒤에서 목소리가 들려온다.

"여기서 뭐 하는 거야?"

몸을 돌리니 흐린 아침 하늘 아래 케이엔이 서 있다. 나는 마음이 놓여 미소를 짓는다. 케이엔은 웃지 않는다.

"그 사람, 여기 있어?"

"그 사람을 왜 찾아?"

"아니. 내가 찾는 건 너야."

"그래? 여기 찾아냈네."

케이엔이 감정 없는 얼굴로 나를 들여다보더니 몸을 돌려 감시탑 쪽으로 향한다. 그러다가 걸음을 멈추고 뒤돌아본다.

"안 따라와?"

우리는 현기증이 나는 계단을 타고 올라간다.

"여기 뭐가 있길래?"

나는 약간 헐떡이며 묻는다.

"아무것도. 수신이 잘 될 뿐."

케이엔이 웅얼웅얼 답한다. 꼭대기에 있는 방은 다른 곳과 마찬가지로 쓰레기 천지다. 판유리가 떨어져 나간 작은 창문이 이 빠진 모양새로 뜰을 내려다보고 있다. 케이엔이 창문으로 간다. 거기에 노트북이 있다.

"여긴 왜 온 거야?"

어디서부터 이야기를 시작해야 할지 모르겠다.

"제로넷이라고 들어 봤지?"

"여기까지 와서 기업 선전하는 이야기는 좀 참아 주지?"

이 아이랑 있으면 늘 공격받는 기분이 든다. 정말 별로다.

"브렌턴 칸트 그 사람, 제로넷이라는 회사 소속 같아. 이런 이야기라면 안 참아도 되겠지?"

내가 딱 잘라 말하자 케이엔이 노트북에서 얼굴을 들고 백 퍼센트 집중한다. 이렇게 이목구비를 훤히 드러내니까 좀 무섭다. 그 정도로 가냘프고 섬세한 얼굴이다. 차라리 이 애가 다시 방어적이고 공격적인 나쁜 년 모습으로 돌아갔으면 싶을 정도다.

"어떻게 알았어?"

케이엔이 부드러운 목소리로 묻는다.

나는 인기 순위에서 모든 학생이 떨어져 나가는 동안에도 제로넷만은 부상하고 있더라고 설명한다. 프로텍트 사가 보유한 파일에 따르면 그가 게임학교 출신이며 제로넷 직원이라는 이야기도 한다.

"그런데 그 사람이 마이키한테 폭력을 행사한 이유까지는 모르겠어. 대체 마이키가 왜 말려들게 됐는지는."

"너를 투입하려고 그랬던 거야. 네가 그 말을 퍼뜨리게 하려고 그런 거라고."

케이엔이 무감각하게 말한다.

"뭐?"

"난 그날 그 사람이 왜 너한테 떠돌이 바이러스에 관해 그렇게 자세하게 알려 주는지 이해가 안 갔어."

케이엔이 고갯짓으로 운영 건물을 가리킨다.

"그 사람, 너라면 할 일을 할 거라며 널 믿는다고만 했어."

나는 아직도 갈피를 못 잡고 있다. 그게 내 표정에 다 드러난 게 분명하다.

"그 사람은 네가 네 친구를 보호하려고 네 스폰서한테 가서 그 바이러스에 대해 이야기할 거라고 예상했던 거야."

케이엔이 이어 말한다.

"너, 그랬지? 네가 말한 거지?"

내가 너희를 팔아넘겼다고 순순히 인정하고 싶진 않다. 하지만 사태가 너무도 명백해서 이렇게 불쑥 묻는다.

"하지만 뭣 때문에? 어째서 그 사람이 내가 프로텍트 사에 정보를 흘리길 바란 거야?"

케이엔은 다시 노트북으로 시선을 돌리고 화면만 한참 응시하더니 이윽고 자리에서 일어선다.

"그 사람은 끊임없이 그 바이러스에 대해 떠벌렸어. 잠복 코드를 심은 항의 파티 초대장을 네트워크에 스팸메일로 뿌리자는 계획이었지."

케이엔이 쉬지 않고 말을 내뱉는다.

"그런데 계속해서 나더러 초대장을 고쳐 써 달라고 했어. 사람들에게 '당신은 지금 이러이러한 것에 감염됐습니다.'라고 알리는 글을 말이야. 난 도무지 이해할 수 없었어. 항의 파티는 바로 그 초대장 때문에 네트워크가 발칵 뒤집힌 직후에 열릴 텐데 정말 그걸로 사람들을 모을 수 있다고 기대하나 싶었고."

"난 초대장 같은 거 못 받았는걸."

"그랬겠지. 보낸 적이 없으니까. 우리의 떠돌이 바이러스는 누가 퍼뜨리지도 않았는데도 저절로 유행 궤도에 올랐어. 그건⋯⋯."

케이엔이 말을 멈추고 나를 쳐다본다.

"그거, 가짜였구나."

나는 공허한 목소리로 말한다.

다 내가 일으킨 일이었다. 떠돌이 바이러스를 둘러싼 그 모든 집단 히스테리는 내가 해리슨 씨에게 그 이름을 언급하면서 시작된 것이다.

나는 조종당했던 것이다.

37 비밀이 드러나다

"너희, 혹시 박쥐처럼 초음파라도 이용해서 통신하는 거야?"

나는 두 번째로 케이엔 차에 앉아 마이키 집으로 가고 있다. 정체불명과 그곳에서 만나기로 합의를 본 뒤다.

"대체 우리를 뭐로 보는 거니? 그냥 문자 보내거든."

케이엔이 백미러를 확인하며 말한다.

우리는 렉시와 티코가 기다리고 있는 마이키네 진입로로 들어선다.

"우리 왜 여기서 만나는 거야?"

렉시가 궁금해한다.

"마이키가 게임학교에서 일시정지 당한 뒤로 이동 범위가 자기 집 건물로 제한돼서 그래."

"그래? 근데 걔가 왜……?"

내가 입을 열기도 전에 케이엔이 대답한다.

"걔도 우리처럼 제로넷 음모에 엮였거든. 그것도 꽤 깊이."

렉시가 어깨를 으쓱한다. 케이엔이 티코에게 묻는다

"엘리야랑 소피아는 연락 없었어?"

"소피아가 이쪽으로 오기가 쉽지 않다고 해서 엘리야가 들러서 함께 오겠대. 되는대로 날아오겠다고 했어."

내가 보기에 마이키는 자기 방에 정체불명이 모였다는 사실에 정신이 좀 나간 것 같다. 그래도 용케 티는 내지 않는다.

"난 제로넷이라는 이름, 한 번도 못 들어 봤어."

티코가 머리를 흔들며 하는 말에 렉시가 답한다.

"그래? 하지만 언젠가는 듣게 되어 있었어. 때가 오면, 즉 광고 효과가 정점을 치면 네트워크 사의 경쟁사로 짜잔 하고 등장했을 테니까. 고객의 프라이버시가 최우선입니다, 하면서."

"그리고 우린 그걸 샀겠지. 우린 표적 시장이니까."

케이엔이 말을 멈추고 나에게 묻는다.

"혹시 트렌드세터즈도 그쪽과 한패 아닐까?"

"난 이제 뭐가 뭔지 모르겠어. 하지만 그건 아닐 거야. 그 사람들은 이게 진짜 반항인 줄 알고 접근했거든. 자기들이 제로넷 홍보를 대신해 주고 있었다는 건 몰랐을걸."

마이키 어머니가 문을 두드린다.

"널 보고 싶어 하는 친구들이 또 왔구나."

엘리야와 소피아가 방으로 들어온다.

"무슨 일 있는 건 아니지?"

나는 어머니를 보고 미소를 지으며 대답한다.

"그럼요. 다들 마이키가 보고 싶어서 온 거예요."

마이키가 어깨를 으쓱한다. 마이키의 미소는 찔리는 표정 그 자체다. 어머니는 이유 있는 의심을 품은 채 문을 닫고 나간다.

"토요일 아침에 아들 친구들이 집 앞에 나타나 플래시모브를 벌이는 걸 보고 뭐라고 생각하실지 궁금하네."

내가 마이키를 놀린다.

"그러게. 하지만 죄수 아들을 면회 온 손님인데 그냥 돌려보낼 순 없지. 요즘 엄마는 내가 다시 플레이할 수 있게 운영진에게 항의하고 있어."

그러면서 놀라울 정도로 완벽하게 자기 엄마 흉내를 낸다.

"아니, 못된 녀석의 주먹에 맞은 피해자는 우리 아들인데 오히려 혐의를 씌우다니, 이건 불공평한 처사예요."

"피해자인데 혐의를 받고 있는 건 너뿐만이 아니야."

소피아가 투덜거린다.

"우리 모두가 의심받고 있다, 이러면 됐지? 그 얘긴 그만해."

케이엔이 얼마나 단호하게 말하는지 그게 사실 같다. 다시 말문을 여는 케이엔의 눈이 절망의 눈물로 반짝반짝 젖는다.

"난 우리가 진짜 행동을 만들어 낼 수 없다고 믿고 싶지 않아. 정체불명이 패션 트렌드나 바이러스 마케팅 사건으로 전락한 건 우리 탓이 아니야. 우린 메시지로 보내고 싶었던 거라구."

그래도 방 안에 찜찜한 분위기는 사라지지 않는다.

"그럼, 메시지를 보내면 되잖아?"

내가 말한다.

정체불명은 초대장을 발송했다.

우린 네트워크를 이용하지 않았다. 아, 물론 이용하긴 했지만 그 회사 본부에서 바라는 사용법은 아니었다. 테슬라와 엘르가 마이키의 코드, 즉 유휴 온라인 공간에 우리 음악을 구겨 넣을 때 만든 그 코드를 손봐서 테슬라의 주차장 탐색기에 들어 있는 원리와 똑같은 방법으로 사용 가능한 숨은 공간까지 찾아내는 코드를 만들어 냈다.

우리는 스폰서 회사나 프로텍트 사, 심지어 네트워크 운영자들도 감시는커녕 확인도 할 수 없는 정체불명 페이지를 만들었다. 엘르는 나에게 그 방법을 설명해 주려고 무진 애를 썼다.

"미러 사이트라고 알지? 이건 조각조각 난 미러 사이트라고 할 수 있어. 사용자가 링크를 타고 들어오면 여기저기 흩어져 있는 정보 파편이 뜨는 거야. 눈으로 보기에는 조각들이 하나로 재구성되어 있어서 읽을 수도 있고 상호작용도 할 수 있을 것 같지만 실은 환영에 불과하지. 각각의 위치에서 동시에 영상을 투사해서 제대로 갖춰진 형태를 만들지만 사실은 만질 수 없는 거울상이거든."

나는 그냥 엘르 말이 다 맞을 거라고만 생각했다.

떠돌이 바이러스로 인한 집단 히스테리 와중에도 겁 없이 링크를 타고 정체불명의 숨은 페이지에 들어온 사람들은 다음과 같은 초대장을 받게 되었다.

널 파티에 초대할게. 너와 네가 아는 모든 사람을 초대하는 거야. 네 헤어스타일이 진지하게 멋을 낸 것인지, 장난스러운 모양인지는 중요하지 않아. 여기저기서 떠들어 대는 그놈의 영상을 본 적이 없어도 상관없어. 천하의 외톨이면 뭐 어때. 나만 빼곤 그런 거 아무도 안 하면 또 어때. 입고 나올 옷이 하나도 없어도 괜찮아. 친구들이 손가락질해도 괜찮아. 떠돌이 바이러스는 우리의 관계를 끊어 놓기 위한 허위 바이러스일 뿐이야.
널 파티에 초대할게. 우리가 기다리고 있을게.

언제: 금요일 20:00
어디서: 가까운 게임학교 분교 앞 주차장

비밀의 끝에서
사랑을 담아
정체불명

우리는 이걸로 네트워크 전체를 강타했고…… 눈에서 입으로, 입에서 입으로 전해진 귓속말이 함성으로 커져 갔다.
엄청난 유행병이 다가오고 있었다.

38 반칙이 규칙인 세계

우리는 아케이드에 앉아 전국 각지에서 쏟아지는 반응을 지켜보고 있다. 주류 쪽에서 일으켜 준 우스꽝스러운 정체불명 유행에 탄력을 받아 조회 수가 어마어마하게 올라가고 있다. 정체불명의 계획에 호기심이 발동한 나머지 떠돌이 바이러스에 관한 각종 과잉 예방책은 까맣게 잊힌 상태다.

"잠시 나의 스폰서들에게 감사하는 시간이라도 가져야겠는걸."

나는 화면을 응시하며 그렇게 웅얼거린다.

네트워크의 정체불명 페이지에 희망적인 댓글이 달리고 있다.

정말 짜릿한 아이디어. 우리 휘파람 록밴드는 지금까지 드러머네 지하실에서 비밀 합주를 해야 했어. 이제는 맘 놓고 더 큰 무대로 나갈 시간. -jkatz.

물론 절망적인 댓글도 달린다.

파티에서 다른 정체불명 상품도 팔아? 나 완전완전완전 너희 팬이야. 근데 너희 이름이 뭐니? -lilmissbigsis.

하지만 대부분의 아이들은 정체불명 페이지를 이용해서 파티를 계획하고 준비하고 일을 성사시키는 데 필요한 정보를 주고받고 있다.

케이엔은 아이들에게 당국의 필연적인 출현과 파티 진압을 무마하는 방법을 알려 주고 있다.

불청객이 난입해 파티를 망칠 가능성은 얼마든지 있어. 그런 인간들은 냄새를 풍기고 다니며 싸움을 벌인 전력이 있지. 그러니 장신구를 십분 활용하도록 해. -정체불명.

인터치에 브랜드 모델 업무 메시지가 들어온다.

#시스템관리자: 본부에서 전원 참석 회의가 있습니다.
　　　　　　　스폰서에 보고하여 동반 참여하세요. @KID

"젠장, 얘들아."
아이들에게 인터치를 보여 준다.
"갈 생각이야?"
"보다시피 전원 참석이라잖아!"

신경이 곤두서면서 배 속이 뒤틀린다. 내 담당인 해리슨 씨, 애니카 씨와 함께 그 사무실로 걸어 들어오라니, 정말 내키지 않는다. 이게 나 혼자 하는 게임만 아니어도 좋을 텐데.

나는 인터치를 치우고 뭔가를 아니, 누군가를 떠올린다.

윈터슨 선생님에게 내가 처한 상황을 자세하게 설명한다. 그 누구에게도 말한 적 없는 이야기까지 털어놓는다. 선생님은 브렌턴 칸트 사건 대목에서 특히 흔들리는 모습을 보인다.

"그 사람, 지금 어디에 있니?"

나는 어깨를 으쓱한다. 떠돌이 바이러스 공포가 발생한 이후 그를 본 사람은 없다. 어디 외딴 지역에 있는 저택에서 호화찬란하게 살고 있겠지. 비주류 마케팅 전략으로 주류에 진입한 공로로 보너스를 듬뿍 탔을 테니.

선생님이 얼굴을 찌푸리며 말한다.

"이건 운영진들에게 알려야 할 이야기야."

윈터슨 선생님이 나를 데리고 본부로 들어가서 운영진 사무실의 초인종을 누른다.

내가 선생님과 함께 온 것을 보고 그랜트 박사가 놀란다.

"캐럴, 데이드 학생은 스폰서와 오기로 되어 있었습니다만."

"학생이 저에게 이 회의에 함께 참석해 달라고 요청했습니다."

윈터슨 선생님이 딱딱하게 대답한다.

본드 선생님이 완벽하게 다듬은 눈썹 한쪽을 치켜 올린다.

"그런 요청이 왜 필요한지 모르겠군요. 이건 제휴 관계 회의입니다. 스폰서 측에서 학생과의 스폰서 계약 종료를 요구해 왔어요. 보안에 관한 허위 문제 제기는 우리 게임학교의 신용과 평판에 물의를 일으키는 문제예요."

윈터슨 선생님이 이의를 제기한다.

"제가 알기로는, 케이티가 고의적으로 스폰서에게 허위 문제를 제기한 게 아닙니다. 친구가 무고하게 퇴학 위협을 받던 시점에서 사실이라고 판단되는 정보를 전달했을 뿐입니다. 게임학교 방침에 따라 자신의 의무를 충실하게 수행한 거라고 봅니다. 오히려 프로텍트 보안회사가 자신들의 의무를 충실히 수행했는지에 대한 제 의견은 따로 말씀드리겠습니다."

운영진은 못마땅하다는 듯한 눈길을 교환한다.

"당신 의견은 따로 들을 것도 없어요."

본드 선생님이 조롱조로 말한다.

"그게 과연 이 자리에 어울리는 논의인지 모르겠군요. 특히 학생 앞에서……."

"학생 본인과 관련된 방침을 논의하는 자리인데 당연히 학생이 참석해야 하지 않나요?"

세 사람 모두 나를 쳐다본다. 이제껏 내가 이 언쟁에서 한마디도 하지 않았고, 달리 할 말도 없다는 사실이 뼈저리게 느껴지는 순간이다. 게임학교의 플레이 규칙은 내가 영향력을 행사하고 말고 할 수 있는 데서 정해지지 않는다. 나는 입장할 자격도 없는 장소에서 결정된다.

"더 할 이야기가 없나 보군요, 윈터슨 선생."

그랜트 박사는 윈터슨 선생님을 쳐다보지도 않고 말한다.

"제가 여기에 온 것은……."

"당신 근무는 여기까지요."

한 사람의 직장생활을 강제 종료시키는 순간에도 나를 향한 그랜트 박사의 눈길은 차분하고 무상하다.

"우리 직원들을 따라 나가 주면 좋겠소."

윈터슨 선생님이 그랜트 박사를 빤히 쳐다본다.

문간에 프로텍트의 젊은 경호원 둘이 나타난다. 본드 선생님이 그새 호출한 것이다. 윈터슨 선생님은 그들의 손이 닿기 전에 몸을 돌리고 방을 나서면서 나에게 이렇게 말한다.

"이 세상에 반칙이 규칙인 게임만 있는 건 아니란다."

나는 선생님이 멀어져 가는 모습을 바라본다.

선생님 뜻은 알겠지만, 이 지역에 게임학교는 여기 한군데뿐이다. 다른 분교에 가려면 이 지역을 벗어나야 한다. 그렇지만 선생님은 이 게임 세계에서 추방당한 이상 어느 분교에서도 자리를 잡지 못할 것이다. 게임 오버 당한 사람은 그 기록이 그대로 남으니까.

"선생님은 게임학교 방침을 위반하지 않았어요."

마침내, 그리고 뒤늦게, 내 의견을 밝힌다.

"선생님을 내보낼 사유는 없을 텐데요."

"넌 게임학교 방침이 뭔지 모르는구나."

그랜트 박사가 맞받아친다.

"운영 과정에는 그 어느 것도……."

"경쟁사가 게임학교 안에서 사업을 해도 된다는 방침이 있나요? 운영진의 승인이 없었다면 브렌턴 칸트가 학교 안에 들어올 수도 없었어요. 그건 네트워크 회사에 대한 계약 위반이에요. 그들이 게임학교 시스템 운영의 독점 판매권을 가졌을 텐데요?"

박사의 얼굴이 약간 늘어졌다가 금세 원래대로 돌아간다.

"마이키가 이렇게 오래 일시정지 상태로 되어 있는 것도 바로 그 때문 아닌가요?"

나는 말을 멈추지 않는다.

"이번 교내 폭동과 학생 폭행의 원인에 운영진이 개입되어 있다는 사실을 당국이나 언론, 그리고 네트워크 회사 변호사들에게 들키고 싶지 않아서 그런……."

"그런 식으로 플레이해서 좋을 것 하나 없네, 데이드 학생."

그랜트 박사가 협박하듯이 말한다. 본드 선생님이 박사의 어깨에 손을 올리며 눈 하나 깜짝 않고 말한다.

"마이클 리틀턴 사건에 대한 조사는 마무리 단계에 있어. 월요일이면 다시 게임이 재개될 거야."

"그걸로 끝인가요? 저더러 운영진의 실책을 모른 척하고 넘어가라시면 저는……."

"이 게임을 훌륭하게 해내거나 그만두거나 둘 중 하나겠지."

본드 선생님이 잘라 말한다.

"그게 무슨 뜻이에요?"

"그건 이런 뜻이다."

그랜트 박사가 책상 앞에 앉는다.

"우리 게임학교에 다니는 건 특권이야. 넌 그 사실을 잊고 있는 것 같구나."

"이곳 학생이라는 사실에 고마워할 줄 알아야지."

본드 선생님이 또 거든다.

"너의 적은 우리가 아니야."

"하지만 그런 식으로 팀플레이어 정신을 망각하고 똑바로 처신하지 않는다면……."

그랜트 박사가 실망했다는 눈길로 나를 엄하게 바라본다. 꼭 이런 말을 입에 올리게 만들어야 하느냐는 눈빛이다.

"우리에게 다른 선택지는 없다. 너를 게임 오버 시키는 수밖에."

본드 선생님이 방 저편에서 팔짱을 낀 자세로 나를 바라본다.

"현명한 선택을 기대한다, 케이티."

드디어 금요일 밤이다.

엄마는 나를 집에서 한 발자국도 못 나가게 한다.

"말했잖니. 안 돼. 못 나가. 두 군데나 되는 스폰서를 다 잃어 버리고 무슨……."

"엄마 딸 못 믿어요? 그건 잘된 일이라구요."

나는 럼프의 귀 뒤를 긁어 주며 말한다.

케이엔이 마이키를 데리고 이쪽으로 오는 중이다.

내가 스폰서를 '잃어버린' 것은, 내가 계약 조건을 철회하고 내 콘텐츠에 대한 권리를 반환해 달라고 요구했기 때문이다. 운영 진은 떠돌이 바이러스 사태로 인한 어마어마한 자본 및 재원 손 실을 내 탓으로 돌리려 했다. 하지만 그 책임이 오히려 그들에게 있음을 증명하는, 그들의 사업 관행에 대한 불리한 정보가 내 손 에 있다. 우리는 지금 긴장된 교착 상태에 있다. 하지만 오늘 밤 이 지나면 그것도 다 끝날지 모른다.

"어쩜 그렇게 네 미래를 내팽개칠 수 있니, 키디?"

엄마 목소리에 울음이 담겨 있다.

"이걸로 정말 게임 오버인 거니?"

"아직 아니에요."

대답은 그렇게 했지만, 운영진이 아직까지 내 게임을 종료시키지 않는 이유를 모르겠다. 내가 계속 플레이를 하는 편이 나아서 그런 거겠지. 게임학교를 다니는 한 그들의 규칙에 따라 플레이해야 하니까. 하지만 그건 그들만의 생각이다. 그전으로 돌아가기엔 난 이미 너무 많은 걸 알아 버렸다.

불쌍한 우리 엄마. 엄마는 스폰서들이 선전하는 편안한 삶에 미련을 못 버리고 있다. 엄마가 힘없이 말한다.

"그렇게 나가다간 나처럼 되고 말 거야."

나는 안절부절 주방을 맴돌고 있는 엄마에게 간다. 양팔로 엄마를 꼭 안아 준다. 엄마가 나보다 키가 작은 것 같다.

"사랑해요. 난 엄마처럼만 됐으면 좋겠어. 다 잘될 거예요."

난 엄마의 머리칼에 대고 그렇게 말한다.

케이엔이 진입로에서 경적을 소심하게 두 번 울린다. 이어 마이키 짓으로 추정되는 시끄러운 빵빵 소리가 난다.

"나, 가도 되죠? 응?"

난 엄마가 대답할 틈도 주지 않고 집을 나선다.

그들은 나에게 팀플레이어 정신을 바란다고 했다. 이제 내가 그들에게 그걸 보여 줄 시간이 온 것이다.

344

케이엔의 차를 타고 방과후와는 상관없는 파티에 가는 길이다. 어쩔 수 없이 초조해진다. '내가 연 파티에 아무도 안 오면 어쩌지?' 하는 불안감에 1,000을 곱한 불안감이다.

주차장에 들어서자 사람들이 정말 와 있다.

그것도 1000명도 넘게.

주차장에는 방과후 파티를 위해 영화 촬영장 같은 조명이 밝혀져 있고 할리우드 시사회 분위기의 스포트라이트가 날카로운 입자 빔을 쏘아 대고 있다. 그렇지만 안으로 들어가는 사람은 한 명도 없다. 많은 이들이 가면을 쓰고 왔다. 물음표를 그린 수술용 마스크도 있고, 눈을 가리면서도 미소는 더욱 돋보이게 하는 가면무도회풍의 아름다운 가면도 있다. 한 남자애는 정말 아무것도 입지 않았다. ・＿・ 모양을 그려 넣은 일회용 접시로 얼굴을 가리고 있다.

"아이고야, 저 녀석은 초대장에 있는 '입고 나올 옷이 하나도 없어도 괜찮아'라는 문구를 곧이곧대로 이해했나 보네."

그러면서 마이키가 손으로 내 눈을 가린다.

나는 웃음을 터뜨린다.

앰프에서는 티코가 리믹스한 내 '마지막 웃음'이 최대 볼륨으로 쏟아져 나오고 있다.

테슬라도 와서 공주만세 팀원들과 함께 사람들에게 맥박 구슬을 나눠주고 있다. 테슬라는 그걸 제시간 안에 다 만들기 위해 조립창고 아이들을 총동원했다. 우리는 구슬 띠 하나하나마다 메시지를 넣었다. 호기심 많고 똑똑한 사람이라면 그 메시지를 해독해서 정체불명의 은닉처에 접속할 것이다. 엘리야는 다음번 불법 집회 위치를 암시하는 영상을 벌써 편집해 두었다.

모두가 손목에 깜빡이는 구슬을 차고 있고, 그 속도를 보건대 다들 신이 나서 즐기고 있다.

파티 주변에 경찰 병력이 늘어나고 있다. 아직은 플라스틱 병정처럼 그 자리에 서서 우리를 지켜보고 있다. 병정들의 거울 같은 헬멧에 웃음을 터뜨리고 있는 미성년 군중이 반사된다. 분홍색 방독면을 쓴 렉시가 자기 오빠 파일을 복사해서 우리와 반목 중인 스폰서들이 발행한 것처럼 만든 가짜 허가증을 당국에 보여 준다. 렉시는 그들이 서류를 조목조목 뜯어보게 놔둔 채 파티로 귀환한다.

이렇게 많은 사람들이 모이다니, 믿기지 않는다. 방과후에 들어간 사람보다 세 배는 많다. 이 지역에 있는 다른 학교 아이들도 있는 것 같다. 게임학교에 입장할 카드가 없는, 시스템 바깥의 아이들 말이다. 혹시 지금 라운지가 텅텅 비어 있는 게 아닐까 궁금하다. 부스에 공짜 물건을 차려놓고 기다리던 스폰서 직원들이 다들 어디 갔느냐며 어리둥절해하고 있지 않을까 싶다.

케이엔이 달려와 나를 꼭 안으며 음악 소리 위로 소리친다.

"정말 재미있지?"

나는 아리 쪽을 본다. 케이엔이 내 시선을 따르다가 말한다.

"가자. 이러고 있을 때가 아니야. 이거 같이 나눠 주자."

케이엔이 내게 맥박 구슬을 한 더미 안긴다. 우리는 초대 손님들을 맞이하러 사람들 속으로 들어간다.

그때, 낯익은 얼굴을 본 것 같다. 아니, 그건 얼굴이라고 할 수 없다. 매끈한 살색 가면은 주차장 조명을 무표정하게 튕겨내고 눈구멍의 어둠만이 빛을 흡수하고 있다. 가면은 워 게임 폭동 때보다 훨씬 위협적인 분위기를 풍기고 있다. 인파 밖에서 나를 향하고 있는, 저 무표정한 플라스틱 가면 뒤에 숨은 능글맞은 웃음이 눈에 선하다.

가면이 몸을 돌린다. 스위프트가 그의 어깨를 두드렸던 거고, 이제 가면은 폭동을 단속하러 나온 당국 손에 끌려간다.

"오호, 스위프트가 초대 명단에 없는 불청객을 발견했군?"

마이키는 자기와 아무 상관 없는 일인 양 말한다.

이제 티코는 '배후의 소리들'을 플레이하고 있다. 눈에 띄지도 않는 그 작은 삶의 요소들을 모두가 듣는 앞에서 이렇게 크게 증폭해서 듣게 되다니. 이 시원한 밤에 크게 고동치는 '배후의 소리들'이라니.

모두가 춤을 추고 있다.

"곧 전력이 끊길 거야."

마이키가 가리키는 쪽을 보니, 운영진이 경고한 대로 진압 경찰이 우리의 '불법' 집회를 해산시키고 있다.

"그렇다면 춤출 수 있을 때 춰야겠네."

나는 그렇게 말하고 마이키와 함께 인파에 합류한다.

지금 나오는 소리는 게임학교 배후의 낮은 웅성거림을 복잡한 베이스 라인으로 작업한 것이다. 만국어 백화점의 무국적 사운드와 문화 쇼크의 접시 부딪치는 소리를 잇따라 반복하고 거기에 아케이드 특유의 키보드 소리며 마우스 클릭하는 소리를 가미한 리듬 위로, 어느 한 소절도 똑같이 반복되지 않는 섬세한 멜로디의 새 노래가 흘러나오고 있다.

배후의 리듬이 점점 사그라지고 찌르레기의 아리아가 스포트라이트 속으로 울려 퍼지려는 순간, 조명이 꺼진다.

정적. 게임학교의 로고 불빛마저 깜박깜박하다가 이내 사라져 버린다. 주차장에 깊은 어둠이 들어차고 아스팔트의 반짝임도 멈춘다. 전에는 사람들 귀에 들리지 않았을, 머리 위에서 전선이 윙윙거리는 소리까지도 침묵하는 것으로 제 존재를 뚜렷이 드러낸다. 숨이 막힐 듯 조용하다.

나는 멈췄던 숨을 토해 낸다.

"무슨 일이지?"

케이엔이 이 마법 같은 정적을 깨지 않으려는 듯 속삭인다.

주변에서 작은 불빛들이 어지럽게 깜박거린다. 한순간 별빛인가 했는데 ─조명이 전부 꺼지면 하늘에 반짝이는 별이 보일 테니까─ 맥박 구슬이다.

"게임학교 발전기에서 전력을 끌어다 썼거든."

마이키가 내 눈길을 느끼고 케이엔에게 설명한다.

"이 파티를 강제 종료하려면 발전기를 끌 수밖에 없었겠지."

맥박 구슬에서 나온 빛이 마이키의 얼굴을 비춘다. 구슬 불빛보다 마이키의 미소가 더 환하다.

명멸하는 다이오드 구슬 불빛에 사람들 얼굴이 스톱모션처럼 나타났다 사라졌다 한다. 칠흑 같은 어둠 속. 너무도 조용해서 더 얼얼한 기분이다.

모두 한자리에 모여 앉아 위를 올려다본다. 주변 건물에서 빠져나온 조명이 별이 반짝이는 하늘에 울려 퍼진다. 이제 건물은 완벽한 정적에 싸인다. 우리가 게임학교를 꺼 버린 것이다. 이 상태가 오래 지속되진 않겠지만, 지금 이 순간만큼은 그들에게 힘이 없다. 힘은 우리에게 있다.

다음 행동을 위한 귓속말 회의를 하러 정체불명을 찾아 나서려는데, 마이키가 나를 잡는다. 나른하게 고동치는 맥박 구슬로 내 얼굴을 비추면서.

"손 들어 봐."

마이키가 내 손목에 구슬을 채운다. 구슬에 생기가 돌기를 기다리는 동안에도 마이키는 내 손을 놓지 않는다.

"지켜 봐. 같은 박자로 고동치게 할 수 있어."

나는 마이키 옆에 서서 깜빡이는 불빛을 지켜본다. 전혀 박자가 맞지 않는다. 그냥 벗겨 버리려고 하자 마이키가 말한다.

"가만히 있어 봐."

마이키가 더 가까이 다가와 함께 이마를 맞대고 선다. 하늘을 올려다보는 사람들에게 보이지 않도록 불빛을 감추고.

"지켜 봐."

내 맥박은 마이키보다 조금씩 늦게 뛰고 있지만 가만히 지켜본다. 이렇게 마이키와 함께 있을 수 있으니까.

깜빡…… 깜빡…… 깜빡…… 작은 불빛이 하나가 되어 깜빡인다. 나는 놀란 눈길로 가만히 들여다보며 웃는다. 우리의 심장이 동시에 뛰고 있다. 마이키의 심장과 나의 심장이.

우리의 심장이 점점 더 빨라진다.

마이키가 머리를 기울이고 가볍게 입을 맞춘다.

정확히 입술은 아니고 입가를 살짝 스쳤다.

마이키의 입술이 닿은 자리가 찌릿찌릿 고동친다.

나는 당황해서 웃다가 손목에서 구슬을 떼어 낸다.

격렬한 떨림은 떼어지지 않는다.

쿵쾅쿵쾅 휘청휘청.

예서제서 깜빡이는 빛에 하늘을 올려다보는 얼굴들이 보인다. 갑자기 당국이 행동을 개시한다. 지휘봉이 올라가자 병력이 단조로운 리듬에 맞춰 플라스틱 방패를 내리치며 우리를 해산시키려고 안으로 치고 들어온다.

모두들 깊은 어둠 속에 고요히 앉아서 하늘만 쳐다본다.

"저것 봐."

마이키가 내 손을 꼭 쥐며 다정하게 말한다.

고개를 든다.

아, 이런. 하늘에 수많은 별이 총총 떠 있다.

•—•
게임 오버

우린 정체불명. 어쩌면 아닐 수도 있고.
우리가 누군지 영영 알아내지 못할 수도 있겠지.
어느 날 밤, 전국 243개 게임학교 분교 앞에서
무허가 주차장 파티가 열렸어.
그건 정체불명이 아니라 거기 온 사람들이 해낸 일이었어.
경찰이 미성년자 집회 금지법을 들고 쳐들어와
파티가 무산된 학교도 있었지만, 어떤 학교에선 동이 트고
주차장 표시등이 꺼질 때까지 파티가 이어졌어.
모두가 지켜보고 있으면 뭐 어때.
아무도 지켜보지 않으면 또 어떻고.
우린 앞으로도 계속해서 잡음을 일으킬 작정이야.
언젠가 게임학교를 쳐부술 날이 오리라는 희망으로.